Rike Stienen
Ein Sixpack zum Verlieben

- 2 -

Rike Stienen

Ein Sixpack zum Verlieben

Rike Stienen lebt mit ihrer Familie in der Nähe des Chiemsees. Sie studierte Rechtswissenschaften und Romanistik. Bevor sie eine Ausbildung zur Drehbuchautorin absolvierte, arbeitete sie als Rechtsanwältin und Mediatorin. Heute entwickelt sie Stoffe für diverse Filmproduktionen, am liebsten romantische Komödien. Daneben entstehen Kurzgeschichten und Romane. Ihr erster Roman „Liebe auf Bestellung" ist ebenfalls im Oldigor Verlag erschienen.

Deutschsprachige Erstausgabe Mai 2012
verlegt durch Oldigor Verlag
Drosteallee 25, 46414 Rhede
Copyright © 2012 Rike Stienen
Alle Rechte vorbehalten
Nachdruck, auch auszugsweise,
nur mit Genehmigung
1. Auflage
Covergestaltung: Oldigor Verlag
Fotos: Fotolia
Druck: Scandinavianbook, Bremen
ISBN 978-3-9814764-8-4
www.oldigor.de

Für alle liebenswerten Männer dieser Welt, ob mit oder ohne Sixpack

Kapitel 1

Laura schleicht aus dem Schlafzimmer, um die Gunst der frühen Stunde zu nutzen. Es war ohnehin eine unruhige Nacht. Manfred hatte am Abend mit der *Zwergin* Fußball geschaut und sich im Eifer des virtuellen Torschießens zur Stärkung einige Biere zu viel hinter die Binde gekippt. Infolgedessen hatte er sein Sägewerk angestellt, bevor Laura Gelegenheit hatte, vor ihm einzuschlafen. Dementsprechend gerädert fühlt sie sich jetzt, aber in Anbetracht des bevorstehenden Highlights des Tages kehren ihre Lebensgeister schlagartig zurück.

Sie begibt sich in ihr persönliches Reich, einer Mischung aus Nähzimmer, Büro und Versteck-dich-vor-der-*Zwergin*-Höhle. Besonders das rote, samtbezogene Sofa mit den zahlreichen Kissen unter der hölzernen Dachschräge lädt zum Lesen ein, vor allem aber zum stundenlangen Quatschen mit ihrer besten Freundin Kerstin. Glücklicherweise verfügt der Raum über eine eigene Telefonanlage, sodass ihr niemand den Apparat streitig machen kann. Vor der Dachgaube steht ein großer Tisch, auf dem die Nähmaschine Platz hat und die Dirndl zugeschnitten werden, die Laura für den örtlichen Trachtenverein ändert oder neu anfertigt. Neben einem vollgestopften Bücherregal, das noch viele Jungmädchenbücher enthält, stechen zwei nebeneinander hängende Uhren an der Wand über dem Sofa ins Auge. Die linke mit einem grünen Ziffernblatt zeigt die lokale Uhrzeit und die rechte im gelben Design die Zeit von dem jeweiligen Ort auf der Welt an, in dem Kerstin gerade als Eventmanagerin arbeitet.

In Singapur ist es jetzt exakt sechs Stunden später als in Bad Hollerbach; also früher Mittag, ideal, um Kerstin anzurufen. Laura wickelt sich in eine Baumwolldecke ein, die immer bereitliegt, und macht es sich auf dem Sofa bequem.

Ein Druck auf die eingespeicherte Handynummer reicht, um kurz darauf die vertraute Stimme der Freundin zu hören: „Hey Süße, leg auf, ich rufe dich sofort zurück!" Kerstin kann mit ihrem Firmenhandy glücklicherweise kostenlos rund um den Globus so viel telefonieren, wie sie möchte.

Wenige Sekunden später meldet sie sich: „Schon so früh auf den Beinen? Bei euch dürfte doch gerade mal der Hahn krähen."

„Was heißt hier schon? In einer guten Stunde hält der allmorgendliche Wahnsinn in diesem Haus Einzug, wenn ich bei *Wünsch dir was* alle Frühstücksbedürfnisse befriedigen darf."

„Du willst mir jetzt nicht allen Ernstes verklickern, dass du der *Zwergin* immer noch jeden Morgen einen Krapfen mit Spiegelei servierst?" Kerstin kann nicht sehen, wie Laura bei ihrer Antwort das Gesicht vor Ekel verzieht:

„Mich würgt es jedes Mal im Hals, wenn ich das labbrige Ei auf den Krapfen fließen lasse."

„Dir ist wirklich nicht zu helfen. Lass die Alte sich ihre abartigen Vorlieben doch selbst zubereiten!"

„Du ahnst nicht, wie oft ich das schon versucht habe. Was macht die Starrköpfige? Grinst mich scheinheilig an und behauptet kackfrech, ich hätte es im Laufe der Jahre fast zur Perfektion mit dem Eigelb geschafft. Welch ein Glück, dass Manfred diese Leidenschaft nicht von seiner Mutter geerbt hat! Ihm sträuben sich auch die Nackenhaare, aber er schweigt dazu."

Statt einer Reaktion hört Laura ein wohliges Stöhnen am anderen Ende der Leitung. „Was geht denn bei dir ab? Warum sagst du nicht, dass ich störe?"

„Aaa, tut das gut! Nein, du störst überhaupt nicht. Ich liege nur bäuchlings im Sand von Sentosa Island und lasse mir eine Massage verpassen."

„Sentosa? Ich denke, du bist in Singapur."

„Bin ich ja auch. Sentosa ist eine vorgelagerte Insel und das Naherholungsgebiet der malaiischen Einwohner. Viele kommen in der Mittagspause zum Relaxen hierher. Die Sonne knallt auf meinen mit Kokosnussmilch eingeschmierten Astralkörper, mein Blick schweift über das Südchinesische Meer, und ein Beachboy löst meine Verspannungen. Willst du mehr hören?"

„Hast du ein Leben! Da werde ich ganz neidisch. Können wir nicht mal für einige Wochen tauschen? Du schwingst die Pfanne für die *Zwergin*, Manfred und Max, und ich suche auf der ganzen Welt die Locations für deine Boygroups aus."

„Für deinen Mann und deinen netten Sohn würde ich das ja machen, aber deine Schwiegermutter würde ich das Fürchten lehren. Bei mir gäbe es keine Extrawürste."

Laura seufzt: „Vielleicht würde sie mir anschließend aus der Hand fressen, und ein Tapetenwechsel täte mir auch mal gut."

In diesem Moment hört Laura Geräusche im Flur. „Oje, die Badezimmertür! Ich muss Schluss machen, die Pflicht ruft."

Sie beendet das Gespräch, nicht ohne Kerstin anzukündigen, dass sie am nächsten Tag wieder anrufen wird. Verwundert entdeckt sie auf der linken Uhr, dass es für die anderen Hausbewohner viel zu früh zum Aufstehen ist. Mist! Sie hätte Kerstin gar nicht abwürgen müssen.

Erneut knarzt eine Tür. Lauras Mienenspiel wechselt schlagartig von entspannt zu angespannt, und ihre Stirn schlägt zwei Falten. Wer wagt es, ihre Morgenidylle zu stören? Vorsichtig öffnet sie die Tür einen Spalt und entdeckt Helene im Schlafgewand, die nicht bemerkt, dass über Nacht ihr Haarnetz verrutscht ist und sich ein Lockenwickler selbstständig macht und zu Boden fällt. Für Laura ist es ein unergründliches Rätsel, wie diese Frau seit Jahrzehnten mit den Wicklern auf dem Kopf schlafen kann.

Um ihre Schwiegermutter wenigstens einmal zu verstehen, hat sie es eine Nacht selbst ausprobiert. Nicht nur, dass Manfred sich köstlich über ihren Anblick amüsierte und lauthals verkündete, jedes Nachtgespenst würde die Flucht ergreifen, nein, schon als ihr Kopf auch nur in die Nähe des Kissens kam, durchbohrte sie ein grässlicher Schmerz. Fazit, die *Zwergin* hat einen Betonschädel, der äußeren Einflüssen gegenüber gefeit ist. Es würde also für einen Einbrecher schwer sein, Helene mit einer Bratpfanne niederzustrecken.

Was für idiotische Gedanken Laura am frühen Morgen durch den Kopf schießen ...

Zum Glück scheint Helene lediglich ihre Blase entleert zu haben. Jedenfalls verschwindet sie wieder in ihrem Zimmer, und Laura atmet erst einmal tief durch. Allerdings muss sie sich sputen, wenn sie noch duschen will.

Anschließend wird Sohn Max geweckt, der ins Altenheim muss, wo er sein Freiwilliges Soziales Jahr absolviert. Zwar stellt er sich seinen Wecker, schläft jedoch regelmäßig wieder ein. Vielleicht kann er Helene ja mal mitnehmen und ihr den Aufenthalt dort schmackhaft machen? Laura ist sich allerdings sicher, dass dieser Traum niemals in Erfüllung gehen wird.

Als ihr Schwiegervater Johannes vor zehn Jahren viel zu früh verstarb, versprach Manfred seinem Vater auf dem Sterbebett, sich um die Mutter zu kümmern. Laura ahnte damals noch nicht, wie sich dieses *Kümmern* gestalten würde. Ihr Verhältnis zu Johannes war immer gut, und so war es für sie selbstverständlich, dass Manfred ihm dieses Versprechen gab. In ihrer Naivität dachte sie an eine Unterbringung der *Zwergin* in einer betreuten Wohnanlage, wo sie sich zunächst noch selbst hätte versorgen können. Das Haus am Alpenrand hätte natürlich verkauft werden müssen. Helene erstickte das Thema Altenheim sofort im Keim. Ihr Johannes wäre immer davon ausgegangen, dass ihr einziges Kind mit Familie ins Haus zieht, wenn einer von ihnen stirbt. Lauras Bedenken, aufs Land zu ziehen und die tollen Angebote einer Großstadt aufzugeben, zerstreute Manfred in alle Winde. Es wäre für Max viel schöner, in der Natur aufzuwachsen als in der Stadt. Ihre damaligen Freundinnen beneideten Laura sogar um das großzügige Haus mit den vielen Zimmern, in denen eine halbe Fußballmannschaft von Kindern hätte wohnen können, dem tollen Rosengarten mit lauschigen Plätzen zum Verweilen und der herrlichen, reinen Bergluft. Nur komisch, dass genau diese Frauen es lediglich ein einziges Mal geschafft haben, sie in ihrem neuen Heim zu besuchen. Der Weg von München nach Bad Hollerbach war ihnen angeblich zu weit. Oder war es Helene, die alle abschreckte? Die *Zwergin* setzte sich damals wie selbstverständlich mit an den Kaffeetisch draußen unter der Weide und sabbelte die Städterinnen mit den vermeintlichen Vorzügen des Landlebens zu. Laura fing die genervten Blicke der Freundinnen auf, die sie sich gegenseitig zuwarfen. Ja, heute ist sie sich sicher, es war Helenes Schuld, dass niemand mehr kam. Wie gut, dass ihr wenigstens Kerstin geblieben ist, selbst wenn sie sich selten sehen können.

Laura holt ihre Gedanken wieder in die Gegenwart zurück und streckt den Kopf ins Zimmer ihres Sohnes. „Aufstehen, Max! Dein Dienst wartet!" Fast beneidet sie ihn um die Abwechslung. Ob auf sie selbst wohl noch mal etwas Neues wartet? Sie feiert bald ihren 42. Geburtstag. Damit ist das Leben doch noch nicht beendet, oder?

Kapitel 2

Einige Tage später strahlt Laura innerlich, als Helene plötzlich im Türrahmen erscheint und in dem für sie üblichen, bestimmenden Tonfall verkündet: „Ich treffe mich mit Anna und Erna im Hollerwirt. Bin dann mal weg."

„Viel Spaß!", wünscht Laura und unterdrückt einen Freudenschrei. Vor drei Jahren bestand das Treffen aus fünf Frauen, jetzt sind es nur noch drei. Als die Schwiegermutter außer Sichtweite ist, beginnt sie fröhlich vor sich hinzusummen. Laura liebt es, ganz allein im Haus zu sein, ohne aufgestöbert werden zu können. Wenn Helene anwesend ist, hat sie garantiert immer etwas für ihre Schwiegertochter zu tun. Alle möglichen Ideen wirbeln ihr durch den Kopf, was sie jetzt mit der kostbaren Zeit anfangen könnte. Wie wäre es mit einer genüsslichen Session in der Badewanne und einem Gläschen Prosecco dazu? Eine traumhafte Vorstellung, denn zum ungestörten Baden kommt sie äußerst selten.

Zunächst bereitet sie einen Apfelstrudel zu, der vierzig Minuten im Backofen benötigt. Zeit genug, um sich währenddessen zu entspannen.

Laura lässt vor sich hin pfeifend das Wasser in die Wanne ein und zieht sich aus. Die Badezimmertür bleibt leichtsinnigerweise unverschlossen. Sie kippt in freudiger Erwartung einige Spritzer von ihrem Lieblingsbadezusatz mit Rosenduft ins Wasser, stellt das mitgebrachte Glas mit Prosecco auf den Wannenrand und taucht mit dem Knopf eines MP3-Players im Ohr in die Schaumwelt ein, die Augen zur Musik von Barbara Streisand geschlossen und bereit, sich erotischen Fantasien hinzugeben. Deshalb bemerkt sie nicht, wie sich einige Zeit später eine Gestalt heimtückisch nähert und mit einem kräftigen Ruck den Stöpsel aus der Wanne zieht. Erst als Laura plötzlich kühlere Luft statt warmes Wasser an ihrer Brust spürt, schlägt sie die Augen auf und blickt einer triumphierenden Helene ins Gesicht.

Mit einem Aufschrei springt die Badenixe aus der Wanne, kann sich im letzten Moment am Rand festhalten, um nicht auszurutschen, und schlingt blitzschnell ein Handtuch um ihren Körper.

„Was fällt dir denn ein, hier reinzuplatzen? Ich dachte, du wärest bei deinem Kaffeekränzchen!"

„Da war ich auch, aber unser Stammtisch ist besetzt, und da kam ich auf die Idee, dass du uns zur Stangeralm hinauffahren könntest. Heute muss man bei dem Wetter eine fantastische Fernsicht haben. Erna und Anna warten unten."

„Von mir aus können sie dort stehen, bis sie schwarz werden. Ich bin nicht euer Taxi." Laura ist selbst über ihren ungewöhnlich scharfen Tonfall erstaunt, aber die *Zwergin* überspannt deutlich den Bogen des Zumutbaren. Bevor sie widersprechen kann, ist Max' Stimme zu hören, die nach seiner Mutter ruft. Schon streckt er seinen Kopf ins Badezimmer.

„Ach, hier bist du, Mama! Es riecht so verbrannt."

„Ach, du meine Güte!" Laura rennt wie von der Tarantel gestochen in die Küche und hinterlässt überall nasse Spuren, gefolgt von Max.

Helene dagegen macht sich wütend aus dem Staub, um Erna und Anna zu berichten, was für eine ungefällige Schwiegertochter sie hat.

Aus dem Backofen steigen schwarze Rauchschwaden. Schnell befördert die Bäckerin den völlig verkohlten Apfelstrudel aus der Röhre und wirft ihn samt Blech in die Spüle.

„Mensch, Mama, das ist dir ja noch nie passiert, und ich habe heute den Tag nur in Gedanken an deinen Kuchen überlebt."

„Es tut mir leid, Max." Laura will ihrem Sohn über den Kopf streicheln, der sofort geschickt ausweicht. Aus dem Alter mütterlicher Liebkosungen ist er mit neunzehn Jahren wirklich heraus. Von seiner Großmutter Helene hatte er nie welche zu befürchten. Als er ganz klein war, hat sie bereits angefangen, ihm einzureden, dass er mal die Kanzlei seines Vaters übernehmen wird. Das ist für sie das Wichtigste. Großmütterliche Gefühle scheint ihr einziges Enkelkind nie bei ihr geweckt zu haben. Max aber hat ganz andere Vorstellungen von seinem zukünftigen Leben. Er wollte schon immer Arzt werden. Da sein Abiturdurchschnitt für ein Medizinstudium nicht ausreichte, entschloss er sich zu einem Sozialen Jahr im Altenheim. Seine Großmutter muss vorläufig nichts von seinen Berufsvorstellungen erfahren. Was sie nicht weiß, macht sie nicht heiß, und es dient dem Familienfrieden.

„Ich habe den Apfelstrudel in den Ofen getan, als Helene zum Hollerwirt aufbrach", setzt Laura mit ihrer Entschuldigung fort. „Sie wollte sich plötzlich mit Erna und Anna treffen und ich die Zeit optimal nutzen mit Kuchenbacken und Baden. Beides ist in die Hose gegangen."

„Wieso geht Oma samstags in den Hollerwirt? Sie hasst es doch, wenn am Wochenende die Touristen über unser Nest herfallen und ihren Stammtisch besetzen?"

Laura zuckt mit den Schultern, denn der Grund für Helenes Unternehmung ist ihr herzlich egal. Hauptsache, sie ist weg.

„Kann ich dir was anderes machen? Ein Brot mit Schmalz vielleicht?" Laura plagt das schlechte Gewissen. Sie kann ihren Sohn nicht einfach verhungern lassen.

„Ne, es gibt ja bald Abendbrot. Ich warte, bis Papa wieder da ist. Wo ist er überhaupt hingebrettert?"

„So genau weiß ich das nicht. Du kennst ihn ja, wenn er auf seinem Feuerstuhl sitzt und nach Österreich fährt, kommt er möglicherweise erst spät wieder."

Laura denkt in dem Zusammenhang an Manfreds fünfzigsten Geburtstag, den er mit achtzig Leuten pompös in den Filmkulissen der Bavaria Filmstudios feierte. Er hatte viele geschäftliche Kontakte eingeladen, weniger wirkliche Freunde, und sie fühlte sich sehr unwohl als Gastgeberin, da Helene bei solchen formellen Veranstaltungen als wandelnde Zeitbombe tickt, was Feinfühligkeit und Zurückhaltung anbelangt. Deshalb versuchte Manfred vergeblich, seiner Mutter einzureden, dass die Feier viel zu anstrengend und auch zu langweilig für sie sein würde. Insgeheim musste Laura über die kläglichen Bemühungen ihres Mannes lächeln. Sie war überzeugt, dass sich Helene solch ein Ereignis nicht entgehen lassen würde. Endlich könnte sie bei Erna und Anna mal so richtig angeben. Laura behielt leider recht. Helene mobilisierte ungeahnte, energetische Kräfte und lief drei Tage mit Lockenwicklern herum, damit die Frisur zum Fest perfekt saß. Laura könnte sich jetzt noch kugeln vor Schadenfreude, denn die Zwergenhaare hatten sich so verfilzt und um die Lockenwickler verdreht, dass Helene sie nicht mehr herausnehmen konnte. Ein gellender Schrei des Entsetzens lockte damals alle Hausbewohner ins Bad, in dem die Schwiegermutter kreidebleich auf dem Badewannenrand saß und Tränen über ihr faltiges Gesicht liefen. Laura hatte sie bis zu diesem Augenblick noch nie weinen sehen, selbst bei der Beerdigung ihres Mannes nicht.

Während Manfred und Max sich nicht beherrschen konnten und hemmungslos lachten, rührte sich bei Laura Mitleid. Sie packte kurz entschlossen den Trauerkloß ins Auto und fuhr zu ihrem Friseur. Statt ihrer Schwiegertochter dankbar zu sein, jammerte die *Zwergin* auf dem Rückweg über ihre kurzen Dackelhaare, für die sie jetzt kleinere Wickler kaufen müsste. In diesem Moment hätte sich Laura am liebsten selbst für ihre Gutmütigkeit geohrfeigt.

Das Geburtstagsfest drohte wie befürchtet in einer Katastrophe zu enden. Manfred hält es nämlich mit der anwaltlichen Schweigepflicht nicht so genau. Jedenfalls erzählt er oft von seinen laufenden Fällen beim Abendbrot. Seine Mutter hängt dabei bewundernd an seinen Lippen und plappert wie ein Papagei seine Statements nach. Man könnte meinen, Helene habe ebenfalls Jura studiert. Dabei hat sie nicht mal einen Schulabschluss. Manfred hat insofern Glück, als dass er seine Kanzlei in München behalten hat und in Bad Hollerbach niemand seine Mandanten kennt. Er wäre ansonsten längst wegen seiner Redseligkeit gelyncht und auf dem Dorfplatz aufgehängt worden.

Auf dem Fest stellte Manfred seiner Frau und seiner Mutter einen Mandanten vor, über dessen Äußeres er sich zu Hause dummerweise ziemlich oft lustig gemacht hatte. Helene erkannte sofort jenen Mann mit der Glatze und den buschigen Waigl-Augenbrauen. Um sich wichtigzumachen, plusterte sie sich auf und setzte an: „Freut mich, Sie persönlich kennenzulernen. Mein Sohn ... "

Weiter kam sie nicht, denn Laura zerrte die *Zwergin* unter einem Vorwand geistesgegenwärtig weg.

Damit nicht genug. Als sie alle spät in der Nacht völlig übermüdet wieder in Bad Hollerbach ankamen, stand eine nagelneue Harley Davidson vor der Haustür. Laura glaubte, zu viel getrunken zu haben, als Manfred stolz verkündete, sich das Motorrad selbst zum Geburtstag geschenkt zu haben. Auf den Protest ihrer Schwiegermutter hoffte sie vergebens, die stattdessen verkündete: „Gut gemacht, mein Junge. Du hast dir das Motorrad redlich verdient, bei allem, was du für deine Familie leistest."

Kapitel 3

Für Laura bedeutet der Montagmorgen immer etwas Besonderes. Er ist der Start in eine neue Woche, und sie lässt all die Ärgernisse des stets sehr anstrengenden Wochenendes hinter sich. Helene und ihr Ableger auf einem Haufen – dazu benötigt man eine Elefantenhaut, die bei Laura im Laufe der Jahre ohnehin immer dünner geworden ist. Montags heißt es durchatmen. Manfred und Max gehen aus dem Haus, und Laura verzieht sich erst einmal in den Waschkeller. Dorthin ist ihr die *Zwergin* noch nie gefolgt, wahrscheinlich aus Angst, sie müsse helfen. Es ist Laura recht so. Auf diese Weise hat sie einige Zeit für sich ganz allein. In genau einer halben Stunde wird dieser Moment Realität sein, frohlockt sie, als sie wie jeden Morgen den Krapfen auf dem Teller drapiert. Mit dem Spiegelei wartet sie so lange, bis Helene am Tisch sitzt.

Deren Anblick ist heute alles andere als appetitanregend, genauso wenig wie ihr Leibgericht. Weil sie mit ihrem Söhnchen zusammen frühstücken will, erscheint sie regelmäßig mit Lockenwicklern und Morgenmantel am Tisch, ungewaschen und zerknittert. Erst wenn Manfred das Haus verlässt, begibt sie sich ins Bad. Nur am Wochenende tanzt Helene in Kleidung an, da Manfred gewöhnlich länger schläft und als Letzter aus den Federn kommt.

Heute ist sie offensichtlich zusätzlich mit dem falschen Fuß aufgestanden, denn sie grüßt nicht einmal, sondern plumpst auf ihren gut gepolsterten Hintern, bevor sie ohne Einleitung motzt: „Das Ei war gestern viel zu fest! Pass heute besser auf!"

„Guten Morgen, liebe Helene!" Lauras ironischer Unterton ist kaum zu überhören, denn ihr Blut fängt schneller an zu kochen als das Wasser für den Kaffee. Warum lässt sie das überhaupt mit sich machen? Als sie nach Bad Hollerbach gezogen sind, hatte sie sich fest vorgenommen, mit der Schwiegermutter gut auszukommen. Laura hat Helene über den Verlust ihres Mannes hinweggetröstet und sie mit ihren seltsamen kulinarischen Angewohnheiten bei Laune gehalten. Irgendwann hat sich das verselbstständigt, obwohl die *Zwergin* keinerlei Dankbarkeit zeigt. Aber wer schreibt Laura vor, in diesem Moment nicht einfach Schluss mit diesem Blödsinn zu machen?

„Ich habe nichts dagegen, wenn du dein Ei zukünftig selber brätst", kommt es Laura mit ungewohnt spitzer Zunge über die Lippen.

„Du weißt genau, dass ich mit meiner Gicht in den Fingern kein Ei aufschlagen kann."

„Ach, aber deine Rosenschere kannst du mühelos bedienen?" So schnell lässt sich Laura nicht aus dem Konzept bringen. „Der Anblick deiner Rosen scheint ja eine enorme Heilkraft auf deine Hände auszustrahlen. Alles drehst du immer passend, wie es dir gefällt!"

Helene setzt an, das letzte Wort zu behalten, doch in diesem Moment betritt Manfred in einem seiner Geschäftsanzüge die Wohnküche und erstickt beider Wortgefecht, indem er Laura einen Kuss auf die Wange haucht und seiner Mutter ein Lächeln schenkt.

Wie gut er immer riecht, wenn er zur Arbeit fährt! Lauras Gedanken schweifen ab zu jenem Tag, als sie Manfred zum ersten Mal sah, während sie angewidert das Ei am Pfannenrand zerschlägt.

Sie hatte gerade ihre Lehre beendet und arbeitete in einer Änderungsschneiderei in München genau dem Gericht gegenüber.

Viele Anwälte, Richter und Staatsanwälte kamen und ließen ihre Talare ausbessern oder weiten, wenn ihr Bauchumfang im Laufe der Jahre zugenommen hatte. Eines Tages stand Manfred in voller Pracht vor ihr im dunkelblauen Anzug mit weißem Hemd, Krawatte und über die Schulter lässig seinen Talar geworfen. Nie hätte Laura zu träumen gewagt, dass der junge Anwalt sich ausgerechnet für sie interessieren würde. Er kam in der darauf folgenden Woche dreimal, um bei seinem Talar unnötigerweise entweder neue Knöpfe oder ein Namensetikett annähen zu lassen, bis er sie endlich ins Kino einlud. Das war der Beginn einer Romanze, die schließlich vor dem Traualtar endete.

Das Ei droht, wieder zu fest zu werden. Laura kann es gerade noch rechtzeitig aus der Pfanne hieven und über den Krapfen stülpen. Helene verzieht das Gesicht, als der Teller vor ihrer Nase landet. Sie kommt jedoch nicht dazu, einen Kommentar abzugeben, denn Manfred ist schneller. Er schaut Laura nicht an, als er mit seiner Beichte beginnt.

„Schatz, Peter hat mich gestern Abend spät angerufen. Du warst schon im Bett. Er kann nicht wie geplant zum Juristenkongress nach Stockholm fahren. Diesmal wäre er dran."

„Das heißt, du fährst?", führt Laura die Rede weiter. „Das macht doch nichts, dann ist er eben die nächsten beiden Male dran!"

Manfred nickt, aber es ist ihm anzumerken, dass das nicht das einzige Problem ist. Er räuspert sich: „Der Kongress ist ausgerechnet an deinem Geburtstag!"

Laura verschluckt sich an ihrem Brötchen, von dem sie gerade ein Stück in den Mund geschoben hat. „Das ist nicht dein Ernst? Und warum kann Peter nicht?

„Seine Mutter wird achtzig."

„Ach, Peter kann da so einfach einen beruflichen Termin absagen. Hast du deinem Partner nicht gesagt, dass ich auch an diesem Wochenende Geburtstag habe und du hierbleiben musst?"

Manfred macht sich nicht die Mühe, erst seinen letzten Bissen hinunterzuschlucken, und antwortet mit vollem Mund: „Achtzig wird man nur einmal im Leben, und wer weiß, ob seine Mutter einen weiteren Geburtstag feiern wird. Sie hat schon länger gesundheitliche Probleme." Dieser Ausspruch ruft sofort Helene auf den Plan, die heftig mit dem Kopf wackelt, sodass das Eigelb sein Ziel verpasst und auf dem Morgenmantel landet. „Huch, den kannst du dann gleich mit runter in den Keller nehmen!", stellt sie an ihre Schwiegertochter gerichtet fest.

„Ich werde nur einmal zweiundvierzig!", kontert Laura und kann mit Mühe ihren aufsteigenden Frust unterdrücken. „Max hat nämlich Dienst und kann ihn nicht tauschen."

„Na, dann machst du dir einen schönen Tag mit Helene, ihr fahrt an den Baldriansee und geht essen!"

Die *Zwergin* plustert sich ballonartig auf und gewinnt wieder Oberwasser. „Ja, gute Idee, mein Junge, und abends gehen wir ins Hansi Hinterseer Open-Ei-Konzert."

„Open Air, Oma", verbessert Max genervt, der gerade zur Tür hereinkommt.

Lauras Blick, der zwischen Helene und Manfred hin und her schweift, spricht Bände. Das ist das Allerletzte, schießt es ihr durch den Kopf. Sie wirft ihre Serviette auf den Tisch und rennt aus der Küche direkt in den Keller, wo sie die Tür mit allen ihr zur Verfügung stehenden Kräften zuschlägt. Auf keinen Fall wird sie mit dem Schwiegermonster ihren Geburtstag feiern, eher wird er aus dem Kalender gestrichen. Laura kippt den Wäschekorb mit einem wütenden Ruck um und setzt sich darauf. Ihre Tränen kann sie nicht mehr zurückhalten. Soll Manfred ihr doch den Buckel herunterrutschen, wenn es ihm wichtiger ist, seinem Kanzleipartner einen Gefallen zu tun. Helene wird ihr diesen Tag jedenfalls nicht vermiesen. Wie blöd, dass Kerstin so weit weg ist. Sonst könnte sie mit der Freundin ihren Geburtstag irgendwo feiern, fernab von Zwergen und sonstigen Ungeheuern. Laura will sich die Tränen mit einem Wäschestück abwischen und greift wahllos in den Haufen. Sie bemerkt durch ihren Tränenschleier zu spät, dass sie eine schmutzige Unterhose, Marke Liebestöter, erwischt hat. Mit einem Aufschrei schleudert sie die Zwergenhose in die nächste Ecke. Soll die Alte ihre Wäsche selber waschen!

Am Abend kann Laura sich in Ruhe in ihre Fluchthöhle begeben, denn Manfred und der Schwiegerdrache hocken vor einem Fußballspiel. Nie hätte sie gedacht, dass sie sich darüber einmal sehr freuen würde. Jedenfalls sind die beiden für die nächsten fünfundvierzig Minuten bis zur Halbzeit beschäftigt. Bis dahin kann sie mit Kerstin quatschen, die sie aufgrund der Vorkommnisse sträflich vernachlässigt hat. Inzwischen ist die Freundin nach Madrid zu einer neuen Aufgabe geflogen. Zum Glück herrscht dort die mitteleuropäische Zeit, sodass keine Verschiebung zu berücksichtigen ist.

„Sei nicht traurig!", versucht Kerstin Laura zu trösten, nachdem diese die Pleite mit dem bevorstehenden Geburtstag geschildert hat. „Wenn kein anderer Auftrag dazwischenkommt, werde ich nächste Woche nach London fliegen und anschließend nach Köln. Du könntest dorthin fahren, und wir feiern deinen Geburtstag in einem schicken Lokal am Rhein. Wie findest du meine Idee?"

Lauras Miene hellt sich postwendend auf. Welch ein Hoffnungsschimmer, den Tag nicht mit Helene verbringen zu müssen! „Du bist ein Schatz! Das wäre wirklich super."

„Nur hundertprozentig versprechen kann ich es nicht. Du weißt, dass mein Chef von einer Sekunde zur nächsten jede Planung über den Haufen werfen kann."

„Die Hoffnung stirbt zuletzt! Sobald du Bescheid weißt, lass es mich wissen. Was machst du im Moment?"

„Ich sitze auf einem Barhocker in einer Tapasbar, und neben mir hockt ein waschechtes Macho-Exemplar von Spanier. Zum Glück versteht er kein Deutsch und ahnt nicht, dass ich ihn längst durchschaut habe."

„Wie meinst du das?", fragt Laura naiv.

„Na, der spekuliert todsicher darauf, mit mir heute Nacht in die Kiste zu hüpfen. Da hat sich das Früchtchen aber geschnitten. Stattdessen darf er mir jetzt noch einen Prosecco ausgeben."

Laura muss immer über die herzerfrischende Situationskomik ihrer Freundin lachen. Nie wird sie vergessen, wie sie Kerstin vor zwölf Jahren kennengelernt hat. Es war in einem Diätkurs der Volkshochschule in München. Die Teilnehmerinnen diskutierten stundenlang über die Vorteile des Garens im Römertopf, was einige zum Gähnen veranlasste. Kerstin, die bis dahin schweigend neben Laura am Herd gestanden hatte, flüsterte ihr plötzlich augenzwinkernd zu: „Haben die alle wirklich nichts anderes im Kopf als die dusselige Kocherei? Was ist mit *Sex, Drugs und Rock and Roll*?"

Laura lachte sich krümelig, und es war die Geburtsstunde ihrer Freundschaft. Statt im Kochkurs trafen sie sich von da an einmal in der Woche in einer Bar zum Aperitif und zum Reden.

„So, meine Liebe, ich schaue auf die Uhr. In zwei Minuten, mit Nachspielzeit höchstens fünf, wird meine Meute mich aufspüren. Sieh zu, dass du den Macho vom Hals kriegst."

Mit der Aussicht, Kerstin bald zu treffen, begibt sich Laura gut gelaunt in die Küche, wo Manfred gerade für Nachschub an Bier und Chips für die zweite Halbzeit sorgt. Er strahlt seine Frau an.

„2:1 für uns!" Damit meint er die Bayern.

„Schön für euch", kommt es desinteressiert über Lauras Lippen, die in Gedanken bei ihrem möglichen Trip nach Köln ist.

Wie die Zeit vergeht. „Schon wieder eine Woche rum", seufzt Laura, als sie im Garten in den Beeten das Unkraut jätet. Die Rosen sehen traurig aus. Helene hat es versäumt, die vom vielen Regen verfaulten Blüten abzuschneiden. Aber Laura wird einen Teufel tun und sich an den Rosen vergreifen, die Helenes Heiligtum sind. „Obwohl ...", grinst Laura plötzlich und spinnt ihren bösen Gedanken zu Ende. Wenn sie die Blumenstöcke ratzekahl herunterschneidet, wird dieser Anblick die *Zwergin* in Stücke reißen, und sie wird das gleiche Schicksal ereilen wie Rumpelstilzchen. Das wäre ja die perfekte Lösung! Oder soll sie die grässlichen sieben Zwerge eliminieren, nach denen sie ihre Schwiegermutter benannt hat? Überall schillern sie in den kitschigsten Farben zwischen den Büschen heraus und zerstören den Anblick des ansonsten romantischen Gartens. Laura müsste sich nur trauen, aber ihr Selbstbewusstsein ist heute auf dem Nullpunkt.

Gestern Abend startete sie den Versuch, Manfred zu überreden, den Juristenkongress sausen zu lassen, denn Kerstin deutete im letzten Telefonat an, dass sie erneut für vier Wochen nach Asien muss und somit ihr Treffen wahrscheinlich nicht stattfinden kann. Was wird auf einem Kongress schon Wichtiges geschwafelt? Jede Menge Rechtsverdreher, die alle um den heißen Brei reden und zu keinem für die Welt brauchbaren Ergebnis kommen. Manfred hatte verständnislos geschaut. Es ginge nicht um die Vorträge, sondern in erster Linie um die internationalen Kontakte, die auf einem solchen Event geknüpft würden. Laura wagte daraufhin zu fragen, ob sie nicht einfach mitkommen könnte. In Stockholm waren sie beide noch nie, und sie stellte es sich auf einmal wunderbar vor, mit ihrem Mann eine tolle Metropole zu erobern und dort ihren Geburtstag vielleicht bei einer Bootstour durch die Schären zu feiern.

Manfred schaute noch belämmerter als vorher.

„Und was wird aus meiner Mutter? Sie freut sich doch schon das ganze Jahr auf unsere Geburtstage, besonders auf die leckeren Torten von dir."

Laura konnte nicht glauben, was sie da hörte.

„Bist du jetzt ganz von Sinnen? Ich soll an meinem Geburtstag wegen Helene hierbleiben, wo ich dich begleiten könnte? Was hat sie mit meinem Geburtstag zu tun? Das kann nicht dein Ernst sein!"

Ein Wort gab das andere, und schließlich packte Laura das erste Mal in all den Ehejahren ihr Bettzeug und zog ins Nähzimmer aufs Sofa aus, das sehr breit und bequem ist.

„War das eine himmlische Nacht", erzählt sie jetzt den Rosen, während sie den lästigen Giersch bekämpft. „Stellt euch vor, kein nächtliches Sägewerk in Betrieb. Sogar der Mond grinste ins Zimmer, denn ich konnte endlich einmal die Vorhänge offen lassen. Ich mag es so sehr, vom Bett aus in den Sternenhimmel zu schauen. Manfred dagegen braucht die absolute Dunkelheit zum Einschlafen und weigert sich, eine Schlafbrille zu tragen."

„Mit wem redest du denn da?", unterbricht eine Stimme ihre Erinnerung. Erschrocken wendet sich die Gerufene um. Glücklicherweise ist es Max, der vom Dienst im Altenheim zurückgekommen ist.

„Na, wie war es heute? Hast du Hunger?"

„Nein, ich habe im Altenheim mit den Kollegen in der Küche gegessen. Jetzt ziehe ich mich schnell um, und dann will Papa mit mir nach Kufstein düsen."

„Doch nicht etwa auf der Harley?" Laura lässt vor Schreck die Gartenschaufel fallen. „Papa hat versprochen, dich nicht auf dem Teufelsgerät mitzunehmen."

Max legt beruhigend den Arm um seine Mutter.

„Mach dir keine Sorgen, Ma! Mit mir fährt er nicht so schnell."

Laura weiß, dass jedes Aufbegehren zwecklos ist. Außerdem darf sie nichts gegen das Motorradfahren sagen, denn sie besitzt selbst diesen Führerschein. Als sie einige Wochen mit Manfred zusammen war, kam er plötzlich auf die Idee, gemeinsam das Motorradfahren zu erlernen. Laura führte zunächst ins Feld, sich das nicht leisten zu können. Kein Problem, Manfred zahlte ihr die Fahrstunden. Hauptsache, sie beide hatten ein gemeinsames Hobby. Eine Leidenschaft wurde es für Laura nicht, denn immer fuhr Manfred, und sie saß hinter ihm. Von eigener Fahrpraxis kann folglich keine Rede sein.

Sie appelliert also an ihren Sohn, ja den Nierenschutz umzulegen und am besten noch ein Tuch zusätzlich um den Kopf unter dem Helm zu tragen. Max hat sich längst entfernt und lässt seine Mutter resigniert zurück.

Als Laura etwas später ins Haus kommt, ist es unheimlich still. Sie schaut in die Küche, dann ins Wohnzimmer, niemand da. Zumindest Helene muss doch irgendwo stecken. Schließlich kann sie unmöglich mit nach Kufstein gefahren sein. Vielleicht ein verspätetes Mittagsschläfchen? Egal, Laura grübelt nicht weiter, sondern ergreift intuitiv die Gelegenheit, sich in ihr Zimmer zurückzuziehen. Allein ein Gespräch mit Kerstin ist in der Lage, ihre miese Stimmung aufzuheitern. Ob die Freundin inzwischen weiß, ob sie nach Shanghai muss?

Mitten in Lauras Gedanken platzt die *Zwergin*, ohne anzuklopfen: „Hier bist du also. Ich suche dich im ganzen Haus. Du hast gar keine neuen Krapfen gebacken. Den letzten habe ich heute Morgen vertilgt."

„Entschuldige, dass ich kein Peilgerät um den Hals hängen habe", knurrt Laura gefährlich. „Wir haben kein Fett mehr, und der Supermarkt schließt gleich. Musst du morgen eben mal ein Brot essen." Laura staunt über sich selbst, wie gelassen ihr dieser Satz über die Lippen kommt.

Helene ist ebenfalls total verdutzt. Wie spricht ihre Schwiegertochter denn auf einmal mit ihr? Das sind ja völlig neue Töne. „Wieso hast du das Fett nicht früher gekauft? Ich habe noch nie ein Brot zum Frühstück gegessen und werde es auch morgen nicht tun", muckt sie auf, als sie ihre Sprache wiedergefunden hat.

„Es ist immer irgendwann das erste Mal", stellt Laura nüchtern fest und springt vom Sofa, „aber damit du nicht verhungerst, bin ich so liebenswürdig und gehe zu Bernd rüber und bitte ihn, mir etwas Öl zu borgen." Ihr plötzliches Einlenken resultiert einzig aus dem Wunsch, einen Plausch mit ihrem Nachbarn zu halten, nicht um Helene zu Diensten zu sein.

Bevor die *Zwergin* ihre Zunge in Bewegung setzen kann, ist Laura aus dem Zimmer verschwunden. Sie lächelt vor sich hin. Ist gar nicht so schwer, der Alten Widerworte entgegenzuschleudern.

Laura klingelt bei Bernd am Gartentor.

„Ist offen, bin im Garten!", ertönt seine smarte Stimme. Er ist gerade dabei, den Abendbrottisch für sich und seine Tochter Eva auf der Terrasse zu decken. Vor fünf Jahren ist seine Frau Karla an Krebs gestorben, zu der Laura ein nettes Verhältnis hatte. Sie waren keine Busenfreundinnen, aber sie nahmen sich gegenseitig Pakete an oder halfen sich mit Lebensmitteln aus, wenn eine etwas gerade nicht parat hatte. Karla war Krankenschwester. Da sie ihren Beruf meist nachts ausübte und tagsüber schlief, hatten die beiden Nachbarinnen selten Gelegenheit, mal ungestört einen Kaffee miteinander zu trinken.

Glücklicherweise ist Bernd Lehrer und oft mittags schon zu Hause, sodass die Kinder trotzdem gut versorgt waren. Inzwischen sind sie auch erwachsen. Torsten hatte im letzten Jahr mit Max Abitur gemacht und gleich darauf mit einem Informatikstudium in München begonnen. Seine Schwester Eva ist im zweiten Lehrjahr als Arzthelferin. Es waren für Bernd und seine Kinder schwierige Zeiten, aber sie haben sie erstaunlich gut gemeistert. Manchmal kamen Eva und Torsten zum Mittagessen zu ihnen herüber. Seltsamerweise hatte Helene nichts dagegen. Ob sich bei ihr tatsächlich so etwas wie Mitgefühl für die vom Schicksal gebeutelte Familie regte? Gut, dass Helene bisher nicht bemerkt hat, dass Max und Eva sich beim diesjährigen Maibaumfest nähergekommen und seit jenem Abend ein Paar sind. Sicher würde ihr das nicht passen. Genau wie sie sich für Max ein Jurastudium vorstellt, hat sie konkrete Pläne hinsichtlich der Frau, die einmal an seiner Seite sein wird. Natürlich soll sie Akademikerin sein und nicht so etwas Primitives wie seine eigene Mutter, auch wenn ihre Schwiegertochter die besten Krapfen backen kann und Erna und Anna begeistert von ihren Nähkünsten sind. Helene ist unfähig, ihren Standesdünkel abzulegen.

Laura dagegen mag Eva sehr. Sie hat sich insgeheim immer ein zweites Kind gewünscht, und das hätte dann ein Mädchen sein können, das ihre Jugendbücher genauso geliebt hätte, wie sie es getan hat. Manfred wollte leider kein weiteres Kind. Er rechnete ihr vor, was der einzelne Nachwuchs kosten würde und dass er nicht sein Leben lang nur dafür arbeiten wollte. Schließlich wäre er auch ein glückliches Einzelkind. Laura fand sich damit notgedrungen ab. Jedenfalls wird sie Max verteidigen, sollte Helene die Beziehung zu Eva kritisieren.

„Laura? Willst du nicht auf die Terrasse kommen?", lockt Bernd. In seiner Schürze und mit dem Grillbesteck in der Hand sieht er wirklich sehr anziehend aus. Seltsam, dass Bernd nicht wieder eine neue Frau kennengelernt hat. An seinem Äußeren kann es gewiss nicht liegen. Im Gegensatz zu Manfred nennt er einen Waschbrettbauch sein Eigen, und seine hellblauen Augen bilden einen romantischen Kontrast zu seinen braunen Wuschelhaaren. Was Laura besonders fasziniert, sind seine fast filigranen Hände. Sie schaut immer auf die Hände anderer Menschen, denn diese verraten sehr viel. Ein Mensch mit schmutzigen Fingernägeln könnte bei ihr nicht punkten. Manfred hat immer noch akzeptable Hände, wenn sie auch mit zunehmender Leibesfülle etwas wurstiger geworden sind.

Laura löst ihren Blick von Bernds Händen und lächelt ihn an: „Hm, wie das bei euch duftet!"

„Kannst gerne zum Essen bleiben. Es ist genug da. Max will ebenfalls gleich rüberkommen." Seine Stimme geht in einen Flüsterton über: „Läuft da was zwischen ihm und Eva?"

Laura nickt: „Ja, ich glaube die beiden haben sich verliebt."

„Sie passen gut zusammen", fährt Bernd fort, „ich freue mich für sie! Aber du bist sicher nicht deswegen hier, oder?"

„Nein, mir fehlt Öl für die blöden Krapfen, und Helene dreht durch, wenn sie morgen keinen bekommt."

„Kannst dich in der Küche bedienen. Ich mag die Dinger übrigens auch. Schade, dass es die hier in Bayern nur zum Fasching zu kaufen gibt. Deine Schwiegermutter weiß gar nicht, wie gut sie es mit deinen Backkünsten hat." Die beiden plaudern ein wenig über den vergangenen, regnerischen Frühling und dass man solche schönen Tage wie heute gleich zum Grillen ausnutzen muss.

Während Laura sich in Richtung Küche wendet, verspricht sie, einige Krapfen als Dankeschön am nächsten Tag vorbeizubringen.

Kapitel 4

Endlich Sommerfeeling und ein Bilderbuchtag, am dem sich die Wäsche draußen aufhängen lässt. Laura ist so in Gedanken vertieft, dass sie sehr erschrickt, als Helene plötzlich hinter ihr auftaucht und das Wort an sie richtet: „Erna und Anna haben Zeit und können kommen!"

Laura denkt an nichts Böses und setzt ihre Tätigkeit unbeirrt fort. „Wieso, sie beglücken doch regelmäßig den Hollerwirt mit ihrer Anwesenheit, selbst wenn sie ihre Köpfe unter dem Arm tragen müssen." Bei dieser Vorstellung grinst sie unweigerlich.

„Ich rede nicht vom Hollerwirt, sondern von Samstag."

Laura versteht nur Bahnhof und hängt das nächste Wäschestück unbeeindruckt auf die Leine.

Die *Zwergin* bläst sich auf und verkündet stolz: „Na, ich habe dir Gäste für deinen Geburtstag organisiert. Erna und Anna als Ersatz für Manfred und Max. Sie fahren mit an den Baldriansee."

Wenn Helene irrwitzigerweise einen Begeisterungsausbruch von ihrer Schwiegertochter erwartet hat, wird sie jetzt enttäuscht.

Laura wendet der Wäsche abrupt den Rücken zu und schaut Helene so böse an, wie diese es in all den Jahren bei ihrer sonst sanftmütigen Schwiegertochter nie erlebt hat.

„Du hast was?" Lauras Augen sprühen Funken. „Zu meinem Geburtstag lädst du einfach deine Freundinnen ein, ohne mich zu fragen? Was fällt dir denn ein?"

„Ich dachte, du hättest gerne Gäste", lässt sich Helene nicht aus ihrem Konzept bringen, „nachdem deine Freundinnen aus München den Weg offensichtlich nicht mehr hierher finden. Die beiden freuen sich auf deine Geburtstagstorte. Ich habe sie im letzten Jahr mal kosten lassen. Du weißt schon, die mit Marzipanüberzug."

Lauras Gesicht nimmt eine gefährliche Rötung von aufsteigender Wut an. „Du hast die Torte also mit deinen Freundinnen vertilgt und seelenruhig mit angehört, als ich Max und Torsten deswegen verdächtigt habe? Was bist du bloß für ein Mensch!"

Sie wirft das in ihrer Hand befindliche nasse Wäschestück mit aller Kraft vor Helenes Füße, sodass sie aufkreischt.

„Pass doch auf!"

„Pass du lieber auf, dass hier nicht bald ganz andere Zeiten anbrechen!" Laura ist sich in diesem Moment nicht bewusst, was sie sagt und dass es keine leere Drohung bleiben wird. Sie lässt die Wäsche und das Monster einfach stehen, denn sie hat endgültig die Nase voll und will endlich Kerstin anrufen.

Als am Abend mal wieder alle vor dem Fernseher hocken und ein Bierchen kippen, lässt Laura sich von der Freundin zurückrufen. „Entschuldige, wenn ich dich geweckt haben sollte, aber es handelt sich um einen Notfall. Die *Zwergin* raubt mir den Verstand."

„Du hast mich nicht geweckt. Ich bin nicht in Shanghai."

„Nicht?" Bei Laura keimt Hoffnung auf.

„Mein Chef hat an dem alten Plan festgehalten, und ich bin kurzfristig nach London geflogen. Wie sieht es aus, bleibt es bei unserem Treffen übermorgen in Köln? Ich habe gleich ein Doppelzimmer in einem Hotel direkt am Domplatz gebucht und werde gegen 18 Uhr auf dem Flughafen Köln-Bonn landen."

Als Laura nicht gleich antwortet, hakt sie nach: „Du hast es dir hoffentlich nicht anders überlegt? Das Zimmer kostet dich nichts. Es geht auf mein Reisebudget."

Laura könnte Luftsprünge machen, so erleichtert ist sie:

„Ganz im Gegenteil, du rettest mich vor dem Untergang. Natürlich komme ich, werde gleich meine Sachen packen. Soll ich dich dann abholen?"

„Nein, brauchst du nicht, ich werde von meinem Auftraggeber höchstpersönlich in Empfang genommen, weil er mir Unterlagen übergeben muss. Wir sehen uns im Hotel."

„Du kannst dir nicht vorstellen, wie ich mich freue!"

„... dass du dem Monster entkommst oder dass du mich

endlich in deine Arme schließen kannst?", neckt Kerstin.

„Beides", gibt Laura ehrlich zu.

„Übrigens habe ich ein ganz außergewöhnliches Geburtstagsgeschenk für dich. Du wirst staunen."

„Mit welchem Buchstaben fängt es denn an?" Lauras Neugierde ist geweckt.

„Es beginnt mit einem S!"

Laura zieht die Stirn in Falten, um kurze Zeit darauf die Lösung zu haben: „S wie Singapur Sling. Das war ja echt leicht." Sie kann zum Glück nicht sehen, wie Kerstin am anderen Ende der Leitung mühsam einen Lachanfall unterdrückt. Sie hatte Laura tatsächlich von diesem Cocktail vorgeschwärmt, die daraufhin meinte, den Drink einmal gerne kosten zu wollen. Offensichtlich glaubt die Freundin, dass sie ihr den Cocktail von Singapur mitgebracht hat. Kerstin ist die falsche Fährte recht, denn sie ist überzeugt, dass Laura sich das tatsächliche Geschenk niemals selbst erlauben würde.

„Dass du immer alles erraten musst!", täuscht sie daher die angebliche Entlarvung des Präsentes vor.

Nach dem Gespräch mit Kerstin vergehen keine zwei Minuten, da holt Laura heimlich eine kleine Tasche aus dem Keller, die völlig verstaubt ein unbenutztes Dasein zwischen Kartons und Regalen fristet, und beginnt sie im Schlafzimmer sorgfältig zu bestücken: Nachtzeug, ein eleganteres Kleid, eine Jeans, diverse T-Shirts und ein Paar Sandalen. Mehr möchte sie gar nicht mitnehmen. Es wird toll sein, sich in Köln auf der *Hohe Straße* vielleicht ein neues Kleid zum Geburtstag zu gönnen und das unter fachkundiger Beratung von Kerstin. Was für einen Spaß werden sie haben! Bei diesem Gedanken ist Laura richtig froh zumute, wie schon lange nicht mehr.

Plötzlich hört sie Schritte. Oje, offensichtlich wieder eine Werbepause. Schnell verstaut sie die Tasche im Schrank, bevor Manfred den Kopf zur Tür hereinstreckt.

„Gehst du schon schlafen, Schatz? Es ist nicht mal neun Uhr!"

Laura fällt so schnell keine passende Ausrede ein.

„Nein, aber ich dachte, neue Bettwäsche könnte nicht schaden."

Manfred kommt näher und umarmt seine Frau von hinten.

„Gute Idee, nimm die Seidenbettwäsche! Die törnt mich immer besonders an."

Laura verschluckt sich fast. Als ob sich bei ihm viel regen würde, noch dazu im alkoholisierten Zustand. Die Bierfahne ekelt sie an. Außerdem hat sie heute ganz sicher keine Lust. Es gibt ganz andere Dinge, die ihr im Kopf rumgeistern. Um Manfred möglichst schnell wieder loszuwerden, murmelt sie: „Mal schauen, ob die nicht gerade in der Wäsche ist."

Bevor sich Manfred darüber wundern kann, denn die Seidenbettwäsche hat schon seit Monaten kein Bett mehr verziert, tönt es aus dem Wohnzimmer von der *Zwergin*: „Fredi, es geht weiter!"

Laura verdreht die Augen wie ein Chamäleon, denn sie hasst den Spitznamen, den Helene ihrem Sohn im Babyalter verpasst hat. Ihr erleichtertes Schnaufen, als Manfred sich mit einem bedeutungsvollen Augenzwinkern entfernt, hätte sogar Bernd nebenan hören können. Eine außerplanmäßige Liebesattacke ihres Mannes hätte ihr gerade noch gefehlt.

Manfred erscheint am nächsten Morgen etwas hektisch in der Küche und haucht seiner Frau flüchtig einen Kuss auf die Wange. Ihn plagt inzwischen sein schlechtes Gewissen, an ihrem Geburtstag zum Kongress zu fahren und überlegt schon seit Tagen, in welcher Form er das wiedergutmachen kann.

Während Laura den Kaffee aufbrüht, stellt Manfred ein Päckchen an ihren Frühstücksteller. Allerdings entdeckt es nicht die Adressatin als Erste, sondern die *Zwergin*, die in diesem Moment mal wieder übellaunig am Tisch Platz nimmt. Helene deutet auf das Geschenk und blickt dabei ihren Sohn an: „Hast du dich im Tag vertan? Heute ist Donnerstag!"

Statt eine Antwort zu geben, hält Manfred seinen Zeigefinger an den Mund - zum Zeichen, dass seine Mutter still sein soll.

Schon dreht Laura sich mit der Kaffeekanne in der Hand um und sieht das Päckchen. Sie weiß nicht so recht, ob sie sich freuen soll. Etwas verhalten fragt sie deshalb: „Für mich? Zum Geburtstag?"

Manfred nickt verstohlen wie ein kleiner Junge, der für seine Mutter etwas gebastelt hat.

„Ja, aber erst am Samstag aufmachen! Ich hätte es dir natürlich lieber persönlich überreicht. Wir holen die Feier in einem Lokal deiner Wahl nach, wenn ich nächste Woche zurück bin."

„Gute Idee, Fredi, wie wäre es mit dem Gourmetrestaurant in Aschau? Da wollte ich immer schon mal hin. Erna und Anna ..."

„Ich werde mit Laura allein zum Essen gehen!", schneidet Manfred seiner Mutter das Wort ab, denn er registriert zum Glück rechtzeitig Lauras entsetzten Blick und möchte sie nicht zusätzlich verärgern.

Trotzdem verspürt sie keine Lust, dem Abtrünnigen sein Verschwinden so einfach zu machen. „Danke!" Dann nimmt sie das Päckchen und platziert es hinter sich auf der Anrichte.

„Na, ein bisschen mehr Begeisterung kannst du schon zeigen, wo Fredi bei seinem Stress noch schnell ein Geschenk für dich besorgt hat", lässt Helene prompt verlauten.

Laura verzieht keine Miene, sondern bestreicht das aufgeschnittene Brötchen im Zeitlupentempo mit Himbeermarmelade.

Manfred sucht krampfhaft nach einem Thema, denn heute kann er die Stille am Tisch schwer aushalten. Laura hüllt sich in Schweigen, was er natürlich auf sich und seinen Kongress münzt.

In Wirklichkeit arbeiten ihre Gehirnzellen auf Hochtouren. Sie ist in Gedanken schon weit weg von Bad Hollerbach. Zu dumm, dass Manfred dieses Mal keinen Leihwagen zum Flughafen nimmt, sondern seinen Mercedes dort stehen lassen will. Also wird ihr nichts anderes übrig bleiben, als mit dem alten Golf nach Köln zu fahren. Sie hätte ihn schon längst beim TÜV anmelden müssen. Jetzt kann sie das erst, wenn sie nächste Woche zurück ist. Es wird schon gut gehen mit der alten Klapperkiste. Eine andere Überlegung ist, ob sie Max einweihen soll? Sich so einfach aus dem Haus zu stehlen und zu verschwinden, könnte zur Folge haben, dass Helene glatt die Polizei ruft. Natürlich nicht, weil sie sich Sorgen um die Schwiegertochter macht, sondern weil die Versorgungsmaschinerie komplett zusammenbrechen wird. Ja, sie muss ihren Sohn einweihen, und er wird verstehen, dass sie ihren Geburtstag ganz sicher nicht mit Helene, Erna und Anna feiern will. Sollte die *Zwergin* durchdrehen, weiß Max im Notfall, wie er sie erreichen kann.

Manfred schaut auf seine Armbanduhr. Es ist Zeit aufzubrechen. Sein Flieger geht in drei Stunden nach Stockholm, und über eine Stunde benötigt er bis zum Flughafen. Er gibt seiner Mutter zum Abschied einen Kuss auf die Wange, die sie ihm jedes Mal gnädig hinhält. Gerne hat Helene Berührungen nicht, aber bei ihrem Sohn macht sie eine Ausnahme.

„Machs gut, Mütterchen und feiere schön mit Laura! Du wirst mich sicher würdig vertreten."

Laura frohlockt insgeheim. Wenn die beiden wüssten, wie weit weg sie ihren Geburtstag feiern wird.

Manfred umarmt Laura, die aufgestanden ist, um ihren Mann wie üblich zur Garage zu begleiten, wenn er zur Dienstreise aufbricht. „Sei nicht allzu traurig, mein Schatz! Ich rufe dich auf jeden Fall am Samstag an. Und sag Max *tschüss* von mir. Ich konnte mich wegen seines Frühdienstes nicht mehr von ihm verabschieden."

„Kein Problem", kommt es von Laura zurück. „Ich werde es mir auf jeden Fall nett machen." Was sie wirklich mit dieser Äußerung meint, kann Manfred nicht mal erahnen.

Das elektrische Garagentor öffnet sich, und er verstaut seinen Koffer im Mercedes.

„Kannst du nicht mit dem Golf zum Flughafen fahren?", hört sich Laura zu ihrer eigenen Überraschung fragen.

Perplex schließt Manfred den Kofferraumdeckel. „Wie kommst du denn auf die Idee?"

„Dann könnte ich am Samstag mit dem Mercedes zum Baldriansee. Der schafft die Berge besser als der Golf."

„Blödsinn! Ich soll in der Schüssel zum Flughafen? Ne, das kannst du nicht von mir verlangen. Dann fahr mit Helene woandershin! Ich muss mich jetzt beeilen!"

Laura ist stinksauer. Nicht einmal den Gefallen tut ihr Manfred zum Geburtstag. Den Egoismus hat er offensichtlich von seiner Mutter geerbt. „Vielen Dank für deine Kooperation!" Sie dreht sich auf dem Absatz um und lässt Manfred stehen, wütend die Hand zur Faust geballt. Die werden sich alle wundern, ihr Mann und die *Zwergin*!

Laura überlegt fieberhaft, ob sie in der Nacht das Weite suchen soll oder erst am nächsten Morgen ganz in der Früh. Nein, sie muss erst Max reinen Wein einschenken, denn schließlich muss er seine Großmutter im Zaum halten.

Geschickt fängt sie ihren Sohn ab, als er am Abend nach Hause kommt, ohne dass Helene etwas bemerkt, die offensichtlich vor dem Fernseher eingeschlafen ist. Ein Grunzen und Luftschnappen aus dem angrenzenden Wohnzimmer lassen unmissverständlich darauf schließen.

Wenn Laura angenommen hat, Max würde aus allen Wolken fallen und versuchen, ihr den Trip nach Köln auszureden, so hat sie sich gründlich in ihm getäuscht. Er klopft seiner Mutter auf die Schulter und freut sich richtig, dass sie ihren Geburtstag einmal so gestalten kann, wie sie es sich vorstellt. „Ich bin gespannt auf Omas Gesicht, wenn sie sich entweder den Krapfen selbst herrichten oder hungern muss. Ich werde ihr verklickern, dass es keine Torte und keinen Ausflug geben wird und mich nach dem Dienst um sie kümmern, damit sie keine Dummheiten macht."

Laura drückt ihre Dankbarkeit aus, indem sie Max einen Schein in die Hand schiebt. „Mach damit etwas Schönes mit Eva. Vielleicht läuft etwas Romantisches im Kino!"

Max errötet. „Du weißt von uns?"

„Was denkst du denn? Ich habe Augen im Kopf und sofort auf dem Maibaumfest bemerkt, dass es zwischen euch knistert."

„Ich bin froh, dass du das so locker siehst, Ma! Ich hatte schon Angst, du würdest meine Freundschaft zu Eva wegen Omas Standesdünkel nicht gutheißen."

Laura täuscht Entrüstung vor: „Hey, du weißt genau, wie ich über Helenes Ansichten denke. Du sollst glücklich werden. Das ist für mich das Wichtigste! Außerdem mag ich Eva sehr. Sie ist ein gescheites, liebes Mädchen."

Laura ist sehr erleichtert, dass Max über ihren Ausflug Bescheid weiß, denn so komisch es klingt, sie fühlt sich irgendwie für das Wohlergehen ihrer Schwiegermutter verantwortlich.

Max kratzt sich plötzlich am Kinn. „Aber was mache ich mit Papa, wenn er dir übermorgen gratulieren will und hier anruft? Womöglich hechtet Oma ans Telefon und sagt ihm, dass du gar nicht da bist."

Laura lächelt verschmitzt: „Keine Sorge. Ich habe ihm erzählt, dass ich mit Helene schon ganz früh zum Baldriansee aufbrechen werde und er deshalb auf dem Handy anrufen soll."

Jetzt schaut Max seine Mutter schräg von der Seite an.

„Warum soll Papa eigentlich nicht wissen, dass du deinen Geburtstag mit Kerstin in Köln feierst? Oder steckt in Wirklichkeit ein fremder Kerl hinter deiner Flucht?"

Laura beginnt zu lachen: „Wo sollte ich den denn in diesem Kaff kennengelernt haben?", dann voller Ironie: „Keine Sorge! Ich bleibe diesem Haushalt als Magd erhalten."

„Dann bin ich beruhigt. Ich gönne dir deine Auszeit, will dich aber wiederhaben." Max lehnt sich plötzlich wie ein kleiner Junge an seine Mutter, sodass bei ihr Zweifel aufkeimen. Soll sie ihre Pläne lieber über den Haufen werfen? Kerstin wäre zwar enttäuscht, würde es ihr aber bestimmt nicht übel nehmen. Sie nimmt Max in den Arm und drückt ihn an sich, was er zu ihrem Erstaunen diesmal widerstandslos über sich ergehen lässt.

„Pass auf dich auf, Ma! Ich brauche dich und hab dich lieb!"

Laura ist gerührt, denn das hat ihr Junge zuletzt zu ihr gesagt, als er sich beim Fußballspielen das Knie verletzt, Laura es verbunden und ihn getröstet hatte. Warum fällt es ihr auf einmal so schwer, ihr Vorhaben in die Tat umzusetzen? Wie sehr hat sie sich auf den Moment gefreut, endlich mal einige Zeit der *Zwergin* fern zu sein und den öden Hausfrauenfrust hinter sich zu lassen. Jetzt steht sie eng umschlungen mit ihrem erwachsenen Sohn in der Küche und tut so, als würde sie am nächsten Tag zum Mond fliegen. Laura schalt sich selbst, wie blöd sie sich anstellt.

„Kannst du dann morgen bitte mit dem Rad zur Arbeit fahren? Ich brauche den Golf." Laura befreit sich aus der Umklammerung ihres Sohnes und hat den Gefühlsausbruch wieder unter Kontrolle.

„Klar doch, Ma, aber nimmst du nicht besser den Zug oder den Flieger? Der Golf gehört in die Werkstatt. Du weißt doch, die Batterie schwächelt seit einiger Zeit, und ich musste sie immer wieder mal aufladen. Da gehört dringend eine Neue rein."

Kapitel 5

Erschrocken wacht Laura auf, als der Wecker klingelt. Geschlafen hat sie kaum. Bis spät in die Nacht hat sie sich im Internet über die Route nach Köln schlaugemacht und erforscht, ob das von Kerstin gebuchte Hotel eine Tiefgarage besitzt. Sie staunte nicht schlecht, als die Homepage des Hotels verriet, dass es über vier Sterne und natürlich über den entsprechenden Komfort verfügt. Wie gut, dass Kerstins Arbeitgeber das Zimmer zahlt. Obwohl Manfred gut verdient und auch sie den einen oder anderen Euro von den genähten Dirndln beisteuert, hat Laura immer Hemmungen, sich selbst etwas zu gönnen. Die Ursache dafür ist ihr eigenes Elternhaus, in dem sehr spartanisch gelebt wurde. Dabei ist Manfred ihr gegenüber ein großzügiger Mensch. Schon oft hat er seiner Frau geraten, sich mal so richtig in den schicken Münchener Boutiquen einzukleiden. Laura sieht allerdings gar keinen Sinn darin. Sie würde in Bad Hollerbach mit extravaganten Klamotten nur unangenehm auffallen, von Helenes Bemerkungen, die sie dann ertragen müsste, ganz zu schweigen. Außerdem kreiert sie ihre Kleider lieber selbst.

Etwas zögernd steht Laura auf und zieht die gepackte Reisetasche unter dem Bett hervor. Es fehlt der Kulturbeutel, den sie nach dem Zähneputzen hineinsteckt. Ein Brief für Helene ist vorbereitet und findet seinen Platz auf dem Frühstückstisch. Laura kann es nicht lassen und deckt ihn schnell. Sie schüttelt über sich den Kopf, isst selbst nichts. So schnell wie möglich möchte sie das Haus verlassen, damit Helene ihr nicht in die Quere kommen kann. Den Golf hat sie bereits spät am Abend aus der Garage gefahren und seitlich vom Haus geparkt, damit das Öffnen des Garagentores niemanden unnötig weckt. Das Abenteuer kann also beginnen.

Wie eine Geheimagentin schaut Laura sich um und wirft ihre Reisetasche auf die Hinterbank des Golfs. Mit einem Seufzer der Erleichterung dreht sie den Zündschlüssel herum. Nichts, aber auch gar nichts regt sich! Der Motor ist tot. Nicht einmal ein Orgeln ist zu vernehmen.

Bitte, lieber Golf, lass mich jetzt nicht im Stich!, schießt es ihr durch den Kopf. Immer wieder dreht sie den Zündschlüssel herum. Was hatte Max gesagt? Die Batterie ist schwach auf der Brust? Warum hat sie nicht auf ihn gehört und am Abend das Ladegerät noch mal angeschlossen? Nun hat sie den Salat. Das Unternehmen Köln ist geplatzt, bevor es begonnen hat.

Enttäuscht schnappt Laura die Reisetasche und schleppt sich wie ein geprügelter Hund zurück ins Haus, in dem glücklicherweise alles still ist. Der *Zwergin* hatte Laura am Abend ihren Lieblingswein hingestellt, der offensichtlich die beabsichtigte Wirkung erzielt hat.

Am liebsten würde Laura losheulen. Sie wird sich aber schnell klar darüber, dass ihr das am wenigsten hilft. Sie muss überlegen. Gibt es eine andere Möglichkeit, die Reise anzutreten? Den Gedanken an eine Zugfahrt verwirft sie schnell wieder, denn der Bus zum Bahnhof in Rosenheim ist gerade vor zehn Minuten abgefahren, und der nächste kommt erst wieder in einer Stunde. Bis dahin ist Helene längst munter und an ein problemloses Fortkommen nicht mehr zu denken. Ein Taxi zu rufen, ist ebenfalls zu zeitraubend und auffällig. Kurzfristig zu fliegen, kommt nicht infrage.

In diesem Moment der Verzweiflung fällt Lauras Blick auf das Schlüsselbrett im Flur. Der Motorradschlüssel der Harley sticht aus allen hervor, weil Manfred als Anhänger einen überdimensionalen Eiffelturm daran gehängt hat. Sollte Laura es wagen, mit der Maschine nach Köln zu düsen? Nein, das wäre viel zu riskant, denn seit der Schwangerschaft ist sie nie wieder Motorrad gefahren. Trotzdem scheint es die einzige Möglichkeit zu sein, ihr Vorhaben in die Tat umzusetzen.

Leise schleicht sich Laura zurück ins Schlafzimmer und öffnet Manfreds Kleiderschrankseite. Dort hängt seine Motorradkluft. Natürlich ist sie ihr viel zu groß. Manfred misst vom Umfang fast das Doppelte von seiner Frau. In Windeseile schlüpft sie in den Lederanzug, die Hosenbeine hochkrempelnd. Mit einem Gürtel um die Hüfte wird es einigermaßen gehen. Bequeme Kleidung fühlt sich allerdings anders an. Zum Glück hat Laura ihre alten Motorradstiefel aus Nostalgie nicht entsorgt wie ihren eigenen Motorradanzug, als sich Max ankündigte. Damals ging sie davon aus, sowieso nie wieder auf einen Feuerstuhl zu steigen.

Mit inzwischen vor innerer Anspannung puterrot gefärbtem Antlitz erreicht Laura die Garage. Jetzt muss alles sehr schnell gehen, damit Helene nicht durch das Geräusch des elektrischen Tors vorzeitig aufwacht.

Die Abenteuerlustige befestigt ihre Reisetasche auf dem verchromten Gepäckständer. Hoffentlich kann sie sich auf der Maschine überhaupt halten. Manfreds Helm passt einigermaßen. Mit einem Schwung sitzt Laura auf, und wie in Trance startet sie das Motorrad. Ohne weiter nachzudenken, gibt sie Gas und braust davon. Zu ihrem eigenen Erstaunen hat sie offensichtlich nichts verlernt. Es ist wie Radfahren oder Schwimmen. Selbst wenn man das jahrzehntelang nicht macht, fällt man nicht vom Rad oder ertrinkt.

Als sie außer Reichweite des Hauses ist, hält sie an. Manfred hat sich natürlich ein Navi gegönnt, das Laura zu bedienen versucht. Nach einigen Fehleingaben klappt es endlich. Kann es wahr sein? Sie befindet sich mit der Harley auf dem Weg nach Köln zu Kerstin? Auf einmal fühlt sie sich frei wie ein Adler in der Luft. Sie hat es geschafft!

Auf der Autobahn fährt sie zunächst nicht mehr als hundert Stundenkilometer, um sich erst wieder ans Motorrad zu gewöhnen und die Landschaft zu genießen. Der erste Teil der Strecke bis München beschert einen herrlichen Ausblick auf die Alpen. Glücklicherweise spielt auch das Wetter mit. Die Sonne scheint vom Himmel, und keine Wolke trübt den Blick auf den Wendelstein, den Hausberg von Bad Hollerbach. Schon eine halbe Ewigkeit ist Laura nicht mehr hinaufgestiegen, denn durch die Zahnradbahn auf der einen Seite und der Gondel auf der anderen, ist der Berg zu jeder Jahreszeit ein Touristenmagnet. Laura bevorzugt daher die unbekannteren Berge, wo man noch relativ einsam die Natur und das Kuhglockengeläut genießen kann.

Ihre Euphorie hält die ersten beiden Stunden uneingeschränkt an, bis sich plötzlich wie aus dem Nichts in der Hallertau ein Stau entwickelt. Das Navi empfiehlt, von der Autobahn abzufahren und über die Landstraße den Stau zu umgehen.

Warum nicht?, überlegt Laura nicht lange. Auf diese Weise lernt sie eine neue Gegend kennen, die sie sicher so schnell nicht mehr zu Gesicht bekommen wird. Außerdem ist es sehr früh am Tag, und vielleicht findet sie ein idyllisches Plätzchen zum Frühstücken, denn ein Schluck Kaffee wäre nicht schlecht. Schon einige Kilometer nach der Autobahnausfahrt taucht ein Hinweisschild zu einer Mühle mit Gaststätte auf. Das ist bestimmt ein guter Ort, um eine Pause einzulegen. Laura zögert nicht lange und biegt nach links ab, den Schildern folgend. Hoffentlich liegt das Lokal nicht zu weit von der Landstraße entfernt, denn große Umwege möchte die Motorradfahrerin nicht unbedingt machen. Aber sie freut sich schon sehr auf einen Kaffee mit aufgeschäumter Milch und eine Semmel mit Marmelade. Und vielleicht ein Omelett mit Schinken? Bei dieser Vorstellung läuft ihr das Wasser im Mund zusammen. Wann hat Laura das letzte Mal ein Frühstück serviert bekommen? Die Urlaube hatten sie die letzten Jahre immer in Ferienhäusern verbracht, meistens in Italien, das man von Bad Hollerbach über die Inntalautobahn in wenigen Stunden erreichen kann. Natürlich fehlte Helene nicht dabei, die sich jedes Mal vehement weigerte, allein zu Hause zurückzubleiben. Dabei hätten Laura einige Tage Abstand von ihr so gutgetan. Wie immer konnte oder wollte Manfred sich nicht gegen seine Mutter durchsetzen, und so kam es, dass Laura abgezählte, in Folie eingeschweißte Krapfen mit ins Ferienhaus nahm, um Helenes Gewohnheiten zu befriedigen. Das hat sie bisher nicht einmal Kerstin gebeichtet, zu verrückt erscheint es ihr selbst.

Endlich taucht die Mühle auf. Sie parkt die Harley direkt am Gartenzaun und setzt den Helm ab. Welche Wohltat, die Lockenmähne ausschütteln zu können. Die Mühle liegt eingebettet in eine herrliche Flusslandschaft. Der Garten, der mediterran mit zahlreichen Palmen in Terrakottatöpfen bestückt ist, lädt die hungrigen und Erholung suchenden Gäste zum Verweilen ein.

Laura schaut sich erstaunt um, denn es ist alles leer. Niemand sitzt an den Tischen, alles ist ruhig. Vorsichtshalber wirft sie einen Blick auf die Öffnungszeiten. Daraus ist zu schließen, dass das Restaurant seit einigen Minuten geöffnet haben muss.

An einem der vorderen Tische nimmt sie Platz, um Manfreds *Baby* im Blick zu behalten. Nichts wäre wohl schlimmer, als wenn die Maschine beschädigt oder gar gestohlen werden würde. Überhaupt kommen Laura erneut Zweifel. Soll sie nicht lieber umkehren? In zwei Stunden wäre sie wieder in Bad Hollerbach.

Das Brummen ihres Handys in der Hosentasche reißt die Grübelnde aus ihren Überlegungen. Es dauert eine Weile, bis sie es aus den tiefen Gründen der zu großen Hose herauskramt. Hektisch drückt sie schließlich auf den grünen Hörer, ohne darauf zu achten, wer es ist. Fast fällt ihr das Ohr ab, als Helene kreischt: „Wo bist du? Was fällt dir ein, einfach zu verschwinden? Max hat mich zum Glück per Telefon aufgeklärt, bevor ich die Polizei rufen konnte. Deinen Brief habe ich nämlich eben erst gefunden. Weiß Fredi Bescheid? Steckt der etwa mit hinter deinem Komplott? Was soll ich Anna und Erna sagen, die ich zu deinem Geburtstag eingeladen habe? Sie haben extra ein Geschenk für dich gekauft. Warum blamierst du mich?"

Auf Laura prasselt Helenes Wortschwall wie stachelbeergroße Hagelkörner, und sie kommt zu keiner Antwort, denn die *Zwergin* macht ihr außerdem Vorwürfe, dass kein Krapfen mehr für die nächsten Tage vorrätig ist.

Wenn Laura bis vor Kurzem noch ein schlechtes Gewissen hatte, wirft sie es jetzt auf der Stelle über Bord. Sie wird den Teufel tun und zurückfahren! Sie müsste verrückt sein, ihren Geburtstag mit Helene, Erna und Anna zu feiern, statt mit Kerstin. Energisch drückt die undankbare Schwiegertochter auf den Ausschalter des Handys und atmet erleichtert durch.

In diesem Moment erscheint eine junge Bedienung und fragt freundlich, ob Laura sich schon etwas von der Karte ausgesucht hat.

„Das große Frühstück bitte mit Omelett und Schinken und ein Kännchen Kaffee mit aufgeschäumter Milch."

„Gerne", nimmt die Kellnerin die Bestellung entgegen.

„Gibt es wieder Stau auf der Autobahn?"

Laura bejaht: „Ist es weit bis zur nächsten Auffahrt?"

„Nein, es sind etwa zehn Kilometer durch das Waldgebiet, aber sehr idyllisch zu fahren."

Aus einiger Entfernung sind laute Motorengeräusche zu hören. Laura und die Bedienung drehen gleichzeitig ihre Köpfe in Richtung Parkplatz.

Mehrere Motorradfahrer treffen ein, alle mit schweren Maschinen. Offensichtlich nutzen auch sie den Stau für eine Pause. Fünf starke, muskulös gebaute Männer zwischen dreißig und vierzig Jahren betreten das Restaurantgelände, und Laura fühlt sich auf einmal sehr unwohl in ihrer Motorradkluft. Warum musste sie sich ausgerechnet gleich an den Eingang setzen? Hoffentlich gehen die Männer ohne Kommentar an ihr vorbei. Das ist reiner Wunschgedanke, denn einer von ihnen entdeckt sie sofort.

„Hey, gehört dir etwa die Harley am Zaun?"

Laura möchte am liebsten verneinen, stattdessen nickt sie unmerklich. Die restlichen vier Mannsbilder fackeln nicht lange und pflanzen sich mit einem „Wir dürfen doch, oder?" einfach an Lauras Tisch.

Vorbei ist es mit der Idylle und der Vorfreude auf ein leckeres, geruhsames Frühstück. Ihr ist der Appetit schlagartig vergangen. Mit diesen Mannsbildern will sie auf keinen Fall Motorradgarn spinnen.

Unter dem Vorwand, sich die Hände waschen zu wollen, flüchtet sie ins Mühleninnere und wird von einem besonderen Ambiente empfangen. Alles ist mit Holz vertäfelt und in Nischen aufgeteilt. Richtig gemütlich! Das wäre der ideale Ort, um mit Manfred allein bei einem romantischen Dinner mit Kerzenschein ihren Geburtstag zu feiern.

Die nette Kellnerin erscheint gerade aus der Küche mit dem Frühstück, als Laura nach einem Hinweis zur Toilette sucht. Einer Eingebung folgend täuscht sie vor, es sei ihr doch etwas zu frisch draußen. Kann sie hier drinnen essen?

„Aber natürlich, suchen Sie sich einen Tisch aus!"

Laura ist der Platz völlig egal, Hauptsache weit genug weg von den Motorradkollegen. Statt die Leckereien zu genießen, schlürft die Vertriebene ihren Kaffee in zwei Schlucken hinunter. Das Omelett verschlingt sie unelegant und ist froh, dass niemand es sieht. Dann schmiert sie sich die zwei Semmeln, belegt sie mit Salami, wickelt sie in eine Serviette ein und lässt sie in ihrer Hosentasche verschwinden. Aus der auf dem Tisch liegenden Speisekarte entnimmt sie den Preis und hinterlässt das Geld neben dem Teller, in der Eile nicht bemerkend, dass es selbst mit Trinkgeld zu viel ist. Sicher gibt es noch einen Hinterausgang. Sie möchte so schnell wie möglich auf der Harley entkommen, bevor die Männer spannen, dass sie getürmt ist.

Laura schleicht sich in Richtung Toilette, die sie benutzt, bevor sie tatsächlich durch eine Hintertür in den Hof verschwinden kann.

Vorsichtig schaut sie um die Ecke, ob die Luft rein ist. Auf dem Parkplatz ist niemand zu sehen, aber da die Kerle ja direkt am Eingang Platz genommen hatten, haben sie natürlich die Harley im Visier. Ihre eigene Überwachungstaktik wird ihr scheinbar zum Verhängnis. Wie soll sie erklären, dass sie bereits drinnen innerhalb von wenigen Minuten gefrühstückt hat und warum? Auf der anderen Seite schuldet sie niemandem Rechenschaft. Zum Glück sind die Männer mit der Kellnerin und ihrer Bestellung so abgelenkt, dass sie Lauras Anschleichen gar nicht bemerken.

Schnell den Helm aufgesetzt und gestartet. Fast verliert Laura das Gleichgewicht, weil sie zu viel Gas gibt.

Erst dadurch bemerken die Motorradfahrer Lauras Flucht, lassen sich ihre gute Laune aber nicht verderben. Frauen auf Feuerstühlen sind eben eine ganz besondere Spezies.

Viel zu schnell rast Laura weiter auf der Landstraße in der Hoffnung, bald die nächste Autobahnauffahrt zu erreichen. Die Kellnerin hatte doch etwas von zehn Kilometern gesagt. Seltsamerweise sind kaum Autos auf der Strecke. Wahrscheinlich hat sich der Stau auf der Autobahn mittlerweile aufgelöst.

Laura plagt wieder das schlechte Gewissen. Ob zu Hause alles in Ordnung ist? Ob Max nachher bei seiner Großmutter ausbaden muss, dass sie die Flucht ergriffen hat? Sie ist entschlossen, die nächste Raststätte anzufahren und Max auf seinem Handy anzurufen, Dienst hin oder her. Sie ist derart in Gedanken versunken, dass sie den Blitz am Straßenrand zu spät bemerkt. Was war denn das?

Etwa einen halben Kilometer weiter erfährt Laura den Grund. Ein Polizeibeamter steht mit der Kelle auf der Fahrbahn. Auch das noch! Ausgerechnet ihr passiert eine Überschreitung der Geschwindigkeit, wo sie sonst immer mit dem Auto im Schneckentempo unterwegs ist. Manfred und Max nervt das stets, und sie setzen sich lieber selbst ans Steuer, bevor sie Lauras Fahrstil ertragen müssen. Komischerweise wird die *Zwergin* gerne von der Schwiegertochter rumkutschiert, denn sie hasst angeblich schnelles Fahren.

Natürlich durchschaut Laura Helenes Scheinheiligkeit, die

ganz bestimmt nicht auf ihre Taxidienste verzichten will. Laura nimmt das Gas weg und kommt gerade rechtzeitig vor dem Beamten zum Stehen, der vorsichtshalber zur Seite springt. Typisch, diese Motorradfreaks glauben, die Straßen gehören ihnen allein. Ein hämisches Grinsen macht sich auf dem Gesicht des Polizisten breit. Er freut sich jedes Mal, wenn ihm ein Zweirad ins Netz geht. Sein Mienenspiel wechselt schlagartig, als der vermeintliche Kerl den Helm absetzt und ihm zwei entgeisterte, blaue Augen entgegenstarren.

„War ich zu schnell?", fragt Laura kleinlaut.

„Allerdings, gute Frau", besinnt sich der Beamte auf seine Aufgabe, „auf der Landstraße ist Tempo hundert erlaubt und bei Ihnen sind hundertfünfzehn Stundenkilometer gemessen worden, die Toleranz schon abgerechnet."

Lauras Gesichtszüge entspannen sich. Gott sei Dank, überlegt sie. Das Bußgeld kann also nicht allzu hoch ausfallen.

„Ihre Papiere bitte! Führerschein und Fahrzeugschein!"

Laura wird es plötzlich heiß und kalt zugleich. In der Hektik am Morgen hat sie vergessen, den Fahrzeugschein für die Harley einzustecken. Sie wüsste auch gar nicht, wo Manfred den überhaupt aufbewahrt. So ein Mist! Wie dämlich ist sie eigentlich? Verlegen nestelt Laura an ihrem Anzug herum, um Zeit zu gewinnen. Sie löst den Gürtel, und der Schlabbersack von Motorradkluft zeigt sich in voller Größe und Breite.

Das entlockt dem Beamten ein Grinsen. „Harley fahren und das Outfit im Sonderangebot kaufen. Das nenne ich sparsam."

Laura möchte vor lauter Scham hinter den nächsten Busch springen und sich den blöden Anzug vom Leib reißen. Sie kann nicht wissen, dass gerade ihr komisches, hilfloses Aussehen den Polizisten milde stimmt.

Er streckt die Hand aus zum Zeichen, dass er die Papiere erwartet.

Laura hat inzwischen einen glühend roten Kopf, als hätte sie mehrere Schnäpse getrunken. Nach längerem Kramen in der

Jackentasche kommen zunächst die in eine Serviette eingewickelten Brötchen zum Vorschein, die völlig zermatscht sind. Sie drückt sie dem verdutzten Polizisten in die Hand, um endlich den Führerschein ans Licht zu befördern, der bereits über zwanzig Jahre alt und dementsprechend abgegriffen ist. Auch das Foto lässt lediglich erahnen, dass es sich um die heutige Laura handelt. Als junges Mädchen trug sie die Haare ganz kurz. Es war ihre burschikose Phase. Erst mit Anfang zwanzig hat sie sich ihrer Weiblichkeit besonnen und die Haare lang wachsen lassen, sehr zum Gefallen der Männer. Das verschafft ihr bei dem Verkehrshüter ebenfalls einen Bonus, der die Sünderin äußerst attraktiv findet.

Laura hat in der langen Ehe mit Manfred und geläutert von Helene vergessen, ihre weiblichen Reize geschickt zum Einsatz zu bringen. Zu selten kommt sie zu Hause in die Verlegenheit, sich entsprechend herzurichten. Dabei bedarf es gar nicht viel Schminke, um Lauras Vorzüge optimal zur Geltung zu bringen. Ihre Wimpern sind von Natur aus lang und dunkel und betonen ihre Kulleraugen. Die Naturlocken umrahmen Lauras schmales Gesicht und geben ihr einen engelhaften Touch, der bei Männern gleich den Beschützerinstinkt weckt.

Auch jetzt verfehlt ihr Aussehen nicht die Wirkung auf den Beamten. Sein Blick fällt auf ihr Geburtsdatum. Überrascht stellt er fest, dass sie am nächsten Tag zweiundvierzig Jahre alt wird. Seine Neugierde ist geweckt.

„Sie kommen aus Südbayern. Darf ich wissen, wohin sie wollen?"

Ohne zu zögern, verrät Laura, dass sie auf dem Weg nach Köln ist.

„Geburtstagsfeier in Kölle, verstehe! Da wollen Sie es wohl so richtig krachen lassen."

Zu Lauras grenzenloser Überraschung reicht der Polizist ihr den Führerschein samt den Brötchen zurück.

„Bei Geburtstagskindern drücke ich beide Augen zu." Er

zwinkert Laura ausgelassen zu. „Ich glaube, unser Radargerät ist defekt. Ich wünsche Ihnen eine gute Fahrt und viel Spaß in der Domstadt. Essen Sie einen *halven Hahn* für mich mit!"

Laura versteht nur Bahnhof. Was soll ein *halver Hahn* sein? Ein halbes Brathähnchen? Zwar war sie in ihrer Jugend mal mit der Schulklasse in Köln, kann sich jedoch an diesen Begriff nicht erinnern. Egal, Hauptsache, sie muss nichts zahlen und kann endlich ihre Reise fortsetzen. Wie gut, dass Kerstin erst am Abend im Hotel eintrifft und nicht stundenlang auf ihr Kommen warten muss. Es ist bald Mittag, und normalerweise wäre die Fahrt schon fast geschafft. Diese ganzen unfreiwilligen Stopps müssen aufhören. Damit der Polizist es sich nicht anders überlegt, schlingt Laura schnell wieder den Gürtel um ihre schmalen Hüften und versteckt ihre Lockenpracht unter dem Helm, nicht ohne sich vorher mit einem strahlenden Lächeln für das vorzeitige Geburtstagsgeschenk zu bedanken. Diesmal gibt sie vorsichtig Gas und entdeckt im Rückspiegel schadenfroh, dass eine Motorradgang ebenfalls in die Radarfalle getappt ist und angehalten wird. Die kann wohl nicht mit einem Geburtstag aufwarten.

Endlich erscheint am Straßenrand das Hinweisschild für die nächste Autobahnauffahrt. Erleichtert gibt Laura ein wenig mehr Gas. Komisch, die Harley wird davon aber nicht schneller. Sie versucht es erneut, aber stattdessen verlangsamt sich die Fahrt auf 80, 60, 30 und schließlich macht es blob, blob, das Motorrad rollt aus und kommt am Straßenrand zum Stehen.

„Das kann doch alles nicht wahr sein", flucht Laura vor sich hin, „jetzt gibt das verdammte Ding komplett seinen Geist auf!" Vor Wut und Verzweiflung tritt sie gegen das Hinterrad, was zur Folge hat, dass ihre aufsteigenden Tränen den Schmerz am Fuß und ihren Frust vereinen. Wieder dauert es eine ganze Weile, bis ihr Handy aus dem Anzug zum Vorschein kommt. Nur Max kann ihr jetzt noch helfen, der sich auch gleich meldet.

„Hallo Ma, bist du schon in Köln? Das ging aber fix."

„Stör ich dich?", kommt es kläglich zurück.

„Nö, du hast Glück. Ich habe gerade Pause und sitze im Park auf einer Bank. Du klingst so komisch, ist was?"

Max hat in Lauras Augen eine seltene Fähigkeit für ein männliches Wesen. Er nimmt Stimmungen bei anderen Menschen wahr und geht darauf ein. In diesem Moment würde sie ihren Sohn zu gerne in ihre Arme schließen und ihm dafür danken. Ohne Max und seine humoristische, manchmal mit Ironie gespickte Art, Dinge beim Namen zu nennen, hätte Laura die *Zwergin* wohl kaum all die Jahre verkraftet.

„Nein, ich bin leider nicht in Köln! Die Harley streikt. Der Anlasser gibt keinen Piep mehr von sich. Hast du eine Idee, woran das liegen könnte?"

„Wie, du hast dir das Motorrad geschnappt?", verschluckt sich Max fast bei der Frage. „Ist der Golf etwa nicht angesprungen?"

„Richtig getippt! Ich habe jetzt keine Zeit für große Erklärungen. Kannst du mir helfen?"

„Ma, die Harley war erst vor zwei Wochen zur Inspektion in der Werkstatt. Hast du denn mal auf die Tankanzeige geschaut? War die voll, als du heute Morgen losgefahren bist?" Max kann immer noch nicht glauben, dass seine Mutter mit dem Motorrad unterwegs ist.

Laura schlägt sich an die Stirn. Natürlich hat sie darauf in der Eile, Helene nur ja nicht auf den Plan zu rufen, nicht geachtet.

„Nein, ich bin davon ausgegangen, dass dein Vater letztes Wochenende in Kufstein getankt hat, und dann wäre ich damit fast bis nach Köln gekommen."

„Das hilft jetzt auch nichts. Dir bleibt nichts anderes übrig, als zur nächsten Notrufsäule zu traben und die Pannenhilfe zu rufen. Die soll dir gleich einen Kanister Sprit mitbringen."

„Aber hier gibt es keine Notrufsäulen!" Laura könnte schreien vor lauter Hilflosigkeit. „Ich bin nicht auf der Autobahn, sondern auf einer Landstraße. Das Navi hat mich umgeleitet."

Zum Glück kann Laura nicht sehen, wie ihr Sohn die Augen

verdreht. Typisch seine Mutter! Sie setzt sich immer ins Auto und geht davon aus, dass der Tank voll ist. Vater Manfred füllt grundsätzlich in Österreich abwechselnd eines der Autos und die Harley mit Benzin, weil es dort viel billiger ist. Laura musste sich bisher lediglich in Notfällen darum kümmern. Das wird ihr jetzt offensichtlich zum Verhängnis.

Max kratzt sich am Kinn. Wie kann er seiner Mutter nur helfen?

„Hast du eine Ahnung, wie weit das nächste Kaff von dir entfernt ist?", möchte er von ihr wissen.

„Keinen Schimmer, aber ich habe vor einigen Minuten eine Polizeistreife passiert. Zu der könnte ich zurücklaufen." Natürlich erwähnt Laura nicht, dass sie wegen Geschwindigkeitsüberschreitung angehalten wurde. Max würde das wahrscheinlich sowieso nicht glauben.

„Das lass mal lieber bleiben, Ma. Bei so einem Problem helfen die nicht. Am besten, du hältst ein Auto an und lässt dich bis zur nächsten Tankstelle mitnehmen, kaufst dort einen Fünf-Liter-Kanister, machst ihn voll, und zurück geht's per Anhalter zur Harley." Selbst Max fällt in diesem Moment nicht ein, dass das Navi Auskunft über den Standort der nächsten Tankstelle geben könnte.

„Du hast gut reden. Ich und per Anhalter. Das mache ich nicht!"

„Dann sammle schon mal Reisig und Holz und bereite dich auf eine Nacht am Straßenrand vor", rät Max ganz nüchtern.

„Mensch, Ma, jetzt stell dich nicht so an! Es wird dich schon keiner entführen oder auffressen. Ich muss jetzt zurück zum Dienst. Bin bereits überfällig. Melde dich bitte aus Köln! Ich drücke dir die Daumen." Max schaltet kopfschüttelnd sein Handy aus. Die Erwachsenen sind blauäugiger als die Polizei erlaubt. Insgeheim macht er sich jedoch Sorgen um seine Mutter. Sie scheint den Tücken des Straßenverkehrs nicht gewachsen. Wäre sie bloß mit der Bahn gefahren. Hoffentlich geht alles gut.

Laura ist kurz vorm Durchdrehen. Max rät ihr, per Anhalter zu fahren, was sie ihm immer verboten hat. Das nennt man wohl verkehrte Welt. Es bleibt ihr indes keine Wahl. Etwas steif und zögerlich wagt sie sich einen halben Meter weit auf die Fahrbahn und hält den Daumen raus, als ein Lkw um die Kurve kommt. Zu Lauras Erstaunen stoppt er sofort und lässt das Fenster herunter. Oh nein, mit dem fährt sie ganz sicher nicht mit, tätowiert bis zur Ohrmuschel und Piercings in den Augenbrauen.

„Na, junge Frau, wollen Sie ihre Harley gegen meinen Laster tauschen? Mache ich sofort! Meine Stulle kriegen Sie noch obendrauf." Dann lacht dieses Monster schallend über seinen eigenen Witz, den Laura alles andere als komisch findet.

„Können Sie mich in den nächsten Ort mitnehmen?", versucht Laura so selbstsicher und gelassen zu fragen, wie es ihr in diesem Moment möglich ist.

„Tut mir leid, gute Frau, aber ich komme in kein Dorf mehr vor der nächsten Autobahnauffahrt, und ich kann auch keinen Umweg fahren, weil ich die Zeiten einhalten muss."

Laura ist über seine Absage richtig erleichtert und froh, als er Gas gibt. Sie lässt sich verzagt ins Gras fallen. Was für ein Tag! Am liebsten würde sie in einen Dornröschenschlaf versinken, nichts mehr hören und nichts mehr sehen.

Von Weitem kündigen sich laute Motorengeräusche an. Laura reißt die Augen auf. Nein, nicht auch das noch. Es sind fünf Motorräder und sie ahnt, um wen es sich dabei handelt. Kaum hat sie den Gedanken zu Ende gesponnen, hebt einer der Männer die Hand zum Zeichen, dass alle anhalten sollen.

Laura möchte in einem Erdloch Kaninchen spielen, und sie schließt einen Moment lang die Augen, um das hämische Grinsen der Kerle zu ignorieren.

„Na, Mädel, die Radarfalle gepackt und trotzdem Probleme? Wo hakt es denn?" Schon ist der Einsfünfundneunzigmann von seinem Feuerstuhl abgestiegen und gesellt sich zu der Befragten.

Kleinlaut gibt Laura zu, kein Benzin mehr zu haben. Sollte sie schallenden Spott erwartet haben, so hat sie sich getäuscht.

„Das kann jedem passieren! Kein Beinbruch! Hey Sven", wendet er sich einem der anderen zu, „du hast doch einen kleinen Kanister dabei. Holst du unserer schönen Kollegin Benzin? Der nächste Ort liegt drei Kilometer entfernt, wie mein Navi angibt."

„Klar, mach ich!", bietet Sven sofort an, startet ohne zu zögern sein Motorrad und braust davon.

Die anderen Männer der Gang scharen sich um Laura, der das alles wie ein Albtraum vorkommt. Dabei geben sich die Herren alle Mühe, charmant zu sein. Der Riese, der Sven zum Benzin holen in die Wüste geschickt hat, stellt seine Freunde nacheinander vor: Sebastian, Felix, Moritz, und er selbst heißt Frieder. Moritz zückt plötzlich einen Zehn-Euroschein und hält ihn Laura hin. „Da, du hast in der Eile, uns zu entkommen, einen Zwanziger hingelegt statt eines Zehners. Die Kellnerin hat ihn mir für dich mitgegeben."

Laura fällt die Kinnlade herunter. So dumm kann auch nur sie sein. Sie nimmt den Schein dankend entgegen. „Woher wusstet ihr, dass ihr mich noch mal treffen würdet?"

„Wir holen alle Frauen irgendwann auf ihren Maschinen ein! So groß war der zeitliche Abstand ja nicht."

Laura lässt es bei dieser unlogischen Feststellung bewenden, denn sie gesteht sich ein, enormes Glück zu haben, dass die Burschen so nett sind und ihr helfen. Es dauert keine Viertelstunde, und Sven ist mit dem heiß ersehnten Benzin zurück. Laura reicht ihm gleich das Geld, das sie noch in der Hand hält, und bedankt sich für die schnelle Unterstützung. Natürlich nimmt Sven, ganz Gentleman, das Geld nicht an.

„Am besten geleiten wir dich bis zur nächsten Tankstelle auf der Autobahn, damit du vollbunkern kannst. Wo willst du überhaupt hin?"

„Nach Köln! Aber vielleicht kehre ich besser um. Ich tauge wohl nicht zum Motorradfahren."

Ein Raunen geht durch die Männer, und alle reden gleichzeitig auf sie ein. So ein Quatsch! Laura auf der Harley ist der Knüller der Straße, und wie es der Zufall will, fahren sie auch alle nach Köln. Wenn Laura einverstanden ist, wird die Gang sie wie eine Polizeieskorte begleiten. Ist doch Ehrensache! Endlich erscheint wieder ein Lächeln auf Lauras Gesicht. Sie nimmt das Angebot gerne an.

Sie wünscht sich plötzlich, dass die letzten zwanzig Kilometer nach Köln nicht enden mögen. Zwar schmerzen alle Glieder von der ungewohnten Haltung auf dem Motorrad, und sie wird Kerstin krumm und schief unter die Augen treten, aber inzwischen genießt sie die Gesellschaft der Männer, die sie zum Mittagessen auf einem Rasthof eingeladen haben. Sie wurde bedient und hofiert wie schon lange nicht mehr. Die Boys haben sich geradezu überschlagen, um ihr etwas zu essen und zu trinken zu besorgen. Besonders Sven hat sich beim Essen um sie bemüht und versucht, ihre Familienverhältnisse zu erkunden. Geschickt hat Laura immer wieder schnell das Thema gewechselt. Wenigstens das hat sie in all den Jahren mit Helene gelernt. Wenn die *Zwergin* hartnäckig etwas von ihr will, geht sie einfach mit einem anderen, völlig belanglosen Thema darüber hinweg. Diese Fähigkeit hat Laura so manches Mal davor bewahrt, auszurasten. Sie weiß genau, dass sie den Kürzeren ziehen würde. Helene hat Macht über Manfred und damit über ihre Schwiegertochter. So schön das Einfamilienhaus ist, Laura würde es gerne hergeben als Komplettpaket inklusive Helene. Sie mag sich gar nicht vorstellen, wie das mit dem Drachen weitergehen soll. Je älter er wird, desto grantiger, besserwisserischer und unerträglicher erscheint Laura sein Verhalten. Wie oft hat sie mit Manfred darüber diskutiert, seiner Mutter einen Platz in einem Seniorenheim zu kaufen. Das Geld dafür hätte sie allemal. Es gibt eine richtig tolle Residenz ganz in ihrer Nähe, wo die Senioren so lange unabhängig bleiben können, wie sie wollen. Helenes Kommentar zu einer solchen Möglichkeit: „Dort sind mir die

Leute zu alt." In Wahrheit meint die *Zwergin* natürlich, dass sie auf das Herumkommandieren der Schwiegertochter nicht verzichten will. Das Leben im Seniorenheim wäre zu langweilig. Laura ist allerdings davon überzeugt, dass Helene überall ein Opfer zum Tyrannisieren finden würde.

Nur einmal wurde Helene richtig vorgeführt. Nie wird Laura vergessen, als sich die Schwiegermutter einbildete, kurz vor einem Blinddarmdurchbruch zu stehen. Mitten in der Nacht kreischte es plötzlich durch alle Türritzen, und Laura war sofort in Alarmbereitschaft, während Manfred sich grummelnd auf die andere Seite des Bettes rollte. Wie dies bei fast allen Müttern dieser Welt der Fall ist, reagiert Laura auf jedes Geräusch und ist auf der Stelle wach.

Schnell begab sie sich barfüßig in Richtung der Schreie, die aus Helenes Zimmer kamen. Laura war direkt erleichtert, dass es sich nicht um Max handelte, der natürlich genau wie sein Vater selig schlummerte.

Die *Zwergin* saß senkrecht im Bett und stöhnte wie eine Dampfwalze vor sich hin. Dabei fasste sie sich an den linken Unterleib. Laura fragte sie gleich, was denn los wäre.

„Siehst du das nicht?", krächzte Helene ihr empört entgegen.

„Glaubst du, ich schreie aus Langeweile?"

„Wo hast du denn Schmerzen?", versuchte sich Laura unbeirrt dem Problem zu nähern.

„Links, Blinddarm! Wo bleibt der Notarzt?"

„Sitzt der Blinddarm nicht rechts?", mutmaßte die Schwiegertochter vorsichtig. Laura merkte schnell, dass eine Diskussion darüber sowieso nichts bringen würde. Sie fackelte nicht länger und rüttelte Manfred wach, der alles andere als begeistert darüber war. Zu ihrem Erstaunen schienen ihn die Schmerzen seiner Mutter gar nicht zu bekümmern.

„Wahrscheinlich kann sie nicht schlafen und will was vorgelesen bekommen!", bemerkte er mit einem ironischen Unterton.

„Bitte fahr deine Mutter vorsichtshalber ins Krankenhaus! Wir sollten kein Risiko eingehen."

„Wieso ich? Ich muss morgen wieder fit für meinen Gerichtsauftritt sein. Fahr du! Kannst den Schlaf ja dann später nachholen." Schon schnarchte Manfred weiter.

Laura gab sich wohl oder übel geschlagen. Mit Protest ließ sich Helene unter weiterem Stöhnen von ihr notdürftig beim Anziehen helfen und in den Golf verfrachten.

In der Notaufnahme war zunächst niemand. Auf das Klingeln an der Pforte erschien endlich die Nachtschwester und nahm die vor sich hin Stöhnende in Empfang. Sie hatte eine burschikose Art, mit Patienten umzugehen, sodass Helene gleich ihre Schmerzen vergaß und verstummte. Sie hatte ihre Meisterin gefunden.

Der diensthabende Arzt stellte dann lakonisch fest, dass die Patientin am Vortag etwas zum Essen genossen haben musste, was zu starken Blähungen geführt hatte.

Laura konnte es kaum fassen, als der Arzt diese Diagnose stellte und sie die *Zwergin* wieder mit nach Hause nehmen sollte. Insgeheim hatte sie frohlockt, Helene vielleicht einige Tage los zu sein. Natürlich hätte sie ihrem Schwiegermonster keinen Blinddarmdurchbruch gewünscht, aber eine Reizung wäre schon ausreichend gewesen, um einige Tage zur Beobachtung im Krankenhaus bleiben zu müssen. Deshalb fragte Laura vorsichtshalber beim Arzt noch mal nach: „Sind Sie auch ganz sicher, dass es nur Blähungen sind? Ich möchte nicht Gefahr laufen, in einigen Stunden wieder hier mit meiner Schwiegermutter auftauchen zu müssen."

Dieses Nachhaken passte der *Zwergin* gar nicht. Sie wollte auf keinen Fall im Krankenhaus bleiben, wo andere Menschen offensichtlich das Kommando führten. Deshalb richtete sie gleich eilfertig das Wort an den Arzt: „Jetzt, wo Sie es sagen, glaube ich auch nicht mehr an den Blinddarm." Sich an Laura wendend: „Habe ich nicht gleich prophezeit, dass mir Rotkohl nicht bekommt. Wahrscheinlich hast du auch noch extra viel Zwiebeln reingehauen."

Der Arzt beobachtete das Mienenspiel von Laura, und seine Menschenkenntnis ließ vermuten, dass zwischen den beiden Frauen vieles im Argen lag. Als er dann noch die Privatversicherungskarte in Lauras Hand blinken sah, änderte er seine vorschnelle Meinung. Außerdem gefiel ihm Laura. Einer Eingebung folgend, hielt es der Arzt plötzlich für nötig, Helene wenigstens für den Rest der Nacht zur Beobachtung im Krankenhaus zu behalten. Er erntete ein strahlendes Lächeln von Laura und ein Fauchen des Schwiegerdrachens, der von der Nachtschwester zunächst einen Einlauf verpasst bekam, was ein Dauerabo auf der Toilette zur Folge hatte. Nie wieder bekam Helene Blinddarmschmerzen.

Laura zaubert diese Erinnerung ein Lächeln aufs Gesicht.

Das Ortsschild von Köln holt sie in die Wirklichkeit zurück. Jetzt wird es ernst.

Schon hebt Sven die Hand zum Zeichen, dass sie alle anhalten sollen. Die nächste Tankstelle etwa einen Kilometer weiter bietet dazu die ideale Möglichkeit. Es wird ein herzliches Abschiednehmen von Laura, die sich immer wieder bei ihren neuen Kumpeln für die tolle Begleitung und Hilfe bedankt.

Sven umarmt Laura dabei eine Spur zu lange. Er steckt ihr einen Zettel mit seiner Telefonnummer in die Hosentasche und flüstert, damit es die anderen nicht mitbekommen: „Für den Fall, dass du noch mal Hilfe brauchst. Anruf genügt, und ich bin zur Stelle. Wir wohnen alle im selben Hotel!"

Hotel? Laura dachte bis zu diesem Zeitpunkt, dass die fünf Jungs aus Köln stammen und dort wohnen, weil die Motorradkennzeichen mit einem *K* versehen sind. Sie verkneift sich die Bemerkung, dass sie sich ganz bestimmt nicht an Sven wenden wird, wenn sie Hilfe benötigt. Er ist ihr eine Spur zu interessiert, obwohl sie sich aus einem unerklärlichen Grund zu ihm hingezogen fühlt. Ist es sein Geruch oder seine wohlklingende Stimme oder sein unwiderstehliches Lächeln? Leider kann sie nicht mit einem Flirt umgehen.

Zunächst bleibt sie allein und verlassen zurück, als die Männer noch mal heftig winkend abbrausen. Dann beeilt sie sich, die Adresse ihres eigenen Hotels ins Navi einzugeben. Das Abenteuer findet seine Fortsetzung.

Laura gibt Gas und taucht in das Großstadtdickicht Kölns ein.

KAPITEL 6

Laura muss höllisch aufpassen, dass sie, dem Navi folgend, rechtzeitig die Spur wechselt. So viele Fahrspuren und ein Wirrwarr an miteinander verknüpften Autobahnen gibt es wohl höchstens in München. Dorthin fährt sie jedoch nicht selbst mit dem Auto. Entweder sitzt Manfred am Steuer oder, wenn sie allein nach München zum Einkaufen möchte, nimmt sie lieber den Zug. Das ist ohnehin viel billiger, denn die Parkhausgebühren in Münchens Innenstadt sind horrend. Leider befindet sich Manfreds Kanzlei in einem anderen Stadtteil und nicht in Zentrumsnähe. Er hat nämlich dort einen festen Parkplatz gemietet.

Wie gut, dass sie in Köln das Motorrad direkt in der Tiefgarage des Hotels abstellen kann. Undenkbar, wenn ein Kratzer an das Heiligtum käme. Manfred ist nicht nachtragend, aber hinsichtlich seines *Babys* versteht er bestimmt keinen Spaß. Ob er schon weiß, dass sie mit seinem Liebling getürmt ist? Vielleicht wäre es doch das Beste, ihn gleich vom Hotel aus selbst anzurufen. Es besteht ein bisschen Hoffnung, dass Helene ihren Sohn noch nicht informiert hat. Manfred schaltet sein Handy tagsüber ab, nachdem seine Mutter früher ständig in Besprechungen angerufen und ihn mit irgendeinem Blödsinn genervt hat. Beim letzten Mal vermisste die *Zwergin* ihre Rosenschere und wollte von ihrem Sohn wissen, ob er die gesehen hätte. Manfred hatte gerade einen neuen, potenziellen Mandanten gegenübersitzen und kam sich ziemlich bescheuert vor, sich mit seiner Mutter über Gartengeräte auszutauschen. In seiner Verzweiflung täuschte er vor, eine hysterische Ehefrau an der Strippe zu haben und diese beruhigen zu müssen. „Wir werden das morgen bei unserem Termin erörtern. Machen Sie sich keine Sorgen! Ihr Mann wird ausbluten. Dafür bin ich bekannt!", plusterte sich Manfred vor seinem Klienten auf und versuchte, aus der Notlage Kapital zu schlagen.

Helene schüttelte den Hörer. Hatte sie jetzt jemand anderen in der Leitung? Was faselte ihr Sohn denn da Idiotisches von wegen Termin und ausbluten?

„Fredi, bist du noch dran?", krächzte sie erneut in die Muschel.

Manfred nutzte die Gunst der Stunde. „Bis morgen, gnädige Frau und einen schönen Tag!" Dann legte er schnell auf. Seine geniale Idee, Helene einfach als Kundin erscheinen zu lassen, verfehlte seine Wirkung nicht. Der neue Mandant zeigte sich beeindruckt und übertrug Manfred ein sehr lukratives Scheidungsmandat. Scherzend meinte er allerdings: „Dass Sie mir nicht die Fronten verwechseln! In meinem Fall muss die Frau bluten."

Seit diesem Tag kann Laura ihren Mann auf seinem Handy nur zu bestimmten, vereinbarten Zeiten erreichen. Seine Sekretärin in der Kanzlei hat obendrein die Anweisung, Helene gar nicht mehr zu ihm durchzustellen. Natürlich hat sie deswegen beleidigt aufgemuckt und wollte ihren Sohn zurechtweisen, dass er seine Mutter nicht einfach im Regen stehen lassen kann. Hinsichtlich beruflicher Dinge ist Manfred jedoch genauso stur wie Helene, wenn er privat auch Wachs in ihren Händen ist.

„Sie sind am Ziel!", verabschiedet sich die Navi-Stimme.

Laura seufzt erleichtert, als sie das von Kerstin angegebene Hotel in der Nähe des imposanten Doms erreicht, und dehnt erst einmal alle ihre Gliedmaßen. An der Rezeption staunt der Angestellte über Lauras Outfit und die alte Reisetasche, verzieht aber keine Miene, wie es ihm sein Job gebietet.

„Ich wünsche einen angenehmen Aufenthalt in unserem Haus", lässt er verlauten und legt die Chipkarte fürs Zimmer auf den Tresen. „Benötigen Sie Hilfe bei Ihrem Gepäck?"

Laura sieht seinem Gesichtsausdruck an, dass das eine automatische Frage ist und nicht wirklich an sie gerichtet, denn von Gepäck kann bei ihr keine Rede sein. „Nein, vielen Dank, das schaffe ich allein."

Das langsam in die komfortable Badewanne plätschernde warme Wasser klingt wie Musik in Lauras Ohren. Der Geruch von duftendem Rosenzusatz hüllt sie ein und lässt sie die schmerzenden Glieder fast vergessen. Hinter den geschlossenen Augen läuft der Tag noch mal vor ihr ab:

Der Schrecken, als der Golf nicht anspringen wollte, die Entscheidung, Manfreds liebstes Spielzeug zu entführen und nach fast zwanzig Jahren wieder Motorrad zu fahren, die Radarfalle und der nette Polizist, die Eskorte, die sie nach Köln so gentlemanlike begleitete. Schon verrückt! Sie hätte sich das alles vor einer Woche selbst nicht zugetraut.

Endlich kann Laura etwas entspannen. Gegen ihren Willen taucht Sven vor ihrem inneren Auge auf, was ihr Unbehagen bereitet, nicht weil ihr der Gedanke an ihn unangenehm ist, sondern weil er das Gegenteil bewirkt, nämlich ein wohliges Kribbeln und einen erhöhten Puls auslöst. Sven ist offensichtlich an ihr interessiert gewesen. Zu schade, dass sie mit Annäherungsversuchen oder Komplimenten überhaupt nichts anzufangen weiß. Jede andere Frau hätte dies zu nutzen gewusst. Ob sie ihn wirklich anrufen soll? Aber was könnte sie schon in den Hörer flöten? „Hallo, ich bin's, die Motorradmaus ohne Benzin. Gilt dein Angebot noch?" Was für ein Quatsch. Sie braucht ja gar keine Hilfe, was für einen Grund sollte der Anruf haben? Sven würde es als plumpe Anmache ihrerseits auffassen. „Nicht mit mir, ich bin glücklich verheiratet!", versucht sie sich die Idee im Selbstgespräch wieder auszureden, auch wenn sie ihre altmodischen Moralvorstellungen gern einmal über Bord werfen würde. Auf der anderen Seite, was ist schon dabei, wenn er heute Abend mit Kerstin und ihr ausgehen würde? Ihre Freundin ist schon lange ohne feste Beziehung und würde die Bekanntschaft zu einem interessanten, gut aussehenden Mann bestimmt nicht verschmähen. Und was sie selbst betrifft: Manfred ist weit weg und wird es nicht erfahren. Außerdem macht Sven nicht den Eindruck eines frauenfressenden Monsters. Während Laura sich ihrer Fantasie hinsichtlich einer Begegnung mit dem attraktiven Mann und möglichen Folgen hingibt, ahnt sie nicht, dass der in diesem Moment ebenfalls an sie denkt.

Sich ins angewärmte, flauschige Badehandtuch einhüllend, begibt sich Laura ins Zimmer, in dem ihre Kleidung aus der Tasche auf dem Bett verstreut liegt. Viel hat sie nicht mitnehmen können, und jetzt ist das Wenige auch noch völlig zerknittert. Enttäuscht plumpst Laura aufs Bett. Fast hätte sie sich auf das Päckchen von Manfred gesetzt, das sie im letzten Moment eingesteckt hat. Mit so einer Garderobe könnte sie unmöglich zu einem Date gehen. Die Geschäfte haben noch geöffnet, und Kerstins Flieger müsste gerade in diesem Moment von Heathrow abheben. Also genug Zeit zum Einkaufen, und die legendäre *Hohe Straße* befindet sich ganz in der Nähe.

„Meine Güte, vor lauter Sven habe ich ganz vergessen, Max endlich Bescheid zu geben", schimpft sie mit sich selbst. „Ich habe es doch versprochen. Das, was ich von ihm immer verlange, halte ich nicht ein. Was für ein tolles Vorbild ich abgebe, kaum, dass ich einem anderen Kerl begegne!" Sie sucht nach ihrem Handy, das sie dringend ans Netz hängen muss, um den Akku zu laden. Kein Handy weit und breit. Wann hat sie es zuletzt gehabt? Das Durchwühlen der Motorradkluft erweist sich als erfolgreich. Wenigstens an das Ladegerät hat sie morgens in der Eile gedacht. Als das erledigt ist, ruft Laura ihren Sohn auf seinem Handy an, da sie nicht das Risiko eingehen will, Helene an die Strippe zu bekommen.

Das würde das bisschen aufgebaute Selbstbewusstsein in einer Sekunde zur Strecke bringen.

Helene hat bestimmt inzwischen einen Weg gefunden, dass Manfred stinksauer auf seine Angetraute ist. Sie kann lediglich hoffen, dass morgen ihr Geburtstagsbonus Manfred gewogen stimmen wird.

Max' Handy ist ausgeschaltet, und es bleibt einzig die Alternative, auf die Mailbox zu sprechen. „Max, ich bin's. Tut mir leid, dass ich mich so spät erst melde. Ich weiß, das ist unverzeihlich. Ich erkläre dir alles, wenn ich zurück bin. Jedenfalls geht es mir gut, ich bin im Hotelzimmer und warte auf Kerstin. Grüß bitte Oma von mir! Melde mich wieder."

Laura schlüpft in ihre Jeans, die als einziges Kleidungsstück auch in zerknittertem Zustand salonfähig ist. Mit einem passenden Oberteil sieht es allerdings schlechter aus. Aber das Date mit Sven hat sich Laura ohnehin bereits wieder aus dem Kopf geschlagen. Sie hat Kerstin so lange nicht mehr gesehen und zieht ihr alleiniges Beisammensein jeder Männergesellschaft vor. Also tut es ein glatt gestrichenes T-Shirt für den restlichen Abend. Ein knurrender Magen meldet sich nämlich, und es wird Zeit, ihm eine Kleinigkeit anzubieten, denn bis Kerstin im Hotel auftaucht, wird es dauern. Wie praktisch, dass ihr Quartier so zentral liegt.

Laura wirft sich, von einer nie vermuteten Abenteuerlust gepackt, ins Menschengetümmel. Die warmen, frühsommerlichen Temperaturen lassen das lange Verweilen am Abend im Freien zu, und nicht nur die Touristen, sondern auch Einheimische genießen die laue Luft und den klaren Himmel bei einem Bummel durch die Gassen oder einer Erfrischung in den zahlreichen Cafés und Kneipen.

Neugierig schaut Laura diverse Speisekarten an, bevor sie sich für ein kleines Bistro entscheidet, denn die Preise für ein komplettes Gericht in den meisten Restaurants schrecken ab. Wenn die Familie mal auswärts essen geht, achtet Laura stets darauf, nicht das teuerste Gericht auf der Karte zu bestellen. Ein belegtes Baguette tut es auch. Oder wie wäre es mit dem *halven Hahn*? Auf Hähnchen hätte sie Lust, und der nette Polizist hatte ihr das Gericht schließlich empfohlen.

„Darf es auch etwas zu trinken sein?", fragt der Kellner.

„Ein Kölsch bitte!"

Laura schwant nichts Gutes, als das Bestellte kurze Zeit später serviert wird. Statt eines knusprig gebratenen Hähnchens lacht ein Roggenbrötchen vom Teller, beschmiert mit Butter und zwei dicken Scheiben mittelaltem Gouda belegt. Eine saure Gurke, etwas Senf, in Ringe geschnittene Zwiebel und eine Prise Paprika komplettieren das Gericht.

„Das habe ich nicht bestellt!", beschwert sich Laura.

„Sie sagten *halver Hahn*, und genau das habe ich Ihnen gebracht." Der schadenfrohe Blick des Kellners, der Laura gleich als ignorante Touristin entlarvt hatte, spricht Bände. Täglich passiert es mehrere Male, dass dieses Gericht verlangt wird, im Glauben, es handele sich um ein Hähnchen.

Laura kann Käse nicht ausstehen, und sein Geruch lässt ihren Magen rebellieren. Das war ja ein blöder Tipp von dem Polizisten heute Morgen. Hätte sie doch erst gefragt, was das für ein Essen ist. Jetzt will sie sich nicht blamieren, beißt einige Male angewidert in das Brötchen und spült mit Kölsch nach. Als sie gerade im Begriff ist, das passende Geld auf den Tisch zu legen, brummt ihr Handy in der Hosentasche. Das Display meldet Kerstin.

„Bitte bekomme jetzt keinen Schreikrampf!", beginnt sie ohne Umschweife, „ich sitze in London fest!"

„Wieso das denn?"

„Die Fluglotsen streiken seit heute Morgen! Ich hatte die Hoffnung, dass es nur einige Stunden dauern würde. Jedenfalls ist mein Flug gestrichen, und ich komme frühestens morgen hier weg. Es tut mir so leid."

„Du Ärmste! Mache dir keine Sorgen um mich. Ich kann kaum einen Knochen bewegen und werde es mir in dem tollen Hotelbett bequem machen."

„Wieso schmerzen deine Knochen?"

„Ich bin mit Manfreds Harley unterwegs. Der Golf ist nicht angesprungen."

„Meine Güte, ich kann es kaum glauben. Du und Motorrad fahren? Was sagt denn dein Mann dazu?"

„Der weiß noch nichts von meinem Ausflug. Die Beichte ist erst morgen fällig. Ich wollte vermeiden, dass irgendjemand mein

Vorhaben hätte verhindern können."

„Na hoffentlich überlebst du die!"

Laura vernimmt als Hintergrundgeräusch eine Ansage der Flughafensprecherin.

„Du, ich muss aufhören. Mein Chef hat mich kurzfristig bei einem Bekannten privat in der Londoner Innenstadt untergebracht. Ich melde mich wieder, sobald ich weiß, auf welchen Flieger ich umbuchen kann. Schlaf schön in deinen Geburtstag und freu dich auf meine Überraschung!"

Laura wundert sich, denn den Singapur Sling hatte sie ja bereits erraten.

Ein Sonnenstrahl, der sich durch die nicht ganz zugezogenen Vorhänge mogelt, weckt das Geburtstagskind.

Laura räkelt sich genüsslich in der rosafarbenen Seidenbettwäsche, und ihr fällt auf, dass ihre Glieder nicht mehr allzu sehr schmerzen. Schon lange hat sie nicht mehr so gut geschlafen; kein Schnarchen oder Schnaufen beeinträchtigte ihre süßen Träume, in denen Sven eine Rolle spielte. Laura versucht sich genau zu erinnern, aber in diesem Moment klingelt das Handy auf dem Nachttisch, das am Akkulader hängt. Ein bisschen mulmig wird es Laura in der Magengegend. Was soll sie Manfred bloß sagen? Ob er schon Bescheid weiß? Ein Blick auf das Display erleichtert sofort ihr schlechtes Gewissen. Es ist ihr Sohn.

„Hallo! Alles klar bei euch?"

„Das frage ich eher dich, Ma! Aber zunächst einmal alles Liebe und Gute zum Geburtstag und möge in Erfüllung gehen, was du dir erträumst!"

„Danke dir, Max. Es ist schon komisch ohne euch, ohne Torte, die gleich gierig von Oma seziert würde", kommt es mit einem Seufzer bei Max an. „Nun sag schon, ist Papa stinksauer wegen der Harley?"

„Das weiß ich nicht. Er hat gestern lediglich auf den Anrufbeantworter gesprochen, dass er gut angekommen ist und sich heute zu deinem Geburtstag noch mal melden wird."

„Na, dann bleibt mir die Beichte nicht erspart. Ich hatte schon gehofft, sein erster Ärger wäre bereits verraucht, wenn er mit mir telefoniert. Überhaupt läuft alles schief. Stell dir vor, in London geht wegen eines Lotsenstreiks kein Flugzeug raus. Kerstin konnte gestern nicht kommen und hängt dort fest."

„Das ist ja blöd. Jetzt bist du bei deinem Geburtstagsfrühstück ganz allein." In Max' Stimme schwingt echtes Bedauern mit.

„Hoffentlich bin ich nicht völlig umsonst nach Köln gefahren. Vielleicht geht der Streik heute weiter. Falls das der Fall sein sollte, mache ich mich gleich auf den Rückweg."

„Ist das nicht ein bisschen anstrengend? Warum schaust du dir nicht wenigstens Köln mal an und gönnst dir etwas Gutes an deinem Geburtstag? Oma halte ich schon in Schach."

Laura reibt sich nachdenklich das Kinn: „Du hast recht. Kerstin hat das Zimmer sowieso für mehrere Tage gebucht, und meine geschundenen Glieder würden es mir auch danken, noch einen Tag zu pausieren."

„Erobere Köln für mich mit und genieße den Tag. Versprichst du mir das?"

Laura ist direkt gerührt über Max' Worte. „Na ja, vielleicht ist es wirklich besser, wenn ich erst morgen zurückfahre. So groß ist meine Lust momentan nicht, mich wieder auf die Harley zu schwingen. Bitte ruf mich nach deinem Dienst noch mal an und berichte mir, wie es bei euch zugeht."

„Mach ich, Ma! Bis heute Abend!"

Schon ist Max aus der Leitung, und Laura lässt das Handy auf die Bettdecke fallen. Ihre Tour nach Köln steht anscheinend unter keinem guten Stern, und das Gespräch mit Manfred hat sie noch vor sich. Kaum ist dieser Gedanke zu Ende gesponnen, läutet das Handy erneut. Diesmal gibt es keinen Aufschub. Das Display zeigt an, dass ihr Mann der Anrufer ist.

Laura starrt auf das Handy, das zum dritten Mal klingelt. Soll sie wirklich rangehen, ohne das Geburtstagsgeschenk von

Manfred ausgepackt zu haben, was er sicher erwartet? Die Luft anhaltend, flötet Laura etwas übertrieben in die Muschel: „Hallo, mein Schatz! Lieb, dass du an mich denkst!"

„Na, das war mein erster Gedanke heute Morgen, als ich wach wurde. Alles Gute, mein Liebling! Mögen deine Wünsche alle in Erfüllung gehen!"

Laura lächelt verkrampft, denn einen Wunsch hat sie gerade bereits zum Himmel geschickt. Was könnte in dem Päckchen sein?, überlegt sie fieberhaft und versucht, mit der freien Hand das Papier zu entfernen. Wenn nur das Band drum herum nicht wäre, was das Auspacken erheblich erschwert! Seiner schmalen, langen Form und dem edlen Papier nach zu urteilen könnte das Geschenk aus einem Juweliergeschäft stammen. Aber würde Manfred ihr wirklich zu einem ganz normalen Geburtstag ein Schmuckstück schenken? Das hat er selbst zu ihrem 40. nicht getan, wo sie es insgeheim erwartet hatte. Stattdessen gab es einen neuen Grillmaster, weil der alte kaputt war.

Als hätte Manfred damals genau gewusst, dass Laura bestimmt mit einem anderen Präsent gerechnet hatte, fügte er erklärend hinzu: „Du grillst doch so gerne!"

Was hätte Laura entgegnen sollen? Manfred hatte es wahrscheinlich wirklich gut gemeint, denn sie luden die Nachbarn ab und zu zum Grillen ein. Als Karla noch lebte, gab es auch regelmäßig Gegeneinladungen, die Laura sehr genoss. Seit sie tot ist, grillt Bernd seltener und wenn, dann bei besonderen Anlässen für seine Kinder.

Aber der Gedanke an den geschenkten Grill hilft Laura im Moment wenig weiter. Es bleibt nichts anderes übrig, als die Wahrheit zu sagen, dass sie in einem Hotel in Köln lange geschlafen und bisher nicht die Muße hatte, das Päckchen zu öffnen, von dem sie endlich das Band entknotet hat. Schon will sie frohlocken, als es plötzlich zu Boden fällt. Es funktioniert einfach gar nichts. Also bleibt einzig die allumfassende Beichte übrig, zu der sie tief Luft holend endlich ansetzt.

„Danke, Manfred! Ich ...", weiter kommt sie erst einmal nicht.
„Wie gefällt dir die Kette? Hast du sie schon um den Hals gehängt? Laura traut ihren Ohren nicht. Hat Manfred ihr gerade ahnungslos den Inhalt des Päckchens verraten? Eine Halskette ist es also, aber was für eine?

„Ich habe sie mir genau gemerkt, als wir das letzte Mal in München bummeln waren und deine Augen fast am Schaufenster festklebten!" Manfreds Tonfall ist anzumerken, dass er sehr stolz darauf ist, damit bei Laura zu punkten, denn er kann den Kongress mit schickem Hotel und gutem Essen nicht wie sonst genießen. Scheinbar plagt ihn das schlechte Gewissen, Laura mit Helene und ihren nervigen Freundinnen einfach im Stich gelassen zu haben.

Während Manfred sich noch weiter mit seiner genialen Geschenkidee brüstet, denkt Laura scharf nach. Ihr letzter gemeinsamer Stadtbummel in München muss wohl so um die Weihnachtszeit gewesen sein.

Jedes Jahr besuchen sie einmal im Advent an einem Freitagabend den Christkindlmarkt. Da Manfred morgens ohnehin mit dem Auto nach München in seine Kanzlei fährt, nehmen Laura und Helene nachmittags den Zug in die Innenstadt und treffen Manfred direkt auf dem Christkindlmarkt, der sie dann später im Mercedes wieder zurück nach Bad Hollerbach mitnimmt. Beim letzten Mal bewahrte jedoch ein heftiger, grippaler Infekt Laura vor Helenes Begleitung. Die *Zwergin* wollte natürlich verhindern, dass ihre Schwiegertochter allein nach München fuhr und schnäuzte deshalb doppelt so oft ins Taschentuch und jammerte wie ein junges Kätzchen, das seine Mutter verloren hat. Fast wäre Laura weich geworden, wäre nicht Max eingeschritten und hätte ihr geradezu befohlen, das alljährliche Ritual auch ohne Helene zu vollziehen, wofür sie ihrem Sohn heute noch dankbar ist. Endlich hatte sie Manfred ganz für sich allein wie in alten Zeiten, wo sie öfter durch die Einkaufsstraßen von München schlenderten, ein Eis aßen oder einfach in einem Café saßen, um die unterschiedlichsten Menschen zu beobachten.

Jetzt fällt es Laura wie Schuppen von den Augen. In der Auslage des Juwelierladens am Brunnen in der Nähe des Viktualienmarktes entdeckte sie damals eine schwarze Perlenkette und ließ Manfred gegenüber keinen Zweifel daran, dass ihr die sehr gut gefiel. Insgeheim hatte sie gehofft, selbige dann unter dem Weihnachtsbaum wiederzufinden. Diesen Traum träumte sie allerdings vergeblich. Ist er vielleicht heute wahr geworden? Vorsichtig tastet Laura sich weiter vor. „Ja, dass du dir das gemerkt hast. Sie ist wunderschön! Lag sie noch im Schaufenster wie im Advent?"

Manfred geht ihrer Frage glücklicherweise auf den Leim.

„Sie befand sich an derselben Stelle und schien auf dich gewartet zu haben. Nur die Weihnachtskugeln und das Tannengrün waren verschwunden."

Erleichtert beschreibt Laura, wie toll ihr die besagte schwarze Perlenkette steht und vergisst darüber, dass sie Manfred ihren Ausflug nach Köln immer noch nicht gestanden hat. Dazu bekommt sie kurz darauf Gelegenheit.

„Das freut mich, mein Schatz! Habt ihr schon den Kuchen angeschnitten, und hat Helene dir das übliche Ständchen auch ohne meinen Bariton gebracht?"

Laura weiß nicht recht, wie sie die Situation schildern soll. „Ich, ... weißt du ..." Mehr als dieses blöde Gestammel scheint ihre Kehle nicht ausspucken zu wollen.

„Na, du bist ja richtig aufgeregt, dann gib mir mal bitte meine Mutter kurz ans Telefon, sonst ist sie wieder beleidigt, wenn ich sie übergehe."

Hatte Laura etwa gehofft, der Kelch des Beichtens ginge an ihr vorüber? Augen zu und durch. „Äh, deine Mutter kann ich dir nicht geben!"

„Wieso nicht? Ich sollte extra auf deinem Handy anrufen, weil ihr schon so früh zum Baldriansee aufbrechen wolltet."

Allen Mut zusammennehmend, antwortet Laura ihrem Mann: „Nein, sie ist nicht mit nach Köln gekommen!" So, jetzt war es endlich raus. Laura lauscht angespannt, wie dieser Satz auf Manfred wirkt, dem es anscheinend die Sprache verschlagen hat.

Er glaubt im ersten Moment, sich verhört zu haben. Was faselt seine Holde da von Köln? Er hält es für einen Scherz. „Wie, du bist am Baldriansee, und Helene ist nicht dabei? Ist sie krank?"

Laura muss wider Willen schmunzeln, denn es stimmt leider. Die *Zwergin* kann man lediglich abschütteln, wenn sie unpässlich ist.

„Nein, Helene erfreut sich bester Gesundheit, aber ich habe sie gar nicht gefragt, ob sie mit nach Köln kommen will."

Manfred schnürt es leicht die Kehle zu. Seine Laura in Köln? Was in aller Welt treibt sie dort?

„Veräppelst du jetzt deinen armen Ehemann? War es Helenes Geburtstagsgeschenk, dich nach NRW zu beamen und dich damit ihrer eigenen Gesellschaft zu berauben?"

„Manfred, so versteh doch endlich. Eine innere Stimme hat mir gestern befohlen, nach Köln zu reisen. Hier bin ich jetzt im Hotel und feiere meinen Geburtstag."

Wenn Manfred bis zu diesem Moment dachte, seine Angetraute könnte ihn nach über zwanzig Jahren des Zusammenlebens nicht mehr überraschen, so war er gerade eines Besseren belehrt worden. Ihm klappt die Kinnlade vor Erstaunen herunter, und er findet nur mühsam seine Sprache wieder. „Das ist ja mal ein Ding!", ist das Einzige, was er zu stammeln imstande ist.

„Bitte sei nicht böse! Ich hatte einfach keinen Bock, Helene und ihre Freundinnen an meinem Geburtstag ertragen zu müssen. Das Hotelzimmer kostet mich übrigens keinen Cent."

Was hat das zu bedeuten?, schießt es Manfred automatisch in den Kopf, und seine juristische Warnblinkanlage beginnt zu leuchten. „Steckt etwa ein Mann dahinter?"

Laura stellt sich ihren Manfred jetzt vor, wie er wie von einer

Schlange gebissen gerade von seinem Hotelbett aufspringt und zum Fenster rennt, so als könne er von da aus nach Köln sehen und Laura den moralischen Finger zeigen.

„Nein, es ist kein Kerl! Kerstin hat mich spontan eingeladen. Sie hat beruflich hier zu tun." Laura hat absolut keine Lust mehr, diesen Dialog weiter fortzusetzen. Es ist schließlich ihr Ehrentag, den sie jetzt mit einem leckeren Frühstück beginnen möchte. Das Geständnis, in Köln zu sein, reicht fürs Erste. Wie sie hierhergekommen ist, braucht Manfred heute nicht zu erfahren. „Schatz, ich verstehe dich plötzlich nicht mehr!" Schon ist der rote Hörer am Handy gedrückt. Vorsichtshalber schaltet Laura es ganz ab, damit Manfred nicht gleich noch mal anruft. Nach dem Frühstück wird sie es wieder einschalten, um endlich mit Kerstin zu telefonieren, die sicher schon mehrmals vergeblich angerufen hat. Das Gespräch mit Manfred hat ungewöhnlich lange gedauert.

Soll sie zum Frühstück ins Restaurant gehen oder es sich aufs Zimmer kommen lassen? Mit dieser Frage beschäftigt, gönnt sich Laura erst einmal eine Dusche.

Vom kalten Wasser erfrischt und in ein flauschiges Badehandtuch gewickelt, kehrt sie, sich die Haare trocken rubbelnd, ins Zimmer zurück. Ihr umherschweifender Blick bleibt plötzlich an dem Geburtstagspäckchen von Manfred hängen, das während des Telefonats zu Boden gefallen war. Sie hatte es noch nicht einmal ganz ausgepackt, zu durcheinander war sie nach dem Gespräch und der halben Beichte.

Die Tatsache, dass sie in Köln ist, wird Manfred vielleicht nicht einmal stören. Viel schlimmer ist die Harley. Der Gedanke daran, ihm sein liebstes Spielzeug weggenommen zu haben und seine Reaktion darauf nicht zu kennen, verursacht Laura Bauchschmerzen. Hätte sie es ihm eben sagen sollen? Jetzt verdirbt sie sich mit ihrem Schweigen den ganzen Tag. „Ach was", spricht sie sich selbst Mut zu, „ich habe schließlich Geburtstag, und rückgängig machen kann ich das nichts mehr."

Sie bückt sich geschwind nach dem Geschenk und sieht ihre

Vermutung bestätigt, dass es besagte Perlenkette ist. Gleich legt sie sich diese um den Hals, um sie und sich selbst damit zu bewundern. Wirklich lieb von Manfred, ihr das Schmuckstück zu kaufen. Schade, dass er den Tag nicht mit ihr in Köln verbringen kann. Es würde ihrer Ehe und Beziehung guttun, mal wieder zu zweit etwas zu unternehmen. Seit Helene so massiv in ihr Leben getreten ist, kommt das viel zu selten vor.

Laura zieht sich schnell ihre Jeans über und dazu ein rosa T-Shirt. Die Perlenkette passt nicht dazu, aber Manfred soll auf diese Weise bei ihr sein.

Der Frühstücksraum des Hotels ist gut gefüllt, und Laura freut sich, am Fenster einen kleinen Zweiertisch zu ergattern. Sie hat absolut keine Lust, womöglich mit fremden Gästen Zwangskonversation betreiben zu müssen.

Das Frühstücksbuffet lässt wirklich keine Wünsche offen. Laura gönnt sich ein Omelett mit Schinken und garniert den Teller mit Rösti, Minifrikadellen und Würstchen. Das Mittagessen wird sie sich nach diesen köstlichen Leckereien sparen können und stattdessen später mit Kerstin eine Eisdiele aufsuchen. So ganz ist dem Geburtstagskind nicht klar, wie es die Zeit bis zur Ankunft der Freundin gestalten soll. Vielleicht zunächst eine Stadtrundfahrt, um sich einen guten Überblick zu verschaffen?

Laura begibt sich an die Rezeption und fragt höflich nach einer solchen Möglichkeit. Die junge Frau, die heute dort Dienst hat, lächelt und zeigt ihr auf einem Stadtplan, den sie behalten darf, dass nach wenigen Metern in Richtung Rhein eine Haltestelle für Stadtrundfahrten ist. Die Fahrkarte dafür kann sie gleich bei ihr kaufen. Alle dreißig Minuten startet ein Bus, und die Tour dauert ungefähr zweieinhalb Stunden. Lauras Armbanduhr verrät, dass sie gerade einen Bus verpasst hat, bleibt also etwas Zeit, um in Erfahrung zu bringen, ob die gestrandete Freundin neue Erkenntnisse hinsichtlich ihres Fluges hat.

„Alles Gute zum Geburtstag, Laura!", dringt es kurz darauf an ihr Ohr.

„Danke, du Liebe! Aber sag schon, wie stehen die Chancen, dass ich dich bald in meine Arme schließen darf?"

Kerstin druckst betreten herum: „Das wird wohl vorerst nichts. Der Streik dauert an. Ich habe gerade versucht, ein Ticket für den Eurotunnel zu erhaschen. Vergeblich!"

„Das darf nicht wahr sein. Ausgerechnet jetzt muss das passieren. Ich habe mich so auf dich gefreut."

„Glaube mir, dass ich mir Vorwürfe gemacht habe, dich nach Köln gelockt zu haben. Hätte ich zusätzlich gewusst, dass du dich dafür auf den Feuerstuhl schwingst und unplanmäßigen Gefahren aussetzt, wäre mir für deinen Geburtstag etwas Besseres eingefallen."

„Dich trifft überhaupt keine Schuld. Mir tut es leid, dass du auf der Insel festhängst. Mach dir um mich bitte keine Sorgen."

„Ich hoffe, dass ich spätestens morgen bei dir eintreffe. Kannst du bis Montag bleiben?"

„Ich weiß nicht."

„Wegen der Bezahlung des Hotelzimmers brauchst du dir keine Gedanken zu machen", verspricht Kerstin, die denkt, dass dies der Grund für Lauras Zögern ist.

„Na ja, ich will es mit meinem Ausbüxen auch nicht auf die Spitze treiben. Jeden weiteren Tag muss ich bei Helene ausbaden."

„Du solltest zu deinem Geburtstag den Vorsatz haben, zukünftig mehr für dich zu tun als für deine Familie. Die hast du viel zu sehr verwöhnt." Kerstin tippt sich an die Stirn: „Apropos Verwöhnen. Meine Überraschung musst du heute Abend leider allein genießen."

„Wieso, willst du mir den Singapur Sling über den Ärmelkanal beamen?"

Kerstin kann ein Kichern nicht unterdrücken: „Warte es ab! Heute gehst du zur Feier des Tages in eine besondere Vorstellung. Es sind zwei Karten im Theater am Rhein hinterlegt. Zu schade, dass ich nicht dabei bin. Wir hätten einen Mordsspaß."

„Wie heißt die Aufführung denn?", fragt Laura, die an ein Theaterstück denkt.

„*Ladies Dreams*! Es ist heute Premiere. Ich musste meine guten Beziehungen spielen lassen, denn die ganze Tournee ist seit Monaten ausverkauft."

Frauenträume? Laura hat noch nie von solch einem Stück gehört, will aber nicht als Trampel vom Dienst gelten. Das kann ja nichts Schlimmes ein. Vielleicht ein Kabarett?

Laura verspricht Kerstin, allein hinzugehen und beeilt sich, die nächste Rundfahrt zu erwischen.

Sie ergattert einen Freiluftplatz im Doppeldeckerbus und lehnt sich entspannt zurück. Es kann losgehen: Köln kompakt.

Etwa ein Dutzend Japaner sitzen verstreut um sie herum, deren Sprachgewirr sie förmlich einlullt. Warum diese Touristen eine Rundfahrt in deutscher Sprache mitmachen, bleibt ihr zunächst ein Rätsel. Der Gedanke ist kaum zu Ende gesponnen, da beugt sich einer der Japaner zu Laura und bittet sie in bestem Deutsch, einen Blick auf ihren Stadtplan werfen zu dürfen, der aus ihrer Handtasche hervorschaut.

„Darf ich einen Moment die Karte ausleihen?", grinst der junge Mann sie freundlich an.

„Ja, klar!" Laura reicht ihm das Gewünschte leicht irritiert. „Dafür möchte ich gerne wissen, woher Sie so gut deutsch sprechen."

Der Japaner zeigt auf seine Freunde. „Wir alle studieren in Mainz Germanistik."

Die Unterhaltung der beiden wird unterbrochen, als eine Stimme die Fahrgäste auffordert, für einen kurzen Stopp am Gürzenich, wo die legendären Karnevalssitzungen abgehalten werden, die Kameras bereitzuhalten. Laura nutzt ihre neue Bekanntschaft, um sich mit ihrem Handy fotografieren zu lassen.

Im Schnelldurchlauf geht es weiter, vorbei an römischen Baudenkmälern, dem Rathaus, mittelalterlichen Stadttoren und am Dom. Die Zeit verrinnt im Schokoladenmuseum, wo tausend süße Verführungen auf ihre Genießer warten, und Laura kann es kaum glauben, als die Lautsprecherstimme sich für das Mitfahren und Zuhören bei den Gästen bedankt. Sie findet sich auf der *Hohe Straße* wieder und schaut sich zunächst etwas ratlos um. Wenn sie geglaubt hat, sich in einem der exklusiven Läden neu einkleiden zu können, belehrt sie der Blick auf die Preisschilder eines Besseren. Unglaublich!, staunt Laura. Wie kann sich jemand solche Preise leisten? Zwar hat sie sich vorgenommen, an ihrem Geburtstag mal alle fünfe gerade sein zu lassen und nicht auf den Euro zu schauen, aber mehrere Hundert Euro für ein stinknormales Kleid übersteigen ihr bisheriges Vorstellungsvermögen. Das sind Preise wie in der Maximilianstraße in München. Schnell verlässt Laura das Geschäft und versucht in den Nebenstraßen ihr Glück, in denen zahlreiche Boutiquen um die Gunst der Touristen buhlen. Hier macht es Spaß zu stöbern. Laura nimmt sich Zeit, einige Kleider anzuprobieren und kauft gleich zwei, ein rotes, mit ausgeschnittenem Dekolleté und ein schwarzes, eleganteres. Fehlen noch die passenden Schuhe. Nach kurzen Bedenken ersteht sie High Heels mit Pailletten.

Erst als sie mit ihren Einkaufstüten wieder auf die Straße tritt, wird ihr bewusst, dass sie gar nicht weiß, wie sie den restlichen Tag gestalten soll. Auf einmal fühlt sie sich einsam und verlassen. Wäre Kerstin oder Manfred doch an ihrer Seite! Die plötzliche Freiheit erscheint ihr in diesem Moment nicht mehr interessant. Was die Familie wohl gerade in diesem Augenblick macht? Max wird noch Dienst haben. Ob Manfred inzwischen mit seiner Mutter telefoniert hat? Sicher lässt Helene die Gelegenheit nicht ungenutzt, kräftig über Laura und ihre überstürzte Reise nach Köln zu stänkern. Dass sie mit der Harley unterwegs ist, wird sie gegen die Schwiegertochter auszuschlachten wissen. Laura kann sich ihr Grinsen in den schillerndsten Farben ausmalen. Ob Erna und Anna heute Morgen geschniegelt und gestriegelt auf der

Matte standen, um sich die Geburtstagstorte in den Magen zu hauen und anschließend zum Baldriansee zu fahren? Bei dieser Vorstellung muss Laura voller Schadenfreude laut lachen, sodass sich Passanten stirnrunzelnd nach ihr umschauen. Wie Helene wohl aus dieser Nummer wieder herausgekommen ist? Max wird es ihr hoffentlich erzählen.

Allmählich brennen Lauras Füße, und Blasen in den selten getragenen Sandalen kündigen sich an. Auch ihre Arme beginnen von den schweren Tüten zu schmerzen. Zeit, sich einen leckeren Eisbecher zu gönnen. Laura muss nicht lange suchen, denn gerade wird ein Tisch frei. Der Kellner staunt nicht schlecht, als Laura sich gleich den Doppelbecher für Verliebte bestellt und hinzufügt: „Ein Löffel reicht!"

Zurück im Hotel entledigt sich Laura sofort ihrer Sandalen und begutachtet ihre mit Wasser gefüllten Blasen. Solche hatte sie zuletzt als Kind. Glücklicherweise kramt sie aus ihrem Kulturbeutel alte Pflaster hervor. Die müssen fürs Erste reichen. Etwas erschöpft streckt sie sich auf dem breiten Bett aus. Ein kleines Nickerchen wäre jetzt nicht verkehrt. Ein kurzes Schnaufen und schon ist Laura eingeschlafen.

Das Schläfchen tut ihr gut, und es ist bereits 17 Uhr, als sie wieder aufwacht. Um zwanzig Uhr beginnt die Vorstellung, also verbleiben zwei Stunden, bis sie sich auf den Weg machen muss. Sie wirft sich in den Sessel, entdeckt die Fernbedienung auf dem Beistelltischchen und zappt durch die TV-Kanäle. Ihren Geburtstag hat sie sich ein wenig anders vorgestellt. Sie ist noch nie allein zu einer Veranstaltung gegangen. Zu weiterem Grübeln kommt sie nicht, denn es klopft plötzlich an der Tür. Erschrocken springt Laura auf. Wer kann das sein?

„Ja bitte, was wollen Sie?", möchte Laura durch die geschlossene Tür erfahren.

„Zimmerservice, gnädige Frau!"

„Ich habe nichts bestellt."

„Das ist richtig, aber haben Sie nicht heute Geburtstag?"
Statt zu antworten, öffnet Laura die Tür, denn jetzt ist sie neugierig geworden. Vor ihr steht ein junges Zimmermädchen und hält einen Obstkorb und ein Glas mit einer rötlichen Flüssigkeit in Händen.

„Mit den besten Wünschen von Kerstin Fischer zu Ihrem Geburtstag", strahlt die Frau Laura an, „darf ich die Sachen ins Zimmer stellen?"

Bevor Lauras vor Staunen geöffneter Mund Worte zu einer Antwort findet, ist die stellvertretende Gratulantin schon an ihr vorbei ins Zimmer geschlüpft. Nachdem sie die Schale abgestellt hat, hält sie Laura die Hand hin.

„Alles Gute, Frau Baumgartner, auch im Namen unseres Hauses!"

„Vielen Dank! Das ist wirklich eine nette Überraschung."

Als Laura wieder allein ist, nippt sie an dem Getränk. Wie Kerstin ihn beschrieben hat, muss es sich um den Singapur Sling handeln.

Vom Cocktail leicht beschwingt, bereitet sie sich im Bad auf den bevorstehenden Abend vor. Erst duscht sie ausgiebig, um dann ihre neuen Kleider anzuprobieren. Das Schwarze oder das Rote? Da es sich offensichtlich um einen Frauenabend handelt, kann sie ruhig das Rote mit dem gewagten Ausschnitt tragen. Es werden schon keinem Mann die Augen aus dem Kopf fallen. Die High Heels sehen zwar sehr schick zu dem Outfit aus, aber das Riemchen geht genau über ihre Blase am Fuß und tut höllisch weh. Diesen Zustand wird sie wohl kaum mehrere Stunden ertragen. Die Sandalen sind jedoch nicht besser. Also was soll's, zur Feier des Tages gönnt sich das Geburtstagskind ein Taxi zum Theater. Schließlich hat Laura die Karte umsonst. Die wenigen Schritte bis zu ihrem Platz im Saal wird sie schon überstehen. Die Schuhe werden dann einfach während der Vorstellung ausgezogen und unter den Vorderstuhl gestellt. Allmählich erwacht so etwas wie Spannung und Vorfreude in Laura. Mit Manfred geht es höchstens in die Oper, die sie stinklangweilig findet. Viel interessanter wäre dagegen ein Besuch im Deutschen Theater zu einem Musical. München hat ständig neue Vorstellungen zu bieten. Sicher gibt es hier in Köln auch Musicalshows, aber die Planung war zu kurzfristig, um dafür Karten zu organisieren. Sorgfältig schminkt sie ihre Augenlider mit einem Goldton und trägt einen roten Lippenstift auf. Anschließend werden die Locken zu einer verwegenen Bananenfrisur hochgesteckt und mit einer paillettenbesetzten Spange zusammengehalten. Welch ein Zufall, dass diese farblich perfekt zum Kleid passt und im Kulturbeutel war. Nichts findet Laura schlimmer, als die Kombination von unterschiedlichen Rottönen. Die Gestylte ist mit ihrem Äußeren sehr zufrieden, und als im Hotelfoyer bewundernde Männerblicke an Laura kleben, ist das ein einzigartig gutes Gefühl.

Kapitel 7

Der ausländische Taxifahrer würde ganz offensichtlich viel dafür geben, ein Chamäleon zu sein. Es gestaltet sich für ihn nämlich mehr als schwierig, einerseits den Straßenverkehr im Auge zu behalten und andererseits die elegante, schöne Kundin mit dem aufregenden Dekolleté auf dem Rücksitz zu beobachten. Laura hat längst seine Augen im Rückspiel registriert, die ihm fast aus dem Kopf zu treten scheinen. Es ist ihr unangenehm, und deshalb ist sie froh, als ihr Handy klingelt. Wie gut, dass es überhaupt in die kleine Abendtasche passt, die ihr die Verkäuferin des roten Kleides aufgeschwatzt hat. Aber soll sie wirklich den Anruf entgegennehmen? Wenn es Manfred ist, der womöglich die Geschichte von der Harley weiß und ihr Vorwürfe machen will? Laura hat keine Lust, sich jetzt den Abend verderben zu lassen. Nach anfänglichen Skrupeln, ob ihr der Kabarettabend überhaupt gefallen könnte, freut sie sich jetzt richtig auf die Show. Das Handy steckt im Täschchen fest, und fast bricht Lauras Fingernagel ab. Schließlich kann sie einen flüchtigen Blick auf das Display werfen, der jedoch nicht ausreicht, um den Gesprächspartner zu identifizieren. Der Taxifahrer ist so fasziniert von ihrem Anblick, dass er glatt eine rote Ampel überfährt und scharf bremsen muss, als ein Auto von rechts in die Quere kommt. Das ist offensichtlich schon bei Gelb losgefahren. Das Handy rutscht aus Lauras Hand unter den Vordersitz und gibt keinen Ton mehr von sich.

„Verdammter Mist!", flucht sie und vergisst die Etikette. „Können Sie nicht aufpassen?", schreit sie den Taxifahrer an. „Jetzt weiß ich nicht, wer angerufen hat."

„Nicht meine Schuld. Anderes Auto schuld! Du mir glauben!"

„Ich dir nix glauben!", entgegnet Laura. Der Kerl nervt sie mit seinen stieren, widerlich gierigen Blicken, und sie ist erleichtert, als er endlich vor dem Theater anhält.

„Macht zwanzig Euro, bitte, schöne Frau!"

„Wie viel?" Laura glaubt, falsch gehört zu haben. „Für die kurze Fahrt soll ich zwanzig Euro zahlen? Das hat mich heute die gesamte Stadtrundfahrt gekostet." Natürlich ist das Taxifahren in Großstädten immer teurer als auf dem Land, das weiß auch sie. Irgendetwas an diesem Kerl bringt sie einfach auf die Palme. Ehe sich der Taxityp versieht, hat Laura ihr Handy unter dem Vordersitz zurückgefischt, einen Zwanzigeuroschein nach vorne geworfen und ist in der Menge der anderen Showbesucher untergetaucht. Der Mann murmelt etwas in seiner Landessprache hinter ihr her, was sie aber nicht mehr versteht, zum Glück, denn es ist wenig schmeichelhaft.

Die Entscheidung für die High Heels erweist sich als fataler Fehler. Laura trägt sehr selten Stöckelschuhe und ist es daher nicht mehr gewohnt, auf so hohen Absätzen zu stolzieren, und der Riemen quetscht ihre Blase wie befürchtet an der Ferse. Am liebsten würde sie die Dinger ausziehen und sich ihrer im nächsten Mülleimer entledigen. Aber sie wagt es nicht, den restlichen Abend barfüßig zu verbringen.

Endlich hat sich Laura bis zur Abendkasse vorgearbeitet, was im Hinblick auf die Menschenmassen, die sich im Foyer tummeln, gar nicht so einfach ist.

„Es sind zwei Karten für Kerstin Fischer hinterlegt", lässt sie die Kassiererin wissen.

„Einen Moment bitte!" Die schon in die Jahre gekommene Frau sucht in einem Karteikasten nach dem angegebenen Namen und dreht sich dann wieder Laura zu.

„Tut mir leid, aber es gibt keine Kartenreservierung für Fischer." Schon will sich die Kassiererin dem Mann hinter Laura zuwenden.

„Und für Baumgartner?"

Die Frau beginnt erneut zu suchen: „Auch nicht!"

So schnell ist Laura nicht gewillt, auf ihren Geburtstagsabend zu verzichten. „Dann kaufe ich eben eine Karte."

„Die Vorstellung ist schon seit Langem ausverkauft. Lassen

Sie mich jetzt weiterarbeiten und machen Sie bitte Platz für den nächsten Kunden!"

Laura muss sich eingestehen, dass mit diesem Drachen jenseits der Scheibe nicht gut Kirschen essen ist. Sie gibt auf und will enttäuscht gehen, als der Mann hinter ihr ebenfalls beiseite tritt und den Nächsten vorlässt.

„Entschuldigen Sie! Ich habe die Diskussion gerade unfreiwillig mitbekommen. Sie können meine Karte haben, wenn Sie mögen!"

Laura blickt in das freundlich lächelnde Gesicht eines etwa sechzigjährigen Mannes: „Ja, aber wollen Sie denn nicht selbst zur Show?"

„Ich? Gott bewahre!" Er bekommt einen Lachanfall, den Laura nicht zu deuten weiß. „Das ist doch nur was für Frauen. Meine Tochter wollte unbedingt hierher, aber sie ist leider krank geworden, und ich soll die Karte zurückgeben."

Lauras Gesichtszüge entspannen sich: „Gerne, was bin ich Ihnen schuldig?"

„Es wäre mir eine Freude, Ihnen die Karte schenken zu dürfen."

„Gibt es tatsächlich noch wahre Gentlemen auf diesem Erdball?", stellt Laura diese Frage zunächst dem Universum und meint zu ihrem Gönner: „Das kann ich nicht annehmen." Sie kommt sich vor wie ein kleines Mädchen, zu dem die Mutter sagt: Du darfst nichts von einem Fremden nehmen, nicht mal ein Bonbon. Eine innere Stimme flüstert Laura etwas anderes zu: Lass dir die Karte nicht entgehen, du wirst es nicht bereuen! Ein unvergesslicher Abend wartet auf dich!

„Dann sage ich einfach ganz lieben Dank und wünsche Ihrer Tochter gute Besserung!"

„Das werde ich ausrichten. Sie wird sich bestimmt freuen, dass die Karte in die Hände einer so hübschen Frau wie Ihnen gelangt ist. Viel Spaß!" Schon hat der Wohltäter seinen Rückweg angetreten und bahnt sich den Weg hinaus ins Freie.

Laura hat sich kaum von dieser Begegnung erholt, als ihr das Handy in den Sinn kommt. Vielleicht hat jemand auf die Mailbox gesprochen. Ihre Vermutung bewahrheitet sich, und erstaunt lauscht sie der Stimme ihrer Schwiegermutter: „Hallo Laura, hier ist Helene. Meine Güte, bist du schwer zu erreichen. Ich möchte dir zum Geburtstag gratulieren, obwohl ich sauer bin wegen Erna und Anna."

Dass die *Zwergin* es über sich bringt, ihrer Schwiegertochter zu gratulieren, ist bestimmt auf Max' Mist gewachsen, da ist sich Laura sicher. Als sie gerade ihrem Sohn eine diesbezügliche Frage per SMS stellt, erklingt der Gong zum Einlass in den Saal.

Sie zeigt ihre Karte an der Eingangstür des Saales und erhält von der Abreißerin eine Nummer in die Hand gedrückt.

„Was soll ich damit?", möchte sie wissen.

„Lassen Sie sich überraschen", kommt die freundliche Antwort, „eine bestimmte Zahl gewinnt heute Abend etwas ganz Besonderes! Vielleicht ist es Ihre. Viel Glück!"

Laura blickt auf den Zettel mit der Nummer 13. Was soll es hier schon zu gewinnen geben? Vielleicht ein Glas Sekt in der Pause?

Die Halle hat sich bereits gut gefüllt, als sie mit einem Blick auf ihre Karte erstaunt feststellt, dass sich ihr Platz in der zweiten Reihe in der Mitte befindet. Sie weiß nicht, ob sie sich über die Nähe zur Bühne freuen soll oder nicht. „Na ja, hören und sehen werde ich gut, und meine Schuhe kann ich zum Glück auch unter die Vorderreihe stellen", überlegt Laura, die in dem Moment von einem einzigen Gedanken beherrscht wird - ihre High Heels endlich ausziehen zu können.

Wie ein Ameisenhaufen laufen die Zuschauer hin und her, und es wird ungewöhnlich laut geschnattert. Das mag sicher daran liegen, dass die Besucher tatsächlich fast ausschließlich Frauen sind. Von den Opernveranstaltungen ist Laura es gewohnt, dass man nicht mal ein herunterfallendes Taschentuch hört. Nie wird sie vergessen, als sie bei der *Hochzeit des Figaro* während der

Vorstellung plötzlich eine Art Erstickungsanfall erlitt und schrecklich husten musste. Die Blicke der Platznachbarn hätten sie fast getötet, wenn Helene ihr nicht kräftig auf den Rücken geklopft hätte. Sie verpasste Laura ein Bonbon, und sie konzentrierte sich aufs Lutschen, was das Gefühl, abhusten zu müssen, unterdrückte. Laura unterstellte ihrem Schwiegermonster damals, nicht aus reiner Nächstenliebe gehandelt zu haben. Sicher war es der *Zwergin* unendlich peinlich, dass sie die Aufführung störte. Trotzdem war sie dieses eine Mal wirklich froh, ihre Schwiegermutter mitgenommen zu haben. Ansonsten ist ihr diese Begleitung lästig, aber Manfred besteht darauf. Seine Mutter müsse auch ab und zu mal Kulturluft schnuppern, ist sein Argument. Laura befürchtet neuerdings, dass es Helene beim nächsten Opernbesuch einfallen könnte, Erna und Anna ebenfalls in diesen Genuss zu bringen. Dann wird sie zu Hause bleiben, das ist klar wie Kloßbrühe. Wenn Manfred allein die drei Grazien auf einem Haufen erlebt, kapiert er vielleicht endlich, wie ätzend sie sind. Fast wünscht sich Laura das Szenario und muss bei dieser Vorstellung lächeln. Dass ihr Mann als Erwachsener immer noch wie ein Kleinkind um die Gunst seiner Mutter buhlt, wird sie wohl nie begreifen. Auch ein zurate gezogenes Psychologiebuch brachte sie nicht wirklich weiter. Darin hieß es lediglich, dass besonders die Menschen ein Leben lang hinter der Liebe ihrer Mutter herwinseln, die davon als Kind zu wenig bekommen haben. Allerdings konnte das auf Manfred durchaus zutreffen. Hatte er als Kind nicht sogar ein Kindermädchen, obwohl seine Mutter alle Zeit der Welt hatte, sich selbst um ihn zu kümmern?

Ihre Gedanken an die Vergangenheit werden jäh unterbrochen, als sich eine ältere Dame vergeblich an ihr vorbeiquetschen will. Laura muss notgedrungen aufstehen, wobei ihr die Frau lächelnd mit ihrem ganzen Gewicht auf den rechten nackten Fuß tritt, denn die High Heels sind längst unter dem Vordersitz deponiert.

„Autsch! Der untere war meiner!", heult Laura auf und lässt sich schmerzverzerrt wieder auf den Stuhl plumpsen. Das wird sicher ein riesiges Hämatom geben. Nicht auszudenken, was das im Hinblick auf das Tragen der Motorradstiefel bedeutet, die so eng am Fuß anliegen.

„Es tut mir leid!", lässt ihre neue Sitznachbarin schnaufend verlauten. „Ich habe den Bus verpasst und musste befürchten, zu spät zu kommen. Dabei habe ich lange gespart, um mir das Ticket heute Abend hier leisten zu können. Aber man gönnt sich ja sonst nichts, gell?", fährt sie strahlend fort. „Schaut Ihr Mann heute auch Fußball? Ich bin froh, dass mich meiner deshalb nicht begleiten wollte, denn ich habe ihm selbstverständlich nicht gesagt, um was für eine Show es sich handelt."

Wovon spricht sie?, überlegt Laura. Warum soll ihr Mann etwas gegen ein Kabarett haben? Insgeheim wundert sie sich allerdings über den Frauenüberschuss, der ein Durchschnittsalter von höchstens fünfundzwanzig Jahren hat. Die Jugend von heute hat sich wohl sehr verändert. Laura wäre es als junges Mädchen früher nicht im Traum eingefallen, ins Kabarett zu gehen. Da war Kino oder Tanzen angesagt. Aber auch Max hat kein Interesse an dieser Art Unterhaltung. Einmal im Jahr besuchen Laura und Manfred die Lach- und Schießgesellschaft, wie das bekannte Kabarett in München heißt. Darauf hat Helene glücklicherweise keine Lust. Mit politischem Mist, der auch noch durch den Kakao gezogen wird, wie sie meint, kann sie nichts anfangen. Laura hegt dagegen den begründeten Verdacht, dass Helene die Pointen ohnehin nicht verstehen würde und nicht riskieren möchte, möglicherweise an der falschen Stelle zu lachen.

Inzwischen hat ein ganz junges Ding neben Laura auf der anderen Seite Platz genommen. Aufgeregt schnattert es mit seiner Freundin, während es an einem Transparent auf seinem Schoß nervös herumzupft.

Laura runzelt die Stirn. Sind die Kabarettdamen so berühmt, dass Mädchen mit Transparenten erscheinen? Sie hat jedenfalls noch nie zuvor von einer Kabaretttruppe mit dem Namen *Ladies Dreams* gehört. Das ist nicht weiter verwunderlich, denn Laura bekommt in Bad Hollerbach eher selten mit, was sich in München und in der restlichen Welt im Kulturzirkus Neues ereignet. Manfred weiß da wesentlich besser Bescheid. Schließlich wird er oft von Mandanten eingeladen und muss Small Talk führen.

In diesem Moment breitet das Mädchen mithilfe weiterer Freundinnen, die anscheinend als Fanklub angetreten sind, die Stoffbanderole aus. Laura fallen fast die Augen aus dem Kopf, als sie den Text liest:

Joe, wir wollen alle ein Kind von dir, dein Fanklub aus Wanne-Eickel.

Sofort fangen die anderen Zuschauerinnen ohrenbetäubend zu kreischen an, und auch Lauras Nachbarin zur Rechten stimmt mit ungeahntem Stimmvolumen ein, was ihre Massen gefährlich in Lauras Richtung zum Schwingen bringt. So etwas Verrücktes hat Laura noch nie erlebt. Ist sie vielleicht unter Lesben geraten? Aber Joe ist doch ein männlicher Name. Bevor Laura weiter darüber nachdenken kann, schwillt der Lärmpegel um mindestens weitere geschätzte fünfzig Dezibel an. Das Lied *Sex bomb* von Tom Jones hält dagegen, und der vor den Vorhang tretende Moderator muss sich mehrmals Gehör verschaffen, bevor sich das Gekreische endlich in Grenzen hält. Gilt ihm das Transparent? Wem sonst? Laura scheint das Rätsel gelöst zu haben.

„Ausziehen, ausziehen!", schallt es plötzlich in Sprechchören an Lauras Ohr, die spätestens jetzt nicht mehr sicher ist, ob hier alles mit rechten Dingen zugeht.

Den Moderator scheint diese Begrüßung gar nicht zu wundern, denn er strahlt mit blitzweißen Zähnen in die Menge. „Herzlich willkommen euch allen! Ihr seid heute die *Königinnen der Nacht*! Die Jungs sind schon ganz heiß auf euch und können es kaum erwarten, euch eine einzigartige Show zu bieten, die ihr nie mehr vergessen werdet."

Jungs? Laura kapiert gar nichts mehr und zuckt zusammen, als die Rufe und Schreie erneut aufbranden. Immer mehr Transparente werden hochgehalten mit den unglaublichsten Sprüchen wie:

Für eine Nacht mit dir würde ich meinen Freund verkaufen.

Souverän dämpft der Moderator mit einer lässigen Handbewegung die Menge: „Ich will euch nicht länger auf die Folter spannen, Mädels. Hier kommen die sexiest men des Universums! Die Sixpackboys!"
„Sixpackboys?" Jetzt dämmert es Laura endlich. Von den Typen hat sie schon mal gelesen. Die Plakate draußen im Foyer sind also für heute und nicht eine Vorankündigung, wie sie irrtümlich glaubte. Und das S von Kerstins Geschenk steht nicht für Singapur Sling, sondern für Sixpackboys. Na, die Überraschung ist ihrer Freundin wirklich gelungen!
Während sich der Vorhang öffnet und sich nacheinander im Rhythmus zum Tom Jones' Song vier Mannsbilder im Cowboyoutfit auf die Bühne bewegen, stellt der Moderator die Stars vor: Brian, Robert, James und Gerry.
Vierzigtausend Zuschauer in der Allianzarena bei einem Bayernspiel können nicht mit dem Klatschen mithalten, das jetzt durch den Saal Schallwellen sendet. Viele Mädchen springen auf ihre Stühle und werden wütend von den dahinter sitzenden Zuschauerinnen wieder heruntergezogen, denen die Sicht auf die Bühne versperrt wird.
Laura nimmt den Hexenkessel gar nicht mehr wahr, sondern stiert sprachlos in die Gesichter der Muskelmänner. Sind das nicht ...?
Sie erkennt die Motorradgang eindeutig wieder. Bei den Muskelmännern handelt es sich ohne jeden Zweifel um Sebastian, Felix, Moritz und Frieder. Nur Sven fehlt. Natürlich sehen die Boys jetzt auf der Bühne ganz anders aus. Bei Sebastian ist der Vollbart der Schere zum Opfer gefallen, Felix hat seine Mähne zu

einem Pferdeschwanz gebändigt, Moritz wurde ein neuer Haarschnitt verpasst, und Frieder trägt sein Haar nach Guttenberg-Manier gegelt.

Laura kann ihre eigene Naivität kaum begreifen. Natürlich gehen so viele junge Menschen nicht in ein Kabarett und schon gar nicht mit Transparenten, auf denen sie nach Befruchtung schreien. Was soll sie jetzt machen? Einfach aufstehen und verschwinden? Aber warum eigentlich? Schließlich gefällt ihr, was sie auf der Bühne sieht, und die meisten hier im Saal würden fast ihre Seele verkaufen, wenn sie wie Laura ihren Stars schon einmal so nahe gekommen wären. Wie hat ihre Nachbarin festgestellt: „Man gönnt sich ja sonst nichts!" Genau, Laura hat heute Geburtstag, und sie hat es verdient, mal richtig Spaß zu haben, und den gibt es hier. Darüber muss sie selbst schmunzeln. Kerstin weiß, was sich Freundinnen wünschen. Nie hätte Laura es für möglich gehalten, dass sie in dem Lokal abseits der Autobahn vor echten Superstars geflüchtet ist, die ihr dann gentlemanlike als Eskorte nach Köln zu Diensten waren. Was würde Helene wohl dazu sagen? Sie würde die Telefonnummer von Sven sicher meistbietend verkaufen. Was spielt er hier für eine Rolle? Er ist nicht der Moderator. Laura hätte Sven sofort erkannt, denn sein schönes, ebenmäßiges Gesicht hat sie im Hinterkopf gespeichert, und wenn sie ehrlich zu sich selbst ist, verursacht ihr der Gedanke an ihn erneut leichtes Bauchkribbeln. Vielleicht ist Sven der Manager der Truppe und agiert jetzt hinter der Bühne, damit alles wie am Schnürchen läuft? Er machte ohnehin den Eindruck, als wäre er der Anführer der Gang. Dabei hatte er sich nicht in den Vordergrund gespielt, sondern seine ruhige, besonnene Art hatte die Wirkung, dass die anderen taten, was er vorschlug. So stellt sich Laura einen Manager vor. Eigentlich schade, dass er nicht auch sein Sex-Appeal auf der Bühne versprüht. Seltsam, dass ausgerechnet der attraktivste Mann hinter den Kulissen bleibt. Lauras Herzfrequenz kommt beim Gedanken an ihn aus dem Takt.

Als sich der Ellbogen ihrer Nachbarin in ihre Seite bohrt und diese begeistert schreit: „Jetzt geht's los!", erwacht Laura aus ihrem Tagtraum. Offensichtlich ist die Dame nicht zum ersten Mal in solch einer Vorstellung.

„Passen Sie auf und strecken Sie einfach Ihre Arme in die Luft, wenn ich es sage!"

„Wozu soll das gut sein?", fragt Laura irritiert.

Als würde Laura von einem anderen Stern zu Besuch sein, klärt der Fan auf, dass gleich die Klamotten der Herren fliegen werden und sie ihre schweißtriefenden weißen Seidenschals ins Publikum werfen.

Tatsächlich beginnen die Boys unter ohrenbetäubendem Geschrei der Menge und La-Ola-Wellen mit einem gekonnten, absolut synchron getanzten Strip. Laura hätte nie vermutet, dass dies nichts Anrüchiges ist, sondern mit Ästhetik zu tun hat. Alle vier dürfen einen perfekten Körper ihr Eigen nennen. Selbst die Tätowierung von Frieder auf seinem Knackgesäß findet Laura plötzlich erotisch. Wenn sie bei Manfred in ihrer ersten Liebesnacht eine solche entdeckt hätte, wäre sie sicher vor Entsetzen davongelaufen. So ändern sich offensichtlich die Zeiten. Ob Max vielleicht auch ein Tattoo besitzt, von dem sie nichts weiß? Na ja, Mütter müssen von ihren Kindern, wenn sie erwachsen sind, auch nicht alles wissen. Außerdem erspart dies Kummer und Sorgen!

„Jetzt, Arme hoch!", kommandiert die Stimme neben ihr.

Das junge Mädchen an Lauras linker Seite und viele andere springen auf ihre Plätze, um die Chance, einen Schal zu ergattern, zu erhöhen.

Schon treten die Sunnyboys nur noch mit Tangas und besagten Schals bekleidet ganz vorne an den Bühnenrand. Mit einem gekonnten Ruck reißen sie das Objekt der Begierde synchron vom Hals und schleudern es in die Menge.

Obwohl es die Platznachbarin zur Rechten nicht auf den Stuhl geschafft hat, kann sie Frieders Schal fangen. Sie bricht vor ungeahntem Glück fast in Tränen aus, presst das Kleidungsstück an ihr Gesicht und saugt den Geruch wie ein Staubsauger ein. Auf einmal hält sie es Laura vor Freude strahlend hin. „Da, Sie dürfen auch mal riechen!"

Laura weicht intuitiv zurück. „Danke, sehr freundlich, aber behalten Sie den Schal ruhig!"

Dagegen schnellt von links ein Arm an Laura vorbei und ergreift blitzartig das Zielobjekt.

„Ich will, ich will!", seufzt das Mädchen und versinkt mit der Nase im Tuch. Ihre Freundinnen stimmen in das Freudengejaule ein, und die ursprüngliche Besitzerin befürchtet, dass sie ihre Trophäe für immer verloren hat.

„Helfen Sie mir!", geht die Bitte an Laura.

Zum Glück wandert in diesem Moment ganz von selbst das Gewünschte wieder zu ihr zurück. Fans halten eben zusammen und gönnen anderen ihren Spaß.

Laura ist erleichtert, denn sie hat wirklich keine Lust, um einen schweißgetränkten Schal mit wildfremden Menschen zu rangeln.

Allmählich geht ihr die Frau auf den Nerv, durch die sie den Höhepunkt des Strips verpasst, denn die Jungs lassen die letzte Hülle vom Körper reißen, bevor der Saal komplett verdunkelt wird und der Vorhang fällt.

Es ist kaum zu beschreiben, wie laut es wieder wird. Rhythmisches Klatschen, Füße trampeln und natürlich Geschrei ohne Ende. Erneute Rufe nach Joe werden laut. Schon komisch, dass Zuschauer nach dem Manager auf der Bühne verlangen. Laura wundert sich jedoch inzwischen über nichts mehr. Ihre Nachbarin hat sich den Schal um den Hals geschlungen und scheint fast an ihrem abartigen Geschnüffel zu ersticken. Laura kann es egal sein. Dann ist sie für die restliche Vorstellung außer Gefecht. Aber man soll die Show nicht vor dem Ende loben.

Sie hält für Laura noch eine besondere Überraschung bereit, die selbst Kerstin in Erstaunen versetzen würde. Manche Dinge werden scheinbar vom Himmel aus gelenkt. Schade, dass die Freundin dieses Spektakel nicht miterlebt. Was würde Laura darum geben, anschließend mit ihr eine Bar aufzusuchen und über den erotischsten Sixpackboy zu philosophieren und ihren Geburtstag ausklingen zu lassen.

Es folgen weitere drei Tanzeinlagen, bei denen Sebastian, Felix, Moritz und Frieder einmal in Pilotenuniform, dann in Ritterrüstung und zuletzt als Ärzte ihre Körper den gierigen Blicken der Zuschauerinnen nach und nach preisgeben. Jedes Mal landet zum Schluss ein Kleidungsstück in der brodelnden Menge und verzückt die Weiblichkeit.

Laura, die sich am Anfang der Vorstellung vorgenommen hatte, in der Pause zu verschwinden, hat es sich längst anders überlegt. Während der Darbietungen hat sie immer mehr Gefallen an der ästhetischen Show gefunden und fast Verständnis für ihre Nachbarin, die den Seidenschal immer noch um den Hals drapiert trägt.

Der Moderator kündigt souverän die bevorstehende Pause an: „Nun gönnen wir den Jungs ein kurzes Atemholen, und die Wiederholungstäterinnen unter euch wissen, was euch gleich erwartet." Dabei haucht er eine Kusshand ins Publikum, was immer die zu bedeuten hat.

Laura weiß es natürlich nicht, aber die Trophäenbesitzerin jauchzt geradezu: „Wollen wir uns an der Pausenbar einen Prosecco gönnen? Ich lade Sie ein. Habe ja noch etwas gutzumachen." Ihr Blick schweift dabei auf Lauras Fuß, der tatsächlich bläulich schimmert.

Ohne eine Antwort abzuwarten, schiebt sie Laura vor sich her, die in letzter Sekunde ihre High Heels schnappen kann. Es dauert eine Weile, bis die beiden Frauen mit ihrem Getränk ein Plätzchen gefunden haben.

„Auf einen gelungenen Abend!"

„Danke für den Prosecco! Das finde ich wirklich nett von Ihnen", kommt es von Laura zurück.

„Ich heiße übrigens Luise Mohnfeld."
„Laura Baumgartner."
„Sie sind aber nicht von hier, oder?"
„Nein, ich komme aus Bayern."
„Ach, habe ich doch richtig vermutet. So einen klitzekleinen Dialekt meine ich bei Ihnen herauszuhören. Aber da Köln ein Schmelztiegel von vielen Sprachen und außerirdischen Slangs ist, muss es nicht unbedingt heißen, dass Sie eine Touristin sind, oder?"

„Doch, ich bin zu Besuch in Köln!" Glücklicherweise ertönt in diesem Moment der Gong, denn Laura verspürt nicht die geringste Lust, Luise ihre ganze Lebensgeschichte zu erzählen.

Die Ankündigung des Höhepunktes des Abends seitens des Moderators löst in der Halle ein gewaltiges Erdbeben aus.

„Halten Sie Ihre Glücksnummer bereit. Die brauchen Sie gleich!", ist Luises Empfehlung an Laura, die damit beschäftigt ist, ihre Pumps wieder unter der Vorderreihe zu platzieren. Am liebsten würde sie die mit denen von Frau Mohnfeld tauschen, die es Laura inzwischen nachgemacht hat. Allerdings handelt es sich bei deren Schuhwerk um Gesundheitslatschen in Geigenkastengröße. Also doch lieber die High Heels. Die Riemchen bleiben nachher bis zum Hotel einfach offen. Im Taxi wird das niemandem auffallen.

Der Vorhang öffnet sich, und diesmal tritt Sebastian allein mit einem Mikrofon in der Hand auf. Seine tiefe Stimme, von der Laura bei ihrer ersten Begegnung bereits fasziniert war, lässt verlauten, dass in einigen Minuten die heutige *Königin der Nacht* ihren Auftritt haben wird. Gesucht wird die Maharani des Maharadschas. In diesem Moment wird ein Loch in der Bühne sichtbar, und einige Sekunden später taucht ein großes, hölzernes Prunkbett mit Baldachin aus der Versenkung auf, wie man sie aus indischen Liebesfilmen kennt. An den Seitenpfosten hängen schwere goldfarbene Vorhänge, und riesige rote Brokatkissen laden zum Träumen ein.

Das darauf folgende Gekreische kennt keine Grenzen mehr. Eine indisch klingende Musik wird eingespielt. Die Spannung steigt, und die Luft knistert förmlich. Laura denkt unweigerlich an den alten Film *Das indische Grabmal,* und es gruselt ihr ein wenig.

Felix erscheint mit einer kleinen Lostrommel neben Sebastian auf der Bühne, bindet seinem Freund eine schwarze Schlafbrille um die Augen, wie man sie von Langstreckenflügen kennt, damit er die Nummer des Abends ziehen kann.

„Die heutige Maharani trägt die Nummer ...", Felix hält inne, um die Spannung selbst für einen Moment auszukosten, als Sebastian ihm das gezogene Los überreicht.

„Ihr alle seid unbeschreiblich toll, und uns tut es leid, dass gleich nur eine als *Königin der Nacht* mit Joe die Maharadscha-Szene genießen darf."

„Joe, Joe, Joe", beginnen erneut die Sprechchöre, und wie auf Kommando schießen die Banderolen wieder wie Pilze aus dem Publikum. Niemanden hält es mehr auf den Stühlen.

Fast geht die Nennung der Glückszahl im Lärm unter.

Was wäre Laura ohne Luise: „Die 13 ist es, die 13! Dann ein enttäuschter Seufzer, mit dem sie sich auf den Stuhl zurückfallen lässt. „Ich habe die 102!"

Laura ist überhaupt nicht auf die Idee gekommen, auf ihren Zettel zu schauen, den sie längst vergessen hat. Sie ist froh, dass die Wahrscheinlichkeit, gezogen zu werden, mindestens 1:500, wenn nicht 1:600, beträgt.

„Wer ist die Gewinnerin?", möchte Sebastian durchs Mikro wissen. Niemand outet sich, dabei sind Felix, Moritz und Frieder bereits von der Bühne gesprungen, um die vermeintliche Maharani in Empfang zu nehmen.

„Hey, was haben Sie denn für eine Nummer?", fragt Luise plötzlich.

„Meinen Sie mich?" Laura interessiert ihre Nummer nicht die Bohne, hat allerdings nicht mit Luises Hartnäckigkeit gerechnet.

„Nun gucken Sie schon!"
Laura kramt umständlich den bereits zerknüllten Zettel aus der Abendtasche hervor. Bevor sie selbst einen Blick auf die Zahl werfen kann, hat Frau Mohnfeld das Papier in der Hand und droht einer Herzattacke zu erliegen.

„Sie ist es, sie ist es." Luises Körper bewegt sich aufwärts, um Lauras Arm in die Höhe zu reißen, zum Zeichen für die Boys, dass die Glückliche des Abends endlich gefunden ist.

Laura versucht, sich aus dem Klammergriff ihrer tatkräftigen Nachbarin zu befreien. „Lassen Sie auf der Stelle meinen Arm los und seien Sie bitte still. Ich will nicht auf die Bühne!"

Zu spät, denn die drei Männer haben sich mit einer indischen Sänfte schon in Richtung zweite Reihe Mitte in Bewegung gesetzt.

Laura schickt den Wunsch zum Himmel, sich als Flaschengeist sofort im Trinkgefäß ihrer linken Nachbarin verstecken zu dürfen, was aber leider nicht erhört wird.

Vier Muskelarme packen die Gewinnerin sanft und heben sie barfüßig über die erste Reihe. Felix lächelt einen kurzen Moment, als er Lauras Gesicht wahrnimmt. Ganz Profi, lässt er sich nicht anmerken, ob er sie als die Motorradfahrerin von gestern erkennt. Moritz und Frieder bugsieren Laura in die Sänfte und tragen sie unter rhythmischem Klatschen der kreischenden Zuschauerinnen auf die Bühne. Die völlig Überrumpelte wagt es nicht, sich dem weiteren Prozedere zu widersetzen, denn die Menge tobt bereits und trampelt auf den Boden, dass die Boys ihren Protest sowieso nicht hören würden. Als das Gespann die Treppe abseits der Bühne erreicht, flüstert Frieder Laura zu: „Hab keine Angst, ich habe dich schon gleich beim ersten Auftritt in der zweiten Reihe erkannt. Es passiert dir nichts Schlimmes, versprochen."

Zu einer Antwort kommt Laura nicht, denn schon legen die Männer sie auf das Maharadschabett in die zahlreichen kitschigen Brokatkissen, die von Lila über Weinrot glänzen. Vom Publikum unbemerkt, erhält die Verzweifelte von Sebastian augenzwinkernd die Anweisung, einfach liegen zu bleiben, der Rest geschieht von selbst.

Die Musik wird lauter, und Laura bleibt allein ihrem weiteren ungewissen Schicksal überlassen. Tausend Gedanken schießen ihr durch den Kopf. Was soll das alles? Ich will sofort hier weg!, suggeriert ihr der Verstand. Stattdessen tritt eine nie gekannte Lähmung in Arme und Beine, die es unmöglich macht, aufzustehen. Die Schreie aus dem Publikum deutet Laura richtig.

Der bis dahin heiß ersehnte fünfte Mann mit Namen Joe betritt die Bühne im prachtvollen Outfit eines indischen Herrschers und passendem Turban. Mit aufreizenden Bewegungen heizt er die Menge an.

Laura traut sich kaum, in seine Richtung zu schauen. Es ist ohnehin nur seine Rückseite zu sehen. In der rechten Hand hält er einen mit glitzernden Steinen besetzten Säbel, den er geschickt in die Tanzchoreografie integriert. Die Bühne liegt plötzlich ganz im Dunkeln, und ein einziger Scheinwerfer richtet sich auf Joe, der seinen Turban lässig abnimmt, um ihn anschließend mit einem vielsagenden Lächeln hinter sich auf den Bühnenboden zu werfen.

Laura verpasst den Moment, in dem sie kurz Joes Gesicht hätte sehen können. So bleibt die quälende Ungewissheit, wer dieser mysteriöse, selbst ernannte Maharadscha ist und was er mit ihr vorhat. Dass der schöne Abend in solch einer prekären Situation enden würde, hätte sie sich in ihren verwegensten Träumen nicht ausmalen können. Wäre doch Kerstin bei ihr! Die hätte die Nummer hier ganz souverän abgezogen und auch noch ihren Spaß dabei gehabt.

Joe entledigt sich nach und nach weiter seiner Kleider, bis ein knapper Tanga übrig bleibt. Seine leicht gebräunte Haut glänzt im Scheinwerferlicht. Er nähert sich immer mehr dem Prunkbett, und Laura stockt der Atem, als Joe sich mit einer eleganten Bewegung auf sie schwingt und sich im selben Moment die seitlichen Vorhänge wie von Geisterhand um das Bett schließen. Unerwartet erlischt das Spotlight, und Laura kann sich später nicht mehr erinnern, was genau passierte. Jedenfalls muss Joe sich seines Tangas entledigt haben, und statt seines Gesichts hat sie für den Bruchteil einer Sekunde seine Männlichkeit im Blick gehabt. Aus diesem Albtraum erwacht sie erst wieder, als das Maharadschabett längst zurück in den Tiefen der Bühne verschwunden ist.

Laura öffnet vorsichtig die Augen, als sie ein Glas an ihren Lippen spürt. Erwacht sie gerade aus einem Albtraum? Wo ist sie? Laura ist nicht in der Lage, ihre wirren Gedanken zu sortieren.

„Trink einen Schluck, dann geht es dir gleich besser!", redet eine männliche Stimme beruhigend auf sie ein.

Der Nebelschleier lichtet sich vor ihren Augen, und erneut glaubt sie sich einer Fata Morgana gegenüber. Die Stimme gehört niemand anderem als Sven. Er ist der Superstar der Truppe. Laura möchte vor grenzenloser Peinlichkeit in der Matratze versinken. Sie ist unfähig, auch nur einen einzigen Ton herauszubringen und ihre vorher leichenblasse Haut wechselt zu dunkelviolett, was sich mit der Farbe ihres roten Kleides beißt.

„Es tut mir leid, dass es ausgerechnet dich getroffen hat, wo viele andere Frauen gerne an deiner Stelle gewesen wären." Sven alias Joe streichelt Laura wie einem Kleinkind übers Haar. „Übrigens bist du die schönste *Königin der Nacht*, die je auf meinem Bett auf mich gewartet hat."

Lauras Herz setzt für einen kurzen Moment aus. Sven ist wirklich einer der anziehendsten Männer, der ihr im Leben begegnet ist. Seine meerwasserblauen Augen strahlen sie an und lassen an der Ehrlichkeit seiner Worte keinen Zweifel.

„Ich muss zurück auf die Bühne!" Er deutet auf eine Frau, die am Treppenaufgang wartet. „Jenny wird dich zurück zum Saal führen. Bitte warte nach der Vorstellung am Bühnenausgang. Er befindet sich rechts neben dem Theater und hat eine entsprechende Leuchtschrift über der Tür. Wir werden mit dir noch über deinen Gewinn reden!"

Laura schafft es nicht, irgendetwas zu erwidern. So bleibt ihr die Frage, was es denn mit einem weiteren Gewinn schon wieder auf sich hat, im Halse stecken.

Sven schenkt ihr ein hinreißendes Lächeln und verschwindet in Richtung Bühne.

„Na, hat es Ihnen gefallen?", möchte Jenny wissen. „Viele Frauen haben Sie um den Auftritt beneidet."

Laura nickt gehorsam, hat aber nur einen einzigen Wunsch, nämlich so schnell wie möglich das Weite zu suchen. Dann fällt ihr ein, dass sowohl ihre Handtasche mit Börse, Hotelchip, Motorradschlüssel und Handy, als auch ihre Schuhe an ihrem Platz im Saal verblieben sind. Sie kann also gar nicht die Flucht ergreifen, sondern muss zurück in die Arena der gefräßigen Löwinnen.

Jenny ist erfahren im Umgang mit Menschen und spürt sofort, dass Laura freiwillig nie das Spektakel mitgemacht hätte. Umso geschickter muss sie ihren Namen und ihre Adresse herausfinden, denn sie ist sich sicher, dass Laura türmen wird. Also verkauft sie ihr wie selbstverständlich die Tatsache, dass die *Königin der Nacht* auf Kosten des Veranstalters nach Hause gefahren wird. Das Fahrzeug steht nach der Show direkt vorm Hauptportal bereit. Dass Laura ein Date mit Sven gewonnen hat, verrät sie vorsichtshalber nicht. Der Fahrer des Hauses bringt heimlich in Erfahrung, wo sie wohnt und wie sie heißt. Der Rest ist Routine, denn die Überrumpelungsmasche funktioniert immer.

Wie Jenny geahnt hat, wartet Laura nicht am Bühneneingang auf Sven und die anderen Jungs. Fluchtartig verlässt sie die Halle, kaum dass sich der Vorhang ein letztes Mal unter tosendem Applaus gesenkt hat. Luises Abschiedsruf wird vom Lärm verschluckt.

Nichts wie weg und nur noch schlafen. Allerdings nimmt sie tatsächlich die kostenlose Heimfahrt in Anspruch und hat dabei keine Ahnung, dass der Fahrer, der sie ins Hotel bringt, der wirkliche Manager der Superboys ist.

Als sie endlich völlig erschöpft unter die Decke ihres Bettes kriecht, fällt ihr Kerstin ein. Schnell greift sie nach dem Handy und sendet eine SMS:

„Habe Unglaubliches erlebt! Kann es kaum erwarten, Dir davon zu erzählen. Die Überraschung ist Dir wirklich gelungen."

Kapitel 8

Das Zimmertelefon schrillt an Lauras Ohr, die erschrocken aus der Waagerechten hochschnellt. Schweißperlen zieren ihre Stirn, und es ist gut, dass dieses Hotelzimmer nicht verspiegelt ist, wie so viele andere. Laura würde überhaupt nicht gefallen, was sie da sehen müsste. Der gestrige Abend mit all seinen Aufregungen hat seine Spuren hinterlassen. Das rote Kleid liegt auf dem Boden, die Pumps dagegen stehen auf dem Beistelltischchen, und die Abendtasche ruht halb geöffnet am Fußende, als würde sie zu Laura sprechen wollen: *Du schaust schrecklich aus.*

Die Spange in Lauras Bananenfrisur hat sich hartnäckig festgekrallt, während sich ganze Haarsträhnen daraus gelöst haben und auf ihre nackten Schultern fallen. Offensichtlich war die unfreiwillige *Königin der Nacht* bei ihrer Rückkehr derartig neben der Kappe, dass sie sich das Abschminken auch gespart hat. Jedenfalls vermischen sich die Schweißperlen mit Lidschatten und Wimperntusche und schenken der Geweckten ein bizarres Aussehen.

Wo bin ich?, ist Lauras erster Gedanke. Auf dem Prunkbett auf einer Bühne? Was für ein merkwürdiger Traum. Ein Adonis hat auf ihr gesessen, dessen Gesicht ihr nebulös bekannt vorkam.

Das erneute Klingeln des Telefons holt die Traumtänzerin in die Wirklichkeit zurück. „Aaa!", lässt sie einen Schrei los, denn plötzlich erinnert sie sich, dass alles Realität war und keine Illusion. Unter ihrem verschmierten Gesicht leuchtet es knallrot vor lauter Scham. Wie gut, dass sie nach der Vorstellung gleich abgehauen ist und weder Sven alias Joe noch den anderen Sixpackboys jemals wieder unter die Augen treten muss. „Warum bin ich so prüde?", schallt sie sich selbst. Alle anderen Zuschauerinnen hätten sonst was dafür gegeben, um mit ihr zu tauschen. Was war schon dabei? Schließlich hat sie ja nicht selbst die Hüllen fallen lassen, und Sven war einfach rührend, als er, in den Bademantel gehüllt, in den Katakomben des Theaters auf dem

Bettrand sitzend besorgt nach ihrem Befinden fragte. Ob er wusste, dass Laura niemals freiwillig auf die Bühne gekommen wäre, wenn sie dazu nicht förmlich genötigt worden wäre? Ihm schien die ganze Situation ebenfalls peinlich zu sein. Vielleicht, weil er Laura durchschaute? Ansonsten machen sich solche Profis doch sicher keine Gedanken darüber, welche Frau diese Maharadscha-Nummer abzieht, mutmaßt Laura.

Endlich nimmt sie den Hörer ab. „Ja, bitte!"

„Guten Morgen! Sie wollten geweckt werden."

„Danke!" Sogleich legt Laura wieder auf, denn sie hat keine Erinnerung mehr daran, gestern Nacht den Weckdienst des Hotels bemüht zu haben. Ein Blick auf ihre Armbanduhr lässt sie endgültig aus dem Bett springen. Sie will schnell eine Kleinigkeit frühstücken und sich dann sofort auf die Harley schwingen. Kerstin wird verstehen, dass sie keine Sekunde länger bleiben kann. Auf einmal ist die Vorstellung, in das beschauliche Bad Hollerbach zurückzukehren, sehr beruhigend. Der Ausflug nach Köln wird jedoch seine Spuren hinterlassen, denn Laura fühlt ganz deutlich, dass sich die Raupen im Bauch zu Schmetterlingen entwickeln. Auch mit zweiundvierzig Jahren ist man scheinbar nicht zu alt dafür, bei einem attraktiven Mann den Verstand zu verlieren. Laura hat bis vor einigen Jahren für Manfred solche Gefühle gehabt, aber die *Zwergin* mit ihrer ständigen Einmischung und dem Genörgel an Laura hat alles erstickt. Es hätte lediglich gefehlt, dass Helene die Besucherritze ihres Ehebettes beansprucht hätte. Zuzutrauen wäre dieser Frau auch dieses Ansinnen, und Laura weiß bis heute nicht, was sie ihrer Schwiegermutter angetan hat, um so mies von ihr behandelt zu werden. Ist es wirklich allein die Tatsache, dass sie eifersüchtig ist und ihren Sohn für sich allein besitzen will? Oder steckt etwas ganz anderes dahinter? Vielleicht könnte es ein unabhängiger Dritter herausfinden?

Laura verwirft diese Möglichkeit gleich wieder. Jeder Psychologe würde sich an Helene die Zähne ausbeißen und anschließend seinen Beruf aus lauter Verzweiflung an den Nagel hängen.

Unter der Dusche versucht Laura vergeblich, alle Gedanken an den gestrigen Abend wegzuspülen. Ständig taucht Svens Gesicht vor ihrem inneren Auge auf. Die Erinnerung an seinen makellosen Körper und seine erotischen Bewegungen auf der Bühne bringt das kalte, aus dem Brausekopf auf Lauras Haut prasselnde Wasser zum Kochen. Wie wäre es, wenn er jetzt hier mit ihr in der Dusche stünde? Seine muskulösen Arme würden sie umschlingen, seine sinnlichen Lippen ihre sanft berühren, um dann leidenschaftlich das Innere ihres Mundes zu erkunden. Allein dieser Gedanke jagt Laura eine Gänsehaut über den Körper. Weitere erotische Vorstellungen versucht sie, mit Mühe aus ihrem Kopf zu verbannen. Ist sie jetzt völlig übergeschnappt? Wie kann ein Mann, den sie kaum kennt, solche Sehnsüchte und solch ein Verlangen in ihr wecken? Sein Geruch hat sich für die Ewigkeit in ihrer Nase festgesetzt, und deshalb muss sie so schnell wie möglich seinen Dunstkreis verlassen. Köln ist zwar eine riesige Stadt und eine Begegnung mit einem Mitglied der Motorradgang eher unwahrscheinlich, aber Laura wird sich erst wieder wohlfühlen, wenn sie sich auf der Autobahn in Richtung Heimat befindet. Oder doch nicht?

Bevor sie in den Frühstücksraum geht, entschließt sie sich, schnell Kerstin anzurufen, um zu erfahren, ob der Streik beendet ist. Die Freundin ist ihr zuvorgekommen, denn das Handy verzeichnet den Eingang einer SMS.

Liebe Laura,

hoffe, der Abend verlief auch ohne mich nach Deinem Geschmack☺. Der Streik ist zwar vorbei, aber ich bin untröstlich, denn ich muss heute kurzfristig nach New York fliegen. Du kannst das Zimmer jedoch kostenlos weiter bewohnen. Ich melde mich, sobald der Flieger gelandet ist. Wie kann ich das Chaos wiedergutmachen?

Herzlichst Deine Kerstin

Laura antwortet:

*Liebe Kerstin,
Du kannst ja nichts für das Durcheinander.
Wir sehen uns, wo auch immer.
Bis bald und liebe Grüße,*

Deine Laura

Sie schreibt absichtlich nichts davon, dass es mit den hinterlegten Karten nicht geklappt hat. Entscheidend ist, dass Kerstins gut gemeinte Absicht trotzdem umgesetzt wurde, egal auf welche Weise. Die Globetrotterin muss vorerst nicht erfahren, dass sie heute zurück nach Bad Hollerbach fährt, sonst denkt sie womöglich, Laura wäre sauer auf sie.

Das Leben der Freundin wäre ihr zu stressig. Nie zu wissen, wo man am nächsten Tag hingeschickt wird, ständig den Jetlag verkraften und sich immer anderen klimatischen Verhältnissen anpassen zu müssen, das alles würde ihr höchstens für kurze Zeit Spaß machen. Kerstin dagegen scheint das nichts anzuhaben. Ihr wäre umgekehrt Lauras Dasein wahrscheinlich viel zu langweilig und zu spießig.

Der Frühstücksraum ist trotz der zeitigen Stunde gut gefüllt, und die Gäste drängeln sich am Buffet und vor allem an dem Stand, an dem man das Omelett nach Wahl ordern kann. Laura entschließt sich deshalb, heute darauf zu verzichten und schnell eine Tasse Kaffee zu trinken. Zeit für ein Brötchen mit Marmelade wird sein, denn mit leerem Magen möchte sie die Reise lieber nicht antreten. Wie bestellt verlässt ein Pärchen einen Zweiertisch am Fenster, auf den sich Laura stürzt, bevor der

Kellner das schmutzige Geschirr abräumen und den Tisch säubern kann.

Mit einem entschuldigenden Lächeln für ihre Forschheit, lässt sie sich auf den Stuhl fallen, der ihr die Sicht nach draußen auf den Dom erlaubt. Deshalb bemerkt sie nicht, dass ein Mann, der bis dahin an der Kaffeebar gehockt und sie seit Betreten des Raumes beobachtet hat, passendes Kleingeld auf den Tresen legt und schnurstracks auf ihren Tisch zusteuert.

„Darf ich mich zu Ihnen setzen?"

Laura blickt erschrocken von ihrem Teller auf, und das gerade abgebissene Stück einer Brötchenhälfte bleibt ihr vor Überraschung im Halse stecken.

Genau wie Helene damals in der Oper, klopft der ungebetene Gast auf Lauras Rücken, bis das Brotstück wieder auf dem Teller landet, und rettet ihr somit das Leben.

„Entschuldigen Sie bitte! Ich konnte nicht voraussehen, dass mein Anblick Sie derartig erschrecken würde." Der Mann, den Laura jetzt endlich als den Fahrer des Theaters zu entlarven glaubt, setzt sich auf den anderen freien Stuhl.

„Schon gut!", krächzt sie, alle ihre Gehirnwindungen anstrengend, was sie wohl auf dem Rückweg ins Hotel im Auto liegen gelassen haben könnte. Es kann sich nicht um ihre High Heels oder das Abendtäschchen handeln, denn diese Gegenstände befinden sich bereits wieder in der gepackten Reisetasche. Vielleicht ihre schwarze Perlenkette von Manfred? Reflexartig vergewissert sie sich, dass die noch ihren Hals ziert. Aber aus welchem Grund sollte der Fahrer sonst hier im Hotel auftauchen? Allerdings hat er eine Mappe in der Hand, die er vor sich auf dem Tisch ablegt.

„Habe ich etwas in Ihrem Auto vergessen, was Sie veranlasst, am frühen Sonntagmorgen hier aufzutauchen?", will Laura sich herantasten. Vorsichtshalber hat sie den Verzehr des restlichen Brötchens ad acta gelegt. Noch so einen peinlichen Zwischenfall kann sie sich nicht leisten, denn inzwischen sind alle Blicke der übrigen Frühstückenden auf sie gerichtet, was sehr unangenehm ist.

Der unwillkommene Tischgenosse reicht Laura plötzlich die Hand. „Ich habe mich noch gar nicht vorgestellt, Verzeihung, aber Ihre Hustenattacke hat mich aus dem Konzept gebracht! Passiert mir selten! Ich bin Harry Wismut, der Manager der Sixpackboys!"

„Aha!" Mehr bringt Laura nicht zustande. Hört dieser Albtraum denn gar nicht mehr auf? Endlich hatte sie mit dem gestern Erlebten abgeschlossen und befindet sich im Geiste schon wieder auf dem Rücken der Harley. Den Manager von Sven und Co will sie wirklich nicht näher kennenlernen. Sein Auftritt hier kann nichts bedeuten, was für Laura von Interesse wäre. Trotzdem reißt sie sich zusammen, gibt sich jedoch abweisend: „Ist es üblich, dass Manager Zuschauerinnen nach der Vorstellung nach Hause fahren, oder ist das ein spezieller Service der Sixpackboys?"

„Werte gnädige Frau, falls Sie zu Ende gefrühstückt haben, würde ich vorschlagen, wir setzen unser Gespräch woanders fort. Vielleicht im Wintergarten?"

Herr Wismut rechnet nicht wirklich mit Lauras Kooperationsbereitschaft und ist umso erstaunter, als sie sofort aufspringt.

„Nichts lieber als das!"

Sie möchte so schnell wie möglich den Blicken der anderen Gäste entfliehen, die ihre Ohren in ihre Richtung auf Empfang gestellt haben. Es ist nämlich mucksmäuschenstill geworden, seit ihre Unterhaltung begonnen hat.

Im Wintergarten herrscht um diese Uhrzeit glücklicherweise gähnende Leere, und Harry wählt gleich einen Tisch etwas abseits hinter einer Palmengruppierung. Hier wird er hoffentlich in Ruhe mit Laura verhandeln können. Wie Jenny prophezeite, wird er eine harte Nuss knacken müssen. In seiner nunmehr fünfjährigen Tätigkeit als Manager der Sixpackboys ist es erst einmal vorgekommen, dass die *Königin der Nacht* ihren Gewinn, das

Date mit einem der sexiest men alive, nicht einlösen wollte. Es handelte sich damals allerdings um eine rüstige Neunzigjährige aus Gelsenkirchen. Für einen solchen Fall hatten sie keine Vorkehrungen getroffen. Wer denkt denn daran, dass auch Hochbetagte unter den Zuschauerinnen sitzen und die Maharadscha-Nummer gewinnen könnten? Es gab einen riesigen Ärger, als die Presse zum angesetzten Termin vergeblich erschien, um die vermeintliche *Königin der Nacht* beim Date mit ihrem Traummann abzulichten. Sie mussten eine hohe Konventionalstrafe an die Zeitschrift *Promitreff* zahlen, die die Exklusivrechte für Fotos und Bericht gekauft hat. Tonnenweise hämischer Leserbriefe landeten in der Redaktion, als nicht wie gewohnt die Reportage über die Sixpackboys in der nächsten Ausgabe erschien. Harry hatte seinen Job nur behalten, weil alle an die Einmaligkeit der Weigerung einer Gewinnerin glaubten. Trotzdem wurden Sicherheitsvorkehrungen getroffen. Sollte der geringste Zweifel bestehen, dass die *Königin der Nacht* ihr Date nicht antritt, wird sie unter dem Vorwand nach Hause gefahren, das sei ein Sonderservice des Veranstalters für das *Maharadscha-Girl*. Harry ist Laura unbemerkt am Abend ins Hotel gefolgt, hat die diensthabende Empfangsdame mit einer Karte für die Sixpackboys bestochen, um Lauras Nachnamen herauszufinden und wann sie abzureisen gedenkt.

„Was wollen Sie von mir?", setzt Laura das aufgezwungene Gespräch aus dem Frühstücksraum fort. „Ich habe nicht viel Zeit, da ich bis zehn Uhr hier auschecken will."

„Das wäre sehr bedauerlich! Sie haben ein Date mit Joe gewonnen."

Laura zieht die Stirn kraus. Allmählich wird ihr das Geplänkel zu blöd. „Ich fahre gleich zurück nach Bayern, und Sie werden mich ganz bestimmt nicht länger aufhalten. Den tollen Gewinn können Sie meistbietend versteigern!" Gleich macht Laura Anstalten aufzustehen, als Harry aus der Mappe einen Brief zieht und ihn ihr überreicht.

„Bitte lesen Sie erst, bevor Sie Joe endgültig einen Korb geben!"

„Sven meinen Sie wohl!", stellt Laura klar und lehnt sich wieder zurück. In ihrem Kopf wirbelt alles durcheinander. Auf der einen Seite sehnt sie sich nach Svens Nähe, auf der anderen Seite weiß sie, dass diese ihre Gefühlswelt komplett ins Chaos stürzen könnte. Die Neugier siegt über den Verstand und will wissen, was in dem Brief steht.

Liebe Laura,
bitte zerknülle mein Geschreibsel nicht gleich. Ich weiß, dass Dir der Auftritt gestern nicht gefallen hat und Du uns alle nicht mehr wiedersehen willst. Nicht nur in dieser Hinsicht bist Du einzigartig. Du bist mir gleich aufgefallen, als Du in dem Lokal vor uns geflüchtet bist. Dein Gesicht vergisst kein Mann. Ich kann Dich zu nichts zwingen, gestehe aber, dass unsere Truppe große Probleme erwartet, solltest Du das Date mit mir verschmähen. Es gehört zu unserer PR und lockt viele Zuschauerinnen in die Vorstellungen. Bitte überlege es Dir noch mal. Du wirst es bestimmt nicht bereuen. Mein Manager erklärt Dir alles, und für die nächsten Tage stehen Dir viele Annehmlichkeiten zur Verfügung. Ich würde mich riesig freuen, Dich näher kennenzulernen und mehr über Dich zu erfahren. Du kannst mir glauben, dass ich dieses persönliche Interesse niemals zuvor bei den anderen Gewinnerinnen hatte. Sonst sind diese PR-Dates für mich reine Pflichterfüllung. Solltest Du Dich dennoch dagegen entscheiden und wir uns nicht wiedersehen, wünsche ich Dir alles erdenklich Gute,

Dein Fan Sven

Harry hat Laura die ganze Zeit während des Lesens aus dem Augenwinkel beobachtet und gibt Sven insgeheim recht. Sie ist megaattraktiv und scheint dies nicht zu wissen. Gerade dieser Umstand macht sie für Männer anziehend und weckt deren Jagdinstinkte. Es wäre zu schade, wenn der Brief seine Wirkung verfehlen würde. Er gönnt Sven das Date mit Laura, nachdem er meistens Frauen ausführen musste, die den ganzen Abend schmachtend an seinen Lippen gehangen und selbst nur blödes Zeug gefaselt hatten. Angespannt wartet Harry auf Lauras Reaktion. Wenn ihn nicht alles täuscht, hat Sven die richtigen Worte gewählt, denn sie lächelt, was sie umso bezaubernder aussehen lässt, obwohl sie heute nicht einmal geschminkt ist.

„Sagen Sie Sven bitte, dass ich Ihnen und der Truppe keinen Schaden zufügen möchte, aber gibt es keine andere Lösung? Können Sie nicht irgendeinen Ersatz für mich finden?"

„Wer sollte das sein? Eine Doppelgängerin werden wir wohl kaum auftreiben können. Das Publikum hat Sie gestern gesehen und würde den Betrug sofort merken, wenn in der Zeitung eine andere Frau abgebildet sein würde."

„Abgebildet? Soll das bedeuten, bei dem Date ist die Presse anwesend?", bohrt Laura nach.

„Keine Sorge! Es wird lediglich ein Foto von Sven und Ihnen vor dem Theater geschossen."

„Ich will aber nicht fotografiert werden!" Laura konnte es schon als Kind nicht leiden, wenn jemand Fotos von ihr machen wollte. Dann versteckte sie sich immer hinter dem nächsten Baum.

Allmählich reißt Harry der Geduldsfaden. Am liebsten würde er aufstehen und Date Date sein lassen. Schließlich kann man niemanden zu seinem Glück zwingen. Aber plötzlich wendet sich das Blatt.

„Na ja! Ein Foto werde ich aushalten, und Sven hat es nicht verdient, im Stich gelassen zu werden. Reicht es Ihnen, wenn ich in einer Stunde Bescheid gebe, ob ich bleibe? Ich werde heute zu

Hause erwartet und möchte klären, ob ich nicht dringend gebraucht werde." Sie benutzt diese Ausrede, um Zeit zu gewinnen, denn sie versteht selbst nicht, warum sie auf einmal bereit ist, Sven wiederzusehen. Das Kribbeln in der Magengegend trägt die Schuld daran. Sie kann einfach nichts dagegen tun.

Erfreut darüber, nicht einen endgültigen Korb zu bekommen, erhebt sich Harry aus dem Korbstuhl und strahlt: „Selbstverständlich! Es dürfen auch zwei Stunden sein."

Im Hotelzimmer wirft sich Laura aufs Bett, den Brief von Sven an ihr Herz gedrückt, das aufgeregt einige Frequenzen höher schlägt. Welcher Teufel sie im Moment reitet, ist ihr selbst ein Rätsel. Erst jetzt fällt ihr siedend heiß ein, dass Manfred am Dienstag aus Stockholm zurückkehrt und bestimmt dumm schaut, wenn er seine Frau nicht vorfindet. Aber wenn sie ganz früh am Morgen startet, könnte sie noch vor ihm in Bad Hollerbach eintreffen, die Harley an ihrem angestammten Platz verstauen und Manfred so empfangen, wie sie es immer macht, wenn er von einer Geschäftsreise zurückkommt: mit einer Schlachtplatte, selbst gebackenem Brot und natürlich einer Maß Bier. „Ach, was soll ich nur tun?", seufzt die im Moment mit der Situation Überforderte. Die Entscheidung für oder gegen das Date scheint jedoch das Schicksal zu fällen, denn Laura weiß überhaupt nicht, wie sie Harry Wismut die mitteilen sollte. Er hat vergessen, ihr seine Visitenkarte zu hinterlassen. Keine Ahnung, wie und wann sie ihn erreichen kann. Im Grunde könnte es ihr egal sein, aber das hat Sven nicht verdient. Auch die Nachfrage bei der Telefonauskunft löst das Problem nicht. Wahrscheinlich hat Harry eine Geheimnummer, um nicht ständig von irgendwelchen aufdringlichen Frauen belästigt zu werden, die über ihn in Kontakt zu den Sixpackboys treten wollen. Dieser Verdacht bestätigt sich, als Laura ihr Glück beim Theater versucht. Überhaupt ein Wunder, dass dort jemand so früh ans Telefon geht. Natürlich kennt angeblich niemand die Nummer von Herrn Wismut, lediglich die von der Agentur.

„Na super, dann geben Sie mir die doch bitte!", flötet Laura so freundlich wie möglich in den Hörer.

„Aber Ihnen ist schon klar, dass da am Sonntag keiner ist?", kommt es zurück.

„Bitte sagen Sie sie mir trotzdem!" Laura ist genervt. Es klappt wirklich nichts. Das Date wird es nicht geben.

Wie die Stimme am Telefon prophezeit hat, ist die angegebene Agentur sonntags geschlossen. Damit ist Laura die Entscheidung, zu bleiben oder nicht, abgenommen. Mit dieser Tatsache kann sie sich plötzlich nicht abfinden, als ihr Blick an Svens Botschaft auf dem Bett hängen bleibt. Hat sie jemals so liebevoll formulierte Zeilen von einem Mann erhalten? So sehr sich ihre grauen Zellen auch bemühen, sie können sich nicht erinnern. Was ist schon dabei, mit einem attraktiven Typen ein Candle-Light-Dinner zu genießen?

Noch nie hatte Laura in ihrem Leben etwas gewonnen, nicht einmal eine Kaffeetasse bei Tchibo. Dagegen schleppt die *Zwergin* dauernd Sammelsurien an, von der elektrischen Zahnbürste bis zum überdimensionalen, blau eingefärbten Plüschbären. Zugegeben, seit sie mit Max nicht mehr auf den Rummelplatz geht, ist es weniger geworden. An einer Lostrommel kommt Helene allerdings auch heute nicht vorbei, ohne das Glück herauszufordern. Sie hortet die gewonnenen Gegenstände wie ein Raubritter seine Beute, und Laura wagt es nicht, den einen oder anderen kitschigen Gegenstand auf dem Sperrmüll zu entsorgen oder für wohltätige Zwecke zu spenden. Helene würde es sofort merken, und was die Folge wäre, kann sich jeder vorstellen. Glücklicherweise hat Manfred untersagt, dass seine Mutter ihre gesammelten Werke zur Dekoration im Wohnzimmer drapiert, nachdem der blaue Plüschbär ihm seinen angestammten Platz auf dem Sofa streitig gemacht hatte. Aus diesem Grund quillt Helenes eigenes Zimmer über, wobei sie selbst das Abstauben übernimmt. Niemand darf etwas verrücken. Laura soll das recht sein. Sie hat genug zu tun in dem riesigen

Haus ohne Putzhilfe, die nach Ansicht ihrer Schwiegermutter rausgeworfenes Geld wäre.

Was habe ich eigentlich für ein Leben?, sinniert Laura, während ein Kleidungsstück nach dem anderen sorgfältig zusammengelegt in der Reisetasche landet. Wehmütig betrachtet sie die High Heels in ihren Händen. Diese Schuhe wird sie wahrscheinlich nie wieder tragen. Zu welchem Anlass auch? Extravaganz ist in Bad Hollerbach nicht erwünscht, und der nächste Opernbesuch erst im Winter, genauso wie der Juristenball. Tanzen kann sie auf diesen Stelzen ohnehin nicht. Soll sie die Pumps einfach im Hotelzimmer zurücklassen? Vielleicht kann das nette Zimmermädchen von gestern etwas damit anfangen.

Nein, sie behält die Schuhe als Erinnerung! Vielleicht hat heute ein anderer Dienst, und die Schuhe landen in der Hotelfundgrube oder werden mir nachgeschickt. Letztere Möglichkeit möchte Laura auf keinen Fall riskieren, denn sie kann sich die hämischen Bemerkungen von Helene ausmalen, wenn solch ein Päckchen für ihre Schwiegertochter eintreffen würde.

Noch nicht einmal gescheit Koffer packen kannst du!, äfft Laura im Geiste ihre Schwiegermutter nach. Diesen Triumph will sie der *Zwergin* nicht gönnen! Folglich finden die Schuhe ein Eckchen in der Tasche, wo die Absätze keinen Schaden an der Kleidung verursachen können.

Schweren Herzens bindet sich Laura den Nierenschutz um, bevor sie in die Motorradkluft schlüpft. Noch einige Tage Abstand von Bad Hollerbach und dem ganzen Zirkus mit der *Zwergin,* für die sich wohl niemals ein Dompteur finden lässt, wären Balsam für ihre Seele gewesen. In diesem Gedankenspiel gefangen, grapscht Laura in die Seitentasche der Motorradjacke, in der sie den Zündschlüssel vermutet, der sich nicht in ihrer Handtasche befindet. Gott sei Dank, da ist er wirklich, aber die zur Abreise Bereite hält nicht nur den Schlüssel in der Hand, sondern auch einen klein gefalteten Zettel. Laura denkt nicht weiter darüber nach und wirft ihn in den Abfalleimer. Einen Wimpernschlag später tippt sie sich an die Stirn. Als wäre ihr eine Eingebung von ganz oben geschickt worden, weiß sie plötzlich, dass der Papierschnitzel die Tür zum Candle-Light-Dinner öffnet.

Schnell wie ein Blitz schießt ihre Hand zurück in den Mülleimer und reißt förmlich das zuvor Verschmähte an sich. Svens Handynummer, die Laura gar nicht einstecken wollte. Strahlend wie bei einem frisch gebackenen Honigkuchenpferd funkeln Lauras Augen und hypnotisieren die Zahlen, die zu Svens Stimme führen. Hoffentlich geht er überhaupt ran. Ihre Finger schaffen es kaum, die Tastatur zu bedienen, so sehr zittern sie vor freudiger Erwartung.

Das Tuten dauert eine halbe Ewigkeit und scheint vom lauten Schlagen ihres Herzens übertönt zu werden.

„Geh doch bitte ran!", flüstert Laura in den Hörer. Nichts rührt sich. Der Zeigefinger zuckt noch mal kurz, bevor er auf das rote Aus-Symbol drücken will. Diese Millisekunde reicht, um das Gespräch zustande zu bringen.

„Hallo?", erklingt es am anderen Ende der Leitung, vorsichtig eruierend, wer wohl der frühe Anrufer ist.

Laura erkennt Svens Stimme sofort, bekommt aber plötzlich kein Wort heraus.

„Hallo, wer ist denn da?" Sven glaubt, mal wieder einen aufdringlichen, weiblichen Fan an der Strippe zu haben. Sollte sich der Verdacht bestätigen, müsste er zum dritten Mal in diesem Jahr seine Nummer ändern lassen. Keine Ahnung, wie die Weiber sie in detektivischer Sisyphusarbeit immer wieder herausfinden.

Laura gibt sich einen Ruck: „Ich bin's!"

„Wer ist *Ich bin's*?" Sven schmunzelt wider Willen. Das ist wohl eine ganz junge, naive Verehrerin, die an seine hellseherischen Fähigkeiten glaubt. Supermann kann eben alles!

„Na, Laura!", und als keine Reaktion kommt, „die *Königin der Nacht* von gestern."

Bei Sven scheint der Groschen endlich zu fallen: „Hi, entschuldige, ich habe zwar auf deinen Anruf gehofft, aber nicht wirklich damit gerechnet."

„Ich kann ja wieder auflegen. Ich wollte dich nicht wecken."

„Nein, nicht auflegen!", fast flehentlich dringt der Wunsch an Lauras Ohr. „Wir haben gerade eine Krisensitzung, Harry und ich."

„Wegen mir?"

„Ja, klar wegen dir! Harry hat vergessen, dir seine Visitenkarte in die Hand zu drücken und wollte dich gerade im Hotel anrufen."

Laura hat endlich ihre pubertäre Phase hinter sich gelassen und kann wieder halbwegs kommunizieren.

„Allerdings, und ich hatte keine Chance, einen Kontakt zu ihm herzustellen." Sie erzählt in wenigen Sätzen ihre vergeblichen Bemühungen. Die Empfangsdame, die Harry wohl ihren Namen verraten hat, ist heute natürlich nicht im Dienst. Mit ihr wird sie noch ein Hühnchen rupfen, droht Laura nicht allzu ernsthaft. Insgeheim könnte sie die Frau dafür umarmen.

„Wie hast du dann meine Handynummer herausgefunden?"

„Schon vergessen? Du hast sie mir eigenhändig auf eine alte Tankquittung geschrieben, als wir uns auf dem Autobahnparkplatz kurz vor Köln verabschiedet haben. Ganz schön leichtsinnig übrigens. Ich könnte sie bestimmt meistbietend unter deinen Fans versteigern."

„Untersteh dich bloß!", versucht Sven seiner Stimme einen entrüsteten Tonfall zu verleihen. „Scherz beiseite, spann mich bitte nicht länger auf die Folter. Wie lautet deine Entscheidung? Wirst du morgen Abend mit mir dinieren?" Schweigen, das Sven zeitlich wie das Kochen einer Fünfminutenterrine vorkommt. „Hallo, bist du noch dran, Laura?"

„Ja!", antwortet die ungekrönte Königin einsilbig, um den Moment auszukosten, in dem Sven offensichtlich leidet, und lässt ihn noch eine Weile schmoren, bis sie endlich in *Marilyn-Monroe-Manier* ihr Jawort in den Hörer haucht.

„Du glaubst nicht, wie ich mich freue! Und Harry natürlich auch."

„Kann ich mir vorstellen, wo ihr jetzt die Konventionalstrafe einspart. Ich gehe davon aus, dass dafür eine Flasche Champagner mehr fließt." Laura staunt über ihre Forschheit.

„Du weißt genau, dass das nicht der Grund für meine Begeisterung ist. Ich freue mich auf dich und eine tolle Zeit mit dir!" Sven flüstert fast, offensichtlich soll Harry seinen letzten Satz nicht mitkriegen.

Damit Sven nicht auf die Idee kommt, Laura hätte allein wegen ihm ihre Meinung geändert, stellt sie klar, einzig wegen des tollen Essens zu bleiben.

Klingt Svens Stimme ein wenig enttäuscht, als er nur ein „Ach so, deswegen bleibst du" auf Lauras Statement lapidar erwidert? Sie wünscht es sich so sehr.

„Na dann bis morgen Abend! Irgendeine Kleidervorschrift? Ich meine, weil doch die Presse erscheint. Schließlich möchte ich dich nicht blamieren." Als ob Laura die große Auswahl hätte. Es kommen ja nur das schwarze oder das tief ausgeschnittene rote Kleid in Betracht, wobei letzteres ganz sicher ausscheidet. Außerdem kennt Sven es schon von ihrem Maharani-Auftritt.

Er reißt sie mit einer intuitiven Idee aus ihren Grübeleien. Harry hat gerade für einen Moment den Raum verlassen, sodass er frei sprechen kann.

„Weißt du was, gib mir eine halbe Stunde, dann bin ich im Hotel, und bei einer touristischen Privatführung durch Köln erzähle ich dir, wie das morgen alles abläuft."

Dieser spontane Vorschlag versetzt Lauras Herz einen Adrenalinstoß. Sie möchte jubeln, lässt aber souverän verlauten: „Wenn du meinst, deine Freizeit nicht besser nutzen zu können, dann erwarte ich dich!" Was redet sie da für einen hochtrabenden Quatsch? Warum gibt sie Sven nicht zu verstehen, dass sie sich über sein Angebot freut?

„Super, bis gleich. Ich beeile mich!" Schnell beendet Sven das

Gespräch, um nicht zu riskieren, dass Laura es sich anders überlegt.

Sie reißt sich förmlich die Motorradkluft vom Leib, um in ihre Jeans zu schlüpfen. Es bleiben knapp dreißig Minuten, um sich zu stylen und Max zu verklickern, dass sie heute nicht in die Zirkusarena zurückkehrt. Eilig greift sie erneut zum Handy. Vergeblich, er geht nicht ran. Was nun? Laura wird es später noch mal von unterwegs versuchen.

Kapitel 9

Die Haare zu einem hohen Pferdeschwanz bändigend, betrachtet sich Laura zufrieden im Spiegel des Hotelbadezimmers. Mit der Schminke geht sie sparsam um, denn heute soll es laut Wetterbericht richtig heiß werden, und da besteht die Gefahr des Zerlaufens von Make-up und Eyeliner. Außerdem soll Sven nicht denken, dass sie es nötig hat, ihr Gesicht spachteln zu müssen.

„Blöd, dass ich auf solche unvorhersehbaren Verabredungen nicht vorbereitet bin", führt Laura Selbstgespräche mit ihrem Spiegelbild, „sonst hätte ich ganz andere Kleidung eingepackt. Ein Rock zum Beispiel wäre jetzt hübsch. Mit einer Jeans kann ich freilich fast nichts falsch machen."

Allmählich steigt die Nervosität, was sich darin äußert, dass Laura den obersten Knopf ihrer Bluse ständig auf- und wieder zumacht. Schließlich bleibt er geschlossen, denn sie ist nicht bereit, ihre weiblichen Reize zu zeigen.

Mit Spannung wartet sie vor dem Hoteleingang auf ihre Verabredung. Was hat Sven wohl mit ihr vor, und womit wird er sie abholen? Erst jetzt schießt Laura die Idee in den Kopf, er könne sie zu einer Motorradtour einladen. Bitte nicht! In der Riesenmontur von Manfred soll Sven sie nicht noch einmal zu Gesicht bekommen. Das war auf der Hinfahrt schon peinlich genug. Trotz des lächerlichen Outfits hat er offensichtlich Gefallen an ihr gefunden. Hätte er ihr sonst seine Handynummer gegeben? Zu diesem Zeitpunkt ahnte Laura ja nicht, dass Sven alias Joe so etwas wie ein Superstar ist und seine Nummer wie einen goldenen Inkaschatz unter Verschluss hält. Erneut unterdrückt ihr mangelndes Selbstbewusstsein das Gefühl, attraktiv und begehrenswert zu sein. Durch die Tatsache, so jung geheiratet zu haben, fehlt ihr einfach die Übung im Umgang mit anderen Männern. Bewundernde Blicke fremder Typen bleiben von ihr meistens unbemerkt, und etwaige Floskeln, die einen Flirt anbahnen sollen, überhört sie unbewusst. Jedenfalls ist die

Begegnung mit Sven eine völlig neue Erfahrung, auf die sie sich einlässt, weil ihr altes Leben weit entfernt am Alpenrand geblieben ist.

Apropos Bad Hollerbach, sie sollte es dringend noch mal bei Max probieren, damit er nicht den ganzen Tag umsonst auf ein Zeichen von ihr wartet. Erneut meldet sich die Mailbox, auf die Laura folgende Worte spricht: „Ich mache es kurz, Max, ich komme heute nicht zurück. Ich hoffe, du musst das nicht bei Oma ausbaden. Melde mich später wieder!"

Kaum hat Laura ihr Handy ausgeschaltet, dringt ein schriller Pfiff an ihr Ohr. Die grell scheinende Sonne verhindert, dass sie gleich erkennt, wer ihn ausgestoßen hat. Mist, sie hat ihre Sonnenbrille im Zimmer liegen lassen. Soll sie schnell noch mal nach oben hechten?

Ihre Überlegung wird im Keime erstickt, als sie in ihrem linken Blickwinkel ein Cabrio entdeckt, in dem ein Mann mit einer dunklen Brille à la Mafiaboss sitzt und heftig in ihre Richtung winkt. Sven? Bevor Laura weiter darüber nachdenken kann, setzt das Cabrio aus der Parklücke und hält direkt vor der Wartenden. Es muss anscheinend schon länger dort gestanden haben. Ein über das ganze Gesicht strahlender Sixpackboy fliegt förmlich aus dem Auto, um Laura die Beifahrertür aufzureißen. Wann war ein Mann zuletzt so aufmerksam? Bis zu ihrer Heirat war Manfred die Höflichkeit in Person, half ihr aus dem Mantel und hielt ihr die Türen galant offen. Das ist lange her, und diese Nettigkeiten sind längst dem Alltag zum Opfer gefallen. Es musste erst Sven auftauchen und ihr vor Augen führen, dass diese Dinge das Leben versüßen können. Dafür bekommt Sven von ihr zehn Punkte auf der Richterskala. Wie weit geht die überhaupt? Egal, Laura nimmt sich vor, jede Minute mit diesem smarten Boy für die Ewigkeit aufzusaugen.

„Hi Sven!", kommt es gewollt lässig über Lauras Lippen. „Schicke Kiste! Gehört die dir?" Unverbindliche Oberflächenkonversation fällt Laura leicht. Das hat sie in der Zeit, als sie als Schneiderin in München tätig war gelernt, um die Kundschaft bei Laune zu halten, aber ihr gleichzeitig nicht durch zu viel Gequatsche auf die Nerven zu gehen. Ihre Chefin lobte immer ihren dezenten Umgang mit den Kunden. Sie gehört auch heute noch zu den Menschen, die eher zuhören als selbst reden. Das mag natürlich an dem Umstand liegen, dass sie gegen die *Zwergin* und Manfred sowieso keine Chance hätte. Die beiden fallen sich ständig gegenseitig ins Wort, und Laura tauscht dann mit Max vieldeutige Blicke aus. Das Wissen, dass ihr Sohn das Gleiche denkt und fühlt wie sie, hilft ihr, solche Situationen besser zu ertragen. Ganz im Gegensatz zu ihr selbst, kann Max manchmal nicht die Klappe halten und quatscht absichtlich dazwischen, um den beiden zu zeigen, dass sie nerven. Seine Bemühungen verlaufen jedoch oft im Sande. Manfred und Helene kann man nicht mehr erziehen. Laura darf nicht daran denken, dass Max nach seinem Sozialen Jahr das Nest zum Studieren verlassen und sie keinen Verbündeten mehr haben wird. Dann wird es gar nichts mehr zu lachen geben.

Die Antwort „Das Auto ist gemietet" rüttelt Laura aus ihren düsteren Gedanken. Sven schubst sie sanft ins Auto und schlägt die Tür zu.

Ihre innere Anspannung verhindert, dass sie den Gurt auf Anhieb einklinken kann. Wie peinlich ist das denn? Nach dem dritten vergeblichen Versuch beugt sich Sven leicht zu ihr herüber, und ein Hauch von seinem unwiderstehlich männlichen Aftershave droht Laura in einen Trancezustand zu versetzen. Endlich findet der Verschluss die dafür vorgesehene Öffnung, und Sven startet den Wagen.

Um ihre Unsicherheit zu überspielen, fragt Laura nach dem Ziel ihres Ausfluges, ohne Sven dabei anzusehen.

„Lass dich einfach überraschen!"

„So wie gestern auf der Bühne?", beißt sich Laura auf die Lippen, kaum dass sie den Satz ausgesprochen hat. Auf das Ereignis will sie auf keinen Fall zurückkommen, aber zu spät!

„War es doch nicht so schlimm?", konstatiert Supermann schelmisch lächelnd. „Dann bin ich beruhigt. Ich habe mir danach ernsthaft Gedanken gemacht, meinen Rücktritt von der Truppe zu verkünden."

Nun muss Laura schmunzeln: „Nur weil ich die einzige dumme Kuh auf diesem Planeten bin, die einen Auftritt mit einem Maharadscha nicht verkraftet?"

„Weil du die Einzige bist, deren Abneigung mir etwas ausmacht."

Einfach charmant, wie Sven das formuliert. Laura möchte ihm dafür am liebsten einen Kuss auf die Wange hauchen, traut sich diese Forschheit aber nicht. Also schweigt sie dazu, fühlt Svens fragenden Seitenblick auf sich geheftet, was wieder einmal ein zartes Rosa in ihr Gesicht zaubert.

Wahrscheinlich ist er erfahren genug, was Frauen anbelangt und lässt es deshalb bei ihrem Schweigen bewenden, überlegt Laura. Sonst würde er eventuell riskieren, dass sie an der nächsten Ampel fluchtartig aus dem Auto springt.

„Vermute ich richtig, dass du keinen Bikini eingesteckt hast?", beendet Sven ihre Grübeleien.

Verblüfft nickt Laura mit dem Kopf: „Soll ich jetzt auch noch als Maharani mit dir in die Fluten steigen?"

„Ja, du hast messerscharf meine Absicht erkannt." Sven fackelt nicht lange und fährt in das Parkhaus eines Kaufhauses.

„Gibt es hier ein Schwimmbad?" Laura ist erstaunt.

„Nicht ganz, aber hier können wir einen Bikini für dich kaufen!"

„Es ist Sonntag", gibt Laura zu bedenken.

„Mag sein, dass in Bayern sonntags die Bürgersteine hochgeklappt bleiben, aber wir befinden uns in der Weltstadt Köln, vergessen?" Sven in Badezeug unter die Augen zu treten, ist das Letzte, was sich Laura für diesen Tag ausgemalt hat. Fieberhaft sucht sie nach einer Ausrede, warum ein Schwimmbadbesuch nicht infrage kommt.

„Mist!", entfährt es Sven, als er gerade das Cabrio in der Tiefgarage einparkt. „Hier sind so verdächtig viele Parkplätze frei. Mir hätte schon ein Licht aufgehen müssen."

Laura schaut ihn stirnrunzelnd von der Seite an, denn sie weiß nicht, was Sven mit *Mist* tituliert. Sie beschäftigt sich ohnehin einzig mit dem Gedanken, dass sie ihm demnächst als Bikini-Maharani erscheinen soll. Eifrig überlegend, wie sie diese Katastrophe abwenden kann, fragt sie, die völlig Coole spielend: „Von welcher Erleuchtung sprichst du?"

„Wir sind zu früh hier. Das Kaufhaus öffnet sonntags erst um elf Uhr!" Sven scheint tatsächlich verärgert, während Laura fest davon überzeugt ist, dass Stoßgebete erhört werden, wo auch immer. Der Kelch als Model geht an ihr vorüber. Sie hat die Rechnung jedoch leider ohne die Tatsache gemacht, dass es sich bei ihrer männlichen Begleitung um einen echten Promi handelt, der Unmögliches möglich machen kann und das mit einem einzigen Anruf.

„Hi, hier ist Joe!"

Auf Lauras Stirn zeichnet sich ein Fragezeichen ab. Wieso benutzt Sven jetzt seinen Künstlernamen? Auch das weitere Gespräch gibt keinen Aufschluss darüber. Zu gerne würde sie wissen, wer am anderen Ende der Strippe hängt.

„Klar bekommst du eine Freikarte. Ich lasse sie an der Kasse hinterlegen, Indianerehrenwort!", fährt Sven mit seiner geheimen Mission fort. „Okay, wir kommen zum Seiteneingang! Super, dass du mir den Gefallen tust. Bis gleich!"

Laura schwant Übles. Er wird doch nicht jemanden gefunden haben, der den Laden hier für sie vorzeitig öffnet?

Ihre schlimmsten Befürchtungen bewahrheiten sich, als zwanzig Minuten später eine junge Frau von innen den Seiteneingang aufschließt. Für Lauras Geschmack trägt sie einen viel zu kurzen Rock für ihr Alter, das sie auf circa dreißig Jahre schätzt, und das Oberteil lässt viel zu dekolletierte Einblicke zu. Küsschen rechts und Küsschen links, so begrüßt die Frau, die augenscheinlich ein glühender Fan von Joe ist, Lauras selbst ernannten Einkaufscoach. Täuscht sie sich oder keimt ein Anflug von Eifersucht in ihr auf? Joe, beziehungsweise Sven, erwidert die Küsse wie selbstverständlich.

„Danke, Claudia, du bist ein Schatz! Welch glücklicher Zufall, dass du gerade Zeit hast. Wir werden uns beeilen."

Er stellt die beiden Frauen kurz gegenseitig mit Namen vor.

Zu gerne wüsste Laura, in welcher Beziehung Sven zu Claudia steht. Welche Frau lässt schon alles stehen und liegen, um der weiblichen Begleitung eines Mannes, der ihr offensichtlich selbst nicht gleichgültig ist, einen Bikini zu verpassen? Das unsichtbare Fragezeichen auf Lauras Antlitz vergrößert sich.

Sven ergreift Lauras Hand und zieht sie sanft hinter sich her. Wie weich sich seine Hand anfühlt und dabei ein Kribbeln in ihren Fingern auslöst, als hätte sie in eine Brennnessel gefasst. Die Rolltreppen laufen natürlich nicht, und so nehmen die drei den Aufzug hinauf zur Badeabteilung. Claudia erkundigt sich nach der gerade begonnenen Tournee und den anderen Sixpackboys. Sven gibt bereitwillig Auskunft, dass sie sich einige Tage in Tirol und Süddeutschland erholt haben, bevor die nächsten Monate keine Atempause mehr zulassen werden. Der Tourneeplan ist eng gesteckt.

„Und du bist das gestrige Maharadscha-Girl, wenn ich mal raten darf?", richtet Claudia plötzlich das Wort an Laura, sie von oben bis unten taxierend.

So eine dreiste, kleine Schlaubergerin. Laura möchte die Frage nicht beantworten. Als habe Sven ihre stumme Bitte erhört, übernimmt er die Regie: „Ja, sie ist das aufregendste Maharadscha-Girl, das ich je hatte", und nimmt damit der Neugierigen den Wind aus den Segeln.

Claudia ist tatsächlich die Lust vergangen, weiter nachzuhaken.

„Na dann!", ist ihr einziger Kommentar.

In der Badeabteilung strebt Sven direkt zu den Ständern mit

den Bikinis und greift zielsicher drei Modelle in Größe 38 heraus. „Probier die mal an!", schlägt er der irritierten Laura vor und hält ihr die Auswahl hin.

„Woher weißt du meine Größe?"

„Weil ich Augen im Kopf habe! Oder trägst du etwa 36?", täuscht Sven den Entsetzten vor ob seiner möglichen Fehleinschätzung.

Laura kann es nicht fassen, dass ein wildfremder Mann ihre Konfektionsgröße weiß. Im Stillen wettet sie, dass nicht einmal Manfred die kennt. „Ich bin beeindruckt!"

„Das ist meine Absicht! Beeil dich bitte, wir wollen nicht den restlichen Tag in einem Kaufhaus verplempern."

„Ich trage keine Bikinis!", trotzt Laura wie ein Kleinkind.

„Willst du mich jetzt veräppeln? Keine Frau mit solch einer Klassefigur trägt einen Einteiler, es sei denn, sie muss den Ärmelkanal durchschwimmen."

War das gerade ein Megakompliment? Laura traut ihren Ohren nicht. Manfred weiß nicht mal, wie man das Wort buchstabiert, und diesem Sunnyboy kommt es problemlos über die Lippen. Widerwillig lässt sich Laura die Bikinis in die Hand drücken und in Richtung Ankleidekabinen schieben.

„Damit eines klar ist", muckt sie auf, „ich werde die Teile nicht vorführen. Entweder es gefällt mir ein Bikini oder nicht. Es ist allein meine Entscheidung!"

„In Ordnung!", zwinkert Sven ihr spitzbübisch zu. „Hauptsache, du beeilst dich. Ich muss nämlich leider am späten Nachmittag pünktlich wieder im Theater antreten. Harry kennt da keine Gnade. Muskeltraining, anschließend Maske für die Vorstellung."

Laura ist schneller als der Schall in einer der Kabinen abgetaucht. Sie hat gar nicht vor, einen der Bikinis anzuprobieren, sondern Max anzurufen, wegen dem sich ihr schlechtes Gewissen regt. Während sie selbst sich mit einem Muskelmann vergnügt, wartet der Arme in den Klauen der *Zwergin* bestimmt schon sehnsüchtig auf ihre Rückkehr. Vorsichtig riskiert sie einen kurzen Blick durch den Schlitz des Kabinenvorhangs in den Verkaufsraum. Weit und breit nichts zu sehen. Ist Sven gar mit dieser ominösen Claudia in der Besenkammer verschwunden? Also jetzt geht wirklich die Fantasie mit ihr durch. Er wird ja wohl mit einer alten Bekannten reden dürfen.

Endlich ist nach mehreren Klingeltönen Max' Stimme zu hören: „Wer stört mich?"

„Ich bin's! Deine Mutter!"

„Ach, die gibt es noch?", kommt es in gewohnt flapsigem Tonfall zurück.

„Du, ich kann jetzt keine langen Erklärungen abgeben." Laura verrät bewusst nicht, dass sie sich in einer Ankleidekabine eines Kaufhauses befindet und davor ein sexy Boy auf ihren Auftritt als Bikinimodel wartet. Ihr Sohn würde mit Recht an ihrem Verstand zweifeln. „Ich komme heute nicht nach Hause! Bitte besänftige Oma."

„Okay, mach ich, wenn mein Dienst aus ist!"

„Wieso, ich denke du hast heute frei?"

„Nein, habe ich nicht, aber ist auch egal. Ich muss Schluss machen!"

Max ist zu beschäftigt, um näher nachzuhaken, warum seine Mutter in Köln bleibt und scheinbar komisch drauf ist, was er aus ihrem Geflüster schließt. Er hat nämlich eine volle Bettpfanne in der anderen Hand, deren Inhalt ihm den Atem raubt und ein Würgen im Hals verursacht.

Laura ist fürs Erste beruhigt, wenigstens Max im Bilde über ihr Bleiben in Köln zu wissen. Aber wie kommt sie jetzt aus der bescheuerten Bikininummer wieder heraus?

„Laura?", fragt Sven vorsichtig vor dem Kabinenvorhang als Silhouette auftauchend. „Alles okay, hast du dich für ein Modell entschieden?"

Erschrocken zuckt Laura zusammen, wähnte sie Sven doch mit Claudia beschäftigt. Auf der anderen Seite erleichtert, ihn wieder in ihrer Nähe zu wissen, verneint sie stotternd seine Frage.

„Das habe ich mir gedacht!" Eine Hand reicht zwei Einteiler an der Seite des Vorhangs in die Kabine. Wenn Laura bis zu diesem Zeitpunkt an den hellseherischen Fähigkeiten von Sven gezweifelt hat, so wird sie nun eines Besseren belehrt. Er ist ein wirklicher Womanizer und weiß, was Frauen fühlen und was nicht.

Laura ist sich sicher, dass ihr ein Badeanzug gut steht, und sie entscheidet sich für den schwarzen, ohne ihn anzuprobieren. Nur raus hier aus dem Kaufhaus!

Claudia lässt es sich nicht nehmen, Sven das Versprechen abzuringen, mit ihr demnächst nach einer Vorstellung etwas trinken zu gehen. Sie schmatzt ihm zum Abschied nicht nur auf beide Wangen einen Kuss, sondern auch auf den Mund.

Laura kann den Gedanken kaum ertragen, dass sich dieses Geschöpf bei einem Treffen an Sven ranschmeißen wird, denn Claudias schmachtender Blick spricht für sich.

Als sie wieder im Cabrio sitzen, wagt Laura nachzuhaken, was es mit Claudia auf sich hat. Scheinheilig lobt sie deren Hilfsbereitschaft: „Nette Person! Irgendwann musst du einen bleibenden Eindruck bei ihr hinterlassen haben." Sie hofft natürlich, dass Sven verraten wird, woher er Claudia kennt und wieso sie entsprechend vertraut mit ihm umgeht.

Sven antwortet nicht gleich, konzentriert der Stimme des Navis lauschend, ordnet er sich auf die linke Spur ein. Angespannt wartet Laura auf Svens Erklärung, der jedoch weiter den Anweisungen folgt. Erst nach einer gefühlten Ewigkeit kommt er auf das Thema zurück.

„Ja, das war wirklich ein Freundschaftsdienst, denn Claudia hat heute frei." Mehr scheint er nicht preisgeben zu wollen, hat aber die Rechnung ohne Laura gemacht.

„War sie auch schon mal eine *Königin der Nacht*?" Laura wird richtig übel bei dem Gedanken. Obwohl sie weiß, dass es schon Dutzende Kandidatinnen vor ihr gab, soll nicht diese aufgemotzte

Tussi darunter gewesen sein. Sie schaut Sven vorsichtig von der Seite an und entdeckt ein verschmitztes Lächeln. Ahnt er, dass Laura eifersüchtig ist?

„Gönnst du ihr das nicht?", trifft er den Nagel auf den Kopf.

„Ich habe kein Recht, es jemandem nicht zu gönnen", gibt Laura ausweichend Antwort.

„Nein, sie war keine *Königin der Nacht"*, stellt Sven zu ihrer Erleichterung klar. „Claudia hat uns im letzten Jahr einmal aus der Patsche geholfen. Wir hatten vorher einen Auftritt in Stuttgart, und aus unerklärlichen Gründen fehlte unser Pilotenoutfit. Ob die Kostümbildnerin, die uns immer begleitet, das zu verantworten hatte, wissen wir bis heute nicht. Sie beteuert, alles in die dafür vorgesehenen Requisitenkisten gepackt zu haben. Jedenfalls brauchten wir umgehend neue Klamotten. Claudia ist eine Bekannte von Sebastian und obendrein eine begnadete Schneiderin. Sie trieb Pilotenuniformen unter den Karnevalskostümen im Kaufhaus auf, nähte sie passend auf unsere Körper um und rettete damit unsere Show."

„Das heißt, sie hat etwas gut bei euch." Laura freut sich kein bisschen über diese Erklärung. Als Sebastians Bekannte hat Claudia bestimmt jederzeit die Möglichkeit, die Nähe der Sixpackboys zu genießen. Laura versucht, diesen Gedanken in die hinterste Kammer ihres Gehirns zu drängen. Bald wird sie Sven nie mehr wiedersehen, und es muss ihr gleichgültig sein, ob und wann er andere Frauen trifft. Hier und jetzt wird sie seine Nähe in sich aufsaugen.

Kapitel 10

Sven entfährt unabsichtlich ein Pfiff der Bewunderung, als Laura in ihrem neuen Badeoutfit am karibisch anmutenden Sandstrand erscheint, wo er bereits auf einem Handtuch sitzend wartet. Er hat absichtlich einen Platz zwischen lauter Familien gewählt, in der Hoffnung, dass ihn hier niemand erkennt. Sonntags ist es unmöglich, ein lauschiges, einsames Plätzchen am Fühlinger See zu finden. Vorsorglich behält er seine dunkle Sonnenbrille auf.

Laura wird dagegen gleich auf ihn aufmerksam, denn niemand sieht auch nur annähernd so gut aus wie Sven, und sein muskulöser Körper ist sehr auffällig. Wie es der Zufall will, trägt er eine schwarze, knappe Badehose, als hätten sie beide diesen Partnerlook verabredet. Laura fühlt sich neben diesem Wunder von Mann auf einmal völlig deplatziert und unscheinbar. Wo ist das nächste Mauseloch? Als jedoch einige junge Männer, die Laura notgedrungen passieren muss, um zu Sven zu gelangen, anerkennend durch die Zähne pfeifen, kehrt ein Hauch von Selbstbewusstsein zurück. Was soll's, sie wird diesen Tag genießen. Bald ist alles nur noch Erinnerung, und in Bad Hollerbach wird niemand erfahren, wie und vor allem mit wem sie Köln unsicher gemacht hat.

Als Laura Sven erreicht, springt der sogleich auf. „Hast du Lust auf eine Erfrischung?"

„Willst du ins Wasser flüchten vor möglichen wilden Fans?", mutmaßt Laura treffsicher.

„Diesmal hast du mich durchschaut!" Wieder ergreift Sven ihre Hand und zieht sie mit in die Fluten. Seine Brille behält er zur Tarnung lieber auf. Er passt sich Lauras Schwimmstößen an, damit er nicht davonzieht wie es sonst der Fall ist, wenn er seine Muskeln trainiert. Sie erreichen nach einer Weile eine kleine Sandbank mitten im See, wo sich auch noch andere Schwimmer eine Pause gönnen. Laura ist ein wenig außer Atem, da sie sich vor Sven keine Blöße geben wollte und das Wasser schneller durchpflügt hat, als es ihre bescheidene Fitness erlaubt.

Sven lässt sie erst einmal zu Atem kommen, hext aus dem Rand seiner Badehose zwei Münzen und ersteht unaufgefordert für beide ein Eis, das ein verkaufstüchtiger junger Mann aus einer mitgebrachten Kühlbox zaubert. Laura staunt, scheinbar überlässt Sven nichts dem Zufall und ist auf alle Situationen vorbereitet.

Dankbar nimmt Laura die Erfrischung entgegen. „Fast wie im Paradies", meint sie mit einem Lächeln auf dem Gesicht.

„Ja, solche Momente sind viel zu selten. Meist sitzt mir die Zeit im Nacken, sodass ich sie kaum auskosten kann."

„Magst du deinen Job nicht?", wagt Laura einen Vorstoß und kann ihre Neugierde kaum zügeln.

„Doch, im Augenblick ist er perfekt." Mehr ist Sven nicht zu entlocken.

Nachdem sie das Eis aufgegessen haben, fällt Svens Blick plötzlich auf Lauras bläulich schimmernden Fuß. „Was ist denn mit dem passiert? Der sieht ja böse aus."

„Och, halb so schlimm", wiegelt Laura ab, „gestern hat mir ein Fan von euch während der Show draufgetreten."

„Wenn wir zurück an Land sind, bekommst du Salbe. Sie ist ein Wundermittel. Ich habe sie immer dabei, denn Hämatome auf meinem Körper kann ich mir aus bekannten Gründen nicht leisten."

Sie schwimmen zurück zum Ufer. Inzwischen ist die Sonne weiter nach Westen gewandert und hat ihr zuvor schattiges Plätzchen erobert. Sven setzt leichtsinnigerweise seine Brille ab, durch die er aufgrund der Wassertropfen nichts mehr sieht, und kramt die Tube mit besagter Salbe aus seiner Badetasche, um anschließend Lauras lädierten Fuß mit sanftem Fingerdruck einzureiben. Wie fürsorglich er das tut! Am liebsten würde Laura vor Wohlbehagen schnurren.

Als Sven fertig ist, drückt er ihr die Tube in die Hand.

„Dreimal am Tag auftragen."

„Danke, aber kannst du denn darauf verzichten?"

„Diese Salbe haben wir alle im Dutzend billiger dabei. Mach dir keine Sorgen." Dann zieht Sven einen Flakon aus der Badetasche hervor. „Würdest du bitte meinen Rücken einreiben? Ich darf mir keine Hautrötung einhandeln."

Ehe Laura antworten kann, hält sie das Fläschchen in der Hand, und Sven legt sich bäuchlings auf das Handtuch, die Arme unter seinem Kopf verschränkend. Die Essenz trägt die französische, handgeschriebene Aufschrift

L'odeur de la Provence

Vorsichtig öffnet Laura den Flakon und hat sofort den Duft von Lavendel und den damit unverkennbaren Geruch von Sven in der Nase.

„Wo gibt es denn so etwas Edles zu kaufen?", will sie sofort wissen.

Sven dreht sich zu ihr um und blinzelt in die Sonne. „Es ist eine Mixtur meines Großvaters, der in der Provence lebt und sich als Hobby mit Essenzen und Düften beschäftigt. Er verkauft nichts davon."

„Schade, es riecht einzigartig."

„Du darfst die Flasche gerne behalten."

„Wirklich? Danke!" Laura kniet neben Sven nieder, lässt etwas Öl auf ihre Finger gleiten und beginnt, seinen Rücken damit einzumassieren. Sie fühlt, wie sich seine Muskeln nach und nach entspannen.

Was beide allerdings nicht registrieren, ist die Tatsache, dass inzwischen eine Frau auf sie aufmerksam geworden ist, die in unmittelbarer Nähe gerade ihr Quartier bezogen hat.

Im Bruchteil einer Sekunde erkennt sie Sven alias Joe, als er kurz den Kopf zu ihrer Seite dreht, und kann ihr Glück kaum fassen. Der super Sixpackboy im intimen Techtelmechtel mit einer schönen Unbekannten, die ihm hingebungsvoll eine

Massage verpasst. Na, wenn das kein Knaller für ihre Zeitung ist! Vorsichtig geht sie in Lauerstellung und versteckt den Fotoapparat geschickt unter dem vor sich liegenden Handtuch, um den geeigneten Moment für das Foto des Tages abzuwarten. Sie wird nur eines schießen können, um nicht aufzufallen. Glücklicherweise hat sie als Reporterin immer eine Kamera dabei. Soll sie jetzt abdrücken oder auf eine noch bessere Gelegenheit hoffen? Intuitiv wartet sie ab und wird dafür belohnt.

Laura legt sich nach dem Eincremen auf den Rücken neben Sven, ohne zu ahnen, was dann passiert.

Einen Wimpernschlag später beugt sich Sven über ihr Gesicht, und sie blickt in seine klaren Augen, unfähig, sich zu bewegen, um dem Unausweichlichen zu entkommen.

Die Reporterin hält buchstäblich die Luft an und den Finger am Auslöser.

Tatsächlich, Svens Lippen berühren Lauras, ganz sanft, nur kurz, aber lang genug für die Promijägerin, die ihr Glück kaum fassen kann. Das Sensationsfoto ist im Kasten.

Der magische Moment ist schon vorbei. Mehr geschieht nicht, auch wenn Laura vor Verlangen nun fast einer Ohnmacht nahe ist.

Svens Rechnung geht auf, das spürt er ganz deutlich. Er ist Laura nicht so gleichgültig, wie sie vorzugaukeln versucht, aber es ist zu früh für mehr. Er belässt es bei diesem Aperitif.

„Und war das jetzt so schlimm?", durchbricht Sven ihr Schweigen.

Die Benommene kann im ersten Moment nichts antworten, so sehr hätte sie sich mehr Leidenschaft von Sven gewünscht. Sein Geruch, seine Haut, seine Augen, seine schlanken, makellosen Hände, einfach alles an ihm ist elektrisierend. Welche Frau würde sich nicht danach sehnen, in seinen Armen dahinzuschmelzen?

„Schlimm? Nein, nicht wirklich!", kehrt Laura in die Gegenwart zurück.

„Gott sei Dank, ich dachte schon, ich küsse schlecht!", kokettiert Sven.

Der Nachmittag verfliegt mit Lichtgeschwindigkeit, und schon geht es im Cabrio zurück zu Lauras Hotel. Am liebsten würde sie gar nicht aussteigen, aber das bevorstehende Date am nächsten Tag tröstet sie. Schon viel mutiger, als sie es je für möglich gehalten hätte, küsst sie ihrerseits Sven zum Abschied auf den Mund.

„Viel Erfolg heute Abend! Ein Wagen holt mich dann morgen hier ab, wie besprochen?"

„Ja, ich freue mich schon auf dich! Du wirst erst ins Theater gebracht, wo unsere Maskenbildnerin dich für das Foto stylt, das dann der Pressefuzzi von uns beiden schießen wird."

Was Laura nicht weiß, ist die Tatsache, dass Sven einige Scheinchen hat springen lassen müssen. Normalerweise begleitet der Fotograf der Zeitschrift *Promitreff* das *Königin-der-Nacht-Date* den ganzen Abend, um eine ausführliche Reportage mit diversen Fotos zu erstellen.

„Bis morgen und vielen Dank für den schönen Tag."

„War mir ein Vergnügen! Und was machst du heute noch?", fragt Sven scheinheilig.

„Mal sehen! Vielleicht von dir träumen?", entfährt es Laura zu ihrer eigenen Überraschung, und sie beißt sich schnell auf die Lippen. Was soll Sven jetzt von ihr denken? Nicht, dass er sich für morgen falschen Hoffnungen hingibt.

Dabei weiß Sven ganz genau, wie sich ihr Abend gestalten wird, denn auf ihrem Zimmer lauert schon die nächste Überraschung.

Grübelnd räkelt sich Laura am nächsten Morgen im Hotelbett. Wieso rührt sich Kerstin denn nicht endlich mal? Sie hatte nicht wie angekündigt aus New York angerufen. Zu gerne möchte sie der Freundin von ihren Erlebnissen berichten. Auch sorgt sich anscheinend niemand von der Familie um sie, außer Max. Vor allem Manfred nicht, der inzwischen doch bestimmt von Helene oder Max weiß, dass sie in Köln geblieben ist. Tolles Gefühl, so abkömmlich zu sein. Auf der anderen Seite braucht Laura kein schlechtes Gewissen zu haben, wenn sie sowieso nicht vermisst wird.

Jedenfalls war der gestrige Abend auch ohne die Präsenz von Sven ein voller Erfolg. Wie er beim Abschied von ihrem Fühlinger See-Ausflug andeutete, fand Laura auf ihrem Zimmer ein weiteres Highlight vor. Sie hatte lediglich in einem Nebensatz Sven gegenüber verlauten lassen, dass sie Musicals so sehr liebt und sich gerne *Dirty Dancing* angesehen hätte, das zurzeit in Köln gastiert. Sven muss den Moment, als sie sich in der Umkleidekabine am See befand, genutzt haben, um alles für sie zu arrangieren. Jedenfalls lag bei ihrer Rückkehr im Hotelzimmer neben einem Strauß roter Rosen ein Umschlag, der eine Karte für besagtes Musical enthielt. Damit nicht genug, pünktlich um 19 Uhr wurde Laura von einem Taxi abgeholt und nach der Veranstaltung zurückgefahren, das bereits von Sven bezahlt war. Es tut so unbeschreiblich gut, von einem Mann derartig verwöhnt zu werden. Laura zwickt sich selbst in den Arm, um zu prüfen, ob sie die vergangenen Tage nicht doch vielleicht nur geträumt hat. Nein, es ist alles wirklich passiert, und die Ereignisse tragen dazu bei, ihre vermeintlich heile Welt in Bad Hollerbach gründlich auf den Kopf zu stellen. Sie schließt die Augen und lässt Sven erscheinen. Spielt dieser Mann mit ihr und ist im Umgang mit jeder *Königin der Nacht* so charmant, weil es einfach sein Job ist? Diese plötzlichen Zweifel rufen ihren Magen auf den Plan, der sich krampfhaft zusammenzieht. Warum hat sie kein Selbstbewusstsein und vertraut darauf, dass Svens Interesse an ihr nicht oberflächlich ist? Wie gerne wüsste sie Kerstins Meinung dazu. Vielleicht würde die Freundin jedoch raten, die Begegnung mit Sven als aufregendes Abenteuer zu betrachten, das ihrem bis dahin geordneten Leben etwas Pep verliehen hat. Mehr nicht! Will Laura so etwas hören? „Nein!", ist sie auf einmal ehrlich zu sich selbst. Es ist mehr als das. Diese vergangenen Tage bedeuten einen Einschnitt in ihrem Leben, das fühlt sie ganz deutlich!

Jetzt heißt es, den heutigen Tag allein zu gestalten, denn obwohl Sven keine Vorstellung hat, ist sein Terminplan vollgepfropft mit Krafttraining, einer Pressekonferenz und mit einer Probe zur Änderung der Choreografie einer Tanznummer.

Sie kann den bevorstehenden Abend kaum erwarten. Wie sich das Date wohl gestalten wird? Sven hat mit keiner Silbe verraten, was sie machen werden. Gut, es soll ein Candle-Light-Dinner sein, aber wo, das ist noch ein gehütetes Geheimnis. Soll sie sich etwas Neues zum Anziehen kaufen oder ist das kleine Schwarze okay? Das rote Kleid hat auf jeden Fall ein viel zu tief ausgeschnittenes Dekolleté, außerdem kennt Sven es schon. Der Gedanke daran, als er bei der Maharadscha-Szene auf ihr saß, lässt ihre Wangen plötzlich glühen. Während es für sie megapeinlich war, spulte Sven seine Routinenummer ab. Was ist er für ein Mensch, und warum übt er diesen Beruf aus? Laura hofft, bei dem Date etwas mehr aus seinem Leben zu erfahren. Beim gestrigen Ausflug hielt er sich geschickt bedeckt.

Jedenfalls will Laura auf dem offiziellen Pressefoto seriös rüberkommen und nicht als ein aufgetakelter, schmachtender Fan der Sixpackboys. Es ist ihr schon unangenehm genug, überhaupt vor einer Kamera posieren zu müssen, und sie ahnt in diesem Moment nicht, dass ein ganz anderes Foto gewisse Gemüter erregen wird und das eine junge Frau auf ihrer Karriereleiter eine Stufe höher steigen lässt.

Das Brummen des Handys schreckt Laura aus ihren Tagträumen. Ihr Herz hüpft vor Freude, als sie den Anrufer auf dem Display erkennt.

Trotzdem täuscht sie die Ahnungslose vor, als sie erwartungsvoll in die Muschel säuselt: „Laura Baumgartner, hallo?"

Allein Svens Stimme zu hören, rettet den Tag.

„Hey, guten Morgen! Wie geht es meiner Badenixe? Hattest du einen schönen Abend?"

„Und ob, ich weiß nicht, wie ich dir danken soll. Er war toll."

„Ich hoffe, nicht besser als die *Sixpackboys*?", flirtet Sven mit ironischem Unterton.

„Nein, natürlich nicht!", beeilt sich Laura zu versichern. „Die beiden Vorstellungen sind ja auch nicht vergleichbar. Jedenfalls vielen, vielen Dank, auch für die traumhaften Rosen! Ich habe alles sehr genossen."

„Das freut mich, und ich werde mich bemühen, den kommenden Abend zu toppen." Ohne Übergang möchte Sven wissen, wie Laura bis dahin ihren Tag zu gestalten gedenkt.

„Ich liege noch im Bett und habe keine konkreten Pläne. Vielleicht besuche ich das Römisch-Germanische Museum. Das ist auf der Stadtrundfahrt zu kurz gekommen, und es befindet sich gleich um die Ecke."

„Jammerschade, dass ich dich nicht begleiten kann. Ich habe schon versucht, die Jungs zu überzeugen, dass sie ohne mich proben können, aber da ich bei der Nummer einen Solopart tanze, bestehen sie auf meiner Teilnahme."

„Das verstehe ich!", unterdrückt Laura einen Seufzer und nimmt, sich bäuchlings hinlegend, eine bequemere Stellung im Bett ein. Insgeheim hat sie darauf spekuliert, dass Sven sich vielleicht ein oder zwei Stunden für sie freimachen kann.

„Aber es erhöht die Sehnsucht aufeinander, oder?", versucht Sven seine Königin aus der Reserve zu locken.

Laura stockt der Atem.

Soll sie wirklich ehrlich darauf antworten? Zu kokettieren hat sie nie gelernt. Nach heutiger Erkenntnis hatte es Manfred viel zu leicht gehabt, ihr Herz im Sturm zu erobern. Umgekehrt ist er kein Mann, der auf andere mit Charmeoffensive zusteuert. Er gehört zu den nüchtern denkenden und handelnden Menschen, was möglicherweise sein Juristenjob mit sich bringt. Charme ist vor Gericht bestimmt nicht gefragt, höchstens gegenüber weiblichen Mandanten.

„Hey, habe ich was Falsches gesagt? Bist du noch da, Laura?"

„Nein, neeeein ...!", dementiert Laura Svens Zweifel eilig.

„Ich freue mich sehr auf dich und bin total gespannt, was mich erwartet."

Sven gewinnt schnell seine Souveränität zurück: „Dann wünsche ich dir bis dahin einen wunderbaren Tag! Und denk an mich!"

Laura saugt seine letzten Worte förmlich auf, bevor sie sich verabschiedet und das Handy beiseitelegt. In Erwartung, was alles passieren wird, nimmt sie sich vor, auf jeden Fall vor dem Frühstück mit Kerstin Kontakt aufzunehmen. Sie hofft, dass sie endlich wieder auf Empfang ist. Es fehlen die Uhren aus ihrem Nähzimmer, auf denen sie die New Yorker Zeit hätte ablesen können. Aber dort müsste es jetzt Nacht sein, also muss das Telefonat warten. Eine längere SMS klärt die Freundin jedoch über die Situation mit dem Sixpackboy auf und dass Laura immer noch in Köln weilt.

Kapitel 11

Na endlich, am Mittag erhält Laura die ersehnte Nachricht von Kerstin, die anscheinend selbst mit Abenteuern ausgelastet ist. Schmunzelnd nimmt Laura zur Kenntnis, dass die Freundin ihr tatsächlich zu einem One-Night-Stand mit Sven rät und dies offensichtlich für völlig normal hält, während Laura selbst die moralische Vorstellung hat, dass eine verheiratete Frau, ach was, gar keine Frau, dies jemals tun sollte. Was hätte sie persönlich davon? Nichts! Laura ist kein Mensch, der seinen Verstand zugunsten von Momentaufnahmen ausschaltet, sondern immer die möglichen Konsequenzen bedenkt. Wenn sie sich in Sven verliebt und mit ihm schläft, ohne dass sich daraus mehr entwickelt, dann würde das ihr Herz brechen. Wenn Sven ihre Gefühle erwidern würde, wäre es auch nicht einfacher, denn schließlich gibt es Manfred und natürlich Max. Was philosophiert sie unnötig herum? Sven mag sie, das spürt sie ganz deutlich, aber ist ein solcher Mann, der mit so vielen Frauen tagtäglich zu tun hat, wirklich in der Lage, jemanden zu lieben?

Kerstin schlägt in der SMS vor, Laura solle ihr doch vom Hotel aus eine Mail schicken und über alles ausführlich berichten. Laura sucht daraufhin den Internetraum auf und antwortet:

Liebe Kerstin,

Du kannst Dir nicht vorstellen, was Du mit Deinem Geschenk angerichtet hast☺.

Zu Sven: Ich weiß nichts über ihn, wo er herkommt, aus was für einer Familie er stammt und warum er sich letztendlich jeden Abend für Frauen auszieht. Trotzdem oder vielleicht gerade deshalb geht eine große Faszination von ihm aus. Er ist nicht oberflächlich in seiner Art, mir alle Wünsche von den Augen abzulesen. Sein Charme ist unaufdringlich sanft und rücksichtsvoll. Ich kann das gar nicht richtig in Worte fassen. Vielleicht verstehst Du mich zwischen den Zeilen. Jedenfalls genieße ich jede Sekunde des Zusammenseins mit ihm und kann mir im Moment nicht vorstellen, dass bald alles vorbei sein soll. Er wird weiter auf Tournee sein, und ich werde ins beschauliche Bad Hollerbach zurückkehren, als wäre nichts geschehen. Ich fürchte, ich kann nicht mehr einfach da weitermachen, wo ich vor meiner Reise nach Köln aufgehört habe. Auch Manfred scheint Lichtjahre von mir entfernt. Kann ich ihm überhaupt unter die Augen treten? Wird er mir nicht sofort anmerken, dass ich Gefühle für einen anderen Mann entwickelt habe, wenn ich auch nicht genau definieren kann, wie weit diese gehen? Die Tatsache, dass ich bei Svens Anblick oder allein bei seiner Stimme Herzflattern bekomme, zeigt doch, dass meine Ehe nicht mehr stimmig ist, oder?

Ich will Dich jetzt nicht weiter belatschern. Wie Du angedeutet hast, gibt es am Broadway Probleme mit der gebuchten Halle. Ich halte Dir die Daumen, dass Du das hinkriegst. Ich freue mich auf unsere Telefonate, wenn ich zurück bin. Der einzige Lichtblick!

Jetzt muss ich erst mal Schluss machen. Ich besuche gleich das Römisch-Germanische Museum, und danach werde ich mich für den Abend herrichten. Ob Du es glaubst oder nicht, ich bin total aufgeregt. Vielleicht werde ich ja endlich mehr aus Svens Leben erfahren. Hoffentlich mache ich keine Dummheiten, die ich morgen bereue☺. Jedenfalls garantiere ich für nichts.

Sven ist einfach eine Wucht!

Alles Liebe und noch mal vielen Dank für alles,

Deine Laura

Der Nachmittag vergeht wie im Flug. Laura besichtigt wie geplant das Museum und betrachtet anschließend vom Dom aus die herrliche Aussicht über die Stadt. Tatsächlich hat sie die 509 Stufen nach oben geschafft. Köln ist schon eine tolle Metropole. Schade, dass Sven nicht mit dabei sein kann, denn einige Ecken von Köln kennt er auch nicht. Es ist wohl das Los eines jeden

Künstlers, dass er auf Tournee wenig von den Städten sieht, in denen er abends auftritt. Wie Sven erzählte, bleiben die Sixpackboys in Großstädten fünf bis acht Tage, in der Provinz jeweils einen Abend. Das ist dann sehr stressig, weil sie nach der Vorstellung sofort mit ihrem Tourbus in die nächste Stadt düsen. Nur in den Großstädten gibt es die Maharadscha-Nummer mit dem Gewinn des Dates bei der jeweils ersten Vorstellung. Die Boys wechseln sich dabei ab. Es war purer Zufall, dass Laura ausgerechnet zur Premiere die Show besuchte und so in den vermeintlichen Genuss des Auftritts kam. Je länger der Abend und das Ereignis entfernt sind, desto mehr kann sie selbst darüber schmunzeln. Ihre vornehm tuenden, ehemaligen Freundinnen aus München würden ihr so etwas sicher niemals zutrauen, genauso wenig wie Helene und ihre giftigen Verbündeten Erna und Anna. Was würden die wohl dazu sagen? Sie an den Pranger auf den Dorfplatz stellen? Laura lacht bei diesem Gedanken in sich hinein. Auf jeden Fall würden Erna und Anna dafür sorgen, dass das ganze Kaff davon erfährt. Welch Glück, dass Manfred seine Kanzlei in München hat, sonst wäre das vielleicht nicht so lustig für ihn. Überhaupt, soll sie ihrem Mann von den *Sixpackboys* erzählen? Nein, warum sollte sie das tun? Niemand weiß es, außer Kerstin, und die hält dicht.

Allmählich muss sich Laura sputen, um wieder ins Hotel zu gelangen. Sie möchte sich genug Zeit zum Stylen nehmen, auch wenn Sven gesagt hat, dass die Maskenbildnerin des Theaters ihr den letzten Schliff verpassen wird. Fast fühlt sie sich schon selbst wie ein Promi.

Zurück im Zimmer zieht Laura sich das schwarze Kleid über, das ihre schmale Taille optimal betont, und die High Heels komplettieren ihr perfektes Aussehen. Heute lässt sie ihre Lockenpracht offen auf die Schultern fallen. Die neue Perlenkette von Manfred rundet das Gesamtbild ab. Bewusst schminkt sie ihre Augen nicht so stark, sondern verwendet ein bisschen Kajal, denn sie möchte die eigentliche Arbeit der Maskenbildnerin überlassen.

Wie jede Frau ist sie gespannt, was eine Profivisagistin wohl aus ihrem Gesicht herausholt.

Die männlichen Blicke wohlwollend auf sich gerichtet spürend, schreitet Laura durch die Hotellobby. Sie ist heute die *Königin der Nacht* für Sven, und auf einmal schiebt sie alle guten Vorsätze beiseite und will den Abend mit allen Sinnen auskosten.

Auf den Gongschlag pünktlich hält eine weiße Stretchlimousine vor dem Hoteleingang. Der Fahrer steigt aus und lächelt Laura an: „Sie müssen *Frau Baumgartner* sein!" Galant verfrachtet er sie auf die Rücksitzbank. Das Abenteuer kann beginnen!

So fühlt es sich also an, als Promi zu leben. Laura könnte sich daran gewöhnen. Der Wagen bietet allen erdenklichen Komfort, den man sich erträumen kann. Als sie im Inneren des Autos Platz genommen hat, wartet bereits ein Glas Champagner in der Mittelkonsole.

Sie hat sich vorgenommen, mit Alkohol an diesem Abend vorsichtig umzugehen. Zum einen trinkt sie sehr selten welchen, zum anderen möchte sie auf jeden Fall beim Zusammensein mit Sven die Kontrolle behalten, und so manches Glas von diesem Prickelwasser mag die Hemmungen mehr lockern als vorgesehen. Trotzdem kann Laura nicht widerstehen, wenigstens einmal zu nippen. Schließlich wird sie nicht jeden Tag in solch einem Vehikel durch die Gegend kutschiert. Schon der Geruch des Gesöffs vermittelt ihr das Gefühl, dass besondere Stunden vor ihr liegen, die sie in jeder Phase zu genießen gedenkt. Ihre konservativen, altbackenen Hausfrauengedanken werden einfach weggesperrt.

Die Limousine hält vor dem Eingang des Theaters, wo schon eine Traube von Menschen auf sie zu warten scheint. So sehr Laura sich auch umschaut, Sven ist nirgendwo zu entdecken. Plötzlich fühlt sie sich dem ganzen bevorstehenden Prozedere hilflos ausgeliefert. Mit Sven als Beschützer würde sie sich viel wohler fühlen. Es bleibt keine Zeit, darüber nachzudenken, denn schon fliegt die Tür auf, und ein junger Mann reicht ihr die Hand zum Aussteigen.

„Herzlich willkommen, Frau Baumgartner!"

Laura greift mechanisch nach seiner Hand und verlässt das Auto. Fast bleibt sie dabei mit ihrem Absatz hängen. Im letzten Moment hält der Mann sie fest, sodass ein Stolpern über die eigenen Füße verhindert wird.

Na, das fängt ja gut an!, schalt sie sich selbst insgeheim für ihre Schusseligkeit. Eine Schlagzeile wie *Königin der Nacht stolpert auf High Heels zu ihrem Sixpackboy Date* hätte gerade noch gefehlt.

„Ich bin übrigens Tom", stellt sich ihr Retter vor, „und habe das Vergnügen, Sie in die Künstlergarderobe zu geleiten." Galant bietet er Laura seinen Arm zum Unterhaken an, den sie dankbar ergreift, um einer erneuten Strauchelattacke vorzubeugen.

Als sie die Künstlergarderobe betritt, weiß sie sofort, dass es sich um die von Sven handelt. Sein besonderer Geruch, der sie immer wieder aufs Neue schwindelig macht, verrät es.

Tom rückt einen Stuhl vor dem überdimensionalen Spiegel zurecht und bittet Laura, Platz zu nehmen, die seiner Aufforderung mit leichter Anspannung nachkommt.

„Die Visagistin ist gleich bei Ihnen!" Damit verabschiedet er sich und lässt sie allein zurück, die sich neugierig im Raum umschaut. Da hängen alle Kostüme der Show, einschließlich des Maharadscha-Turbans. Bei dessen Anblick errötet die unfreiwillige Bühnengespielin sofort, und am liebsten würde Laura in diesem Augenblick das Weite suchen. Zu spät!

Eine etwa gleichaltrige Frau erscheint plötzlich hinter ihr im Spiegel und lächelt.

„Ich bin Nora und habe die angenehme Aufgabe, Sie fürs Pressefoto zu verschönen."

Lauras Gedanken sind noch bei ihrem Maharani-Auftritt, und deshalb reagiert sie nicht direkt, was Nora veranlasst, munter loszuplappern: „Bestimmt sind Sie aufgeregt? Hab ich recht?"

Statt eine Antwort abzuwarten, fährt sie unbekümmert fort: „Egal ob jung oder alt, jede *Königin der Nacht*, die ich bisher kennengelernt habe, war aufgeregt und gespannt, was das Date wohl an Überraschungen bereithält."

„Äh, ja, Entschuldigung, was haben Sie gerade gesagt?", kehrt Laura in die Gegenwart zurück.

Nora ist jedoch bereits in ihrem Element, bleibt die Antwort schuldig und beginnt mit dem Styling. Vorsichtig nimmt sie Lauras Lockenpracht nach hinten, um sie nicht platt zu drücken. Wohlwollend spricht Nora zu Lauras Spiegelbild: „Solch prächtige Haare hatte ich schon lange nicht mehr in den Fingern. An denen müssen wir gar nichts verändern." Sie dreht sich zu ihr hin und betrachtet ihr Gesicht. Auch hier gibt es nichts zu mäkeln. Laura hat bereits alles unternommen, um ihre Vorzüge zu unterstreichen.

Nora zeigt sich beeindruckt: „Bei Ihnen bin ich wohl überflüssig. Mehr Make-up kann höchstens schaden. Ein Hauch Rouge vielleicht, das genügt vollkommen."

Wenn Laura schon mit Männerkomplimenten nicht umzugehen weiß, so kann sie mit denen von Frauen erst recht nichts anfangen. Deshalb schweigt sie lieber, als etwas Dummes zu erwidern. Zum Glück denkt sich die Visagistin nichts dabei, denn jede Frau vor dem Date verhält sich anders. Manche reden unentwegt und versuchen, von Nora etwas Intimes über die Sixpackboys herauszufinden, deren Vorlieben, ob sie eine feste Partnerin haben, worauf sie stehen. Sie ist geschickt genug, die Damen mit unverfänglichen Floskeln zu befriedigen. Die Schweigsamen wie Laura sind ihr natürlich viel lieber. Da fällt es ihr leicht, etwas Nettes zu sagen, aber das ist auch nicht schwer, denn Laura ist selbst für so eine erfahrene Frau wie Nora eine Augenweide. Da hat Sven ja heute direkt Glück, der gerade bei den letzten Dates vom Pech verfolgt gewesen zu sein schien. Entweder waren die Gewinnerinnen steinalte Gruftis oder junge Blutegel, die sich an ihm festsaugen wollten.

Kaum hat Nora zu Ende gedacht, strömt eine neue Duftwolke in den Raum. Laura erstarrt, als Sven im Spiegel auftaucht. Er sieht umwerfend aus in seinem Smoking, und sein unwiderstehliches Lächeln lässt ihr Herz für einen kurzen Moment vergessen zu schlagen.

Sven begrüßt seine Maskenbildnerin mit dem üblichen Wangenküsschen: „Na, Nora, habe ich dir zu viel versprochen? Ist sie nicht zauberhaft?" Hinter seinem Rücken holt er eine rote Rose hervor und überreicht sie seiner Königin. „Darf ich dich zum Pressefoto geleiten, meine Schöne?"

In welchem Märchen befindet sich die Angesprochene? Dornröschen? Aschenputtel? Es ist Laura egal. Sie strahlt ihren König an und haucht im Vorbeigehen ein „Vielen Dank!" an Nora, die Sven spitzbübisch zublinzelt.

„Einen wunderschönen Abend euch beiden!" Nora meint, was sie sagt. Sie gönnt Sven dieses besondere Date.

„Den werden wir ganz sicher haben!" Sven dreht sich leicht zu seiner Visagistin um und zwinkert ihr zu.

Als die beiden allein im Flur sind, bleibt Sven stehen und fasst Laura an beiden Händen: „Du siehst toll aus. Meine Kollegen sind schon ganz neidisch, dass sie heute nicht mit dem Date an der Reihe sind."

Laura möchte erneut vor Verlegenheit im Erdboden versinken. Soll sie das Kompliment erwidern? Auch sie findet Sven in seinem eleganten Outfit überwältigend attraktiv. Natürlich verkneift sie sich diesen ersten Impuls. Stattdessen sagt sie: „Ich freue mich, dass ich dir gefalle!"

Vom oberen Treppenabsatz ist eine Stimme zu hören, die Laura nicht einordnen kann: „Hey Sven, wo bleibt ihr denn?"

„Mein Bruder ist extra vorbeigekommen, um dich zu sehen!", verrät Sven. „Typisch Frieder! Er gönnt mir nichts." Den letzten Satz meint Sven allerdings nicht ernst.

Bruder? Frieder? Laura kapiert gar nichts und schaut Sven dementsprechend fragend an. Schon kommt ihnen Frieder einige

Stufen entgegen und pfeift anerkennend durch die Zähne. Seinen Blicken ist anzumerken, dass Lauras Erscheinung auch ihn nicht kaltlässt. Schon bei der Vorstellung hatte er Laura in der zweiten Reihe erkannt, und als er sie bei der Maharadscha-Nummer auf die Bühne geleitete, ärgerte er sich, welche Beute seinem Bruder fürs legendäre Date ins Netz gehen würde. Was für ein Zufall, dass es sich ausgerechnet um die niedliche Rockerbraut mit der Harley handelte. Zu schade, dass er erst beim nächsten Mal mit dem Date dran ist. Dabei wollte Sven mit ihm tauschen, und er ist blöderweise stur geblieben, weil er heute an ihrem freien Abend lieber mit den restlichen Sixpackboys zu einem Rockkonzert gehen wollte. Hätte er bloß Svens Drängen nachgegeben, dann würde ihm diese Zuckerpuppe heute gehören. Schließlich kommt es selten genug vor, ein solch reizendes Geschöpf ausführen zu dürfen.

Fieberhaft arbeitet es in Lauras Kopf. Auf die Idee, dass es sich bei den Sixpackboys um ein Familienunternehmen handeln könnte, ist sie bisher nicht gekommen.

„Hey Laura, ich bin's, Frieder alias Gerry!", fügt er erklärend hinzu und hält Laura seine Wange hin, während er Sven brüderlich den Arm um die Schultern legt. „Erkennst du mich nicht mehr?"

Laura ist zu perplex, um die Einladung zum Wangenkuss anzunehmen. Stattdessen hält sie Frieder ganz förmlich die Hand hin: „Klar doch, Frieder! Wie könnte ich eure Eskorte nach Köln vergessen!", und zu Sven gewandt, sich wieder im Griff habend: „Ich bin gespannt, was ihr sonst noch für Familiengeheimnisse habt."

Inzwischen haben die drei die Eingangshalle erreicht, und Fabian, der Fotograf, bittet Sven, mit Laura draußen vor der Stretchlimousine zu posieren. Dort ist der Lichteinfall viel günstiger. Wirklich ein Traumpaar, die beiden! Und die Schmetterlinge fallen in Ohnmacht, als Sven Lauras schmale Hüfte umfasst und sein Gesicht sich ihrem nähert.

Kapitel 12

Als könne Sven ihre unausgesprochene Frage auf der Stirn lesen, befriedigt er Lauras Neugier. „Du willst natürlich wissen, wieso ich Frieder nicht schon eher als meinen Bruder geoutet habe, stimmt's?" Gleichzeitig klopft er an die Trennscheibe zum Fahrer als Zeichen, dass er starten kann.

In der Tat grübelt Laura schon die ganze Zeit, wieso ihr eine gewisse Familienähnlichkeit nicht schon bei der Motorradfahrt und später bei der Vorstellung aufgefallen ist. Bei der Tour nach Köln waren die fünf Männer allerdings teilweise mit Bärten bestückt oder trugen die Frisuren anders. Frieder hat zwar brünette Haare, aber genauso stahlblaue, ungewöhnliche Augen wie Sven. Sie konnte sich gar nicht auf das Fotografieren für den *Promitreff* konzentrieren, sondern musste ihn ständig anstarren. Hoffentlich ist es ihm nicht aufgefallen. Er ist ebenfalls sehr attraktiv, aber Lauras Herz schlägt für den älteren der Brüder. Frieder hat sie auch die ganze Zeit beobachtet. Wieso wohl? Ob Sven ihm irgendetwas über sie erzählt hat? Aber was hätte er schon berichten können? Laura hat bis jetzt nichts aus dem Nähkästchen geplaudert, denn Sven war im Gegensatz zu damals bei der Fahrt nach Köln so diskret, sie nicht weiter über ihre Verhältnisse auszufragen. Natürlich ahnt Laura nicht, dass Frieders Interesse rein persönlich ist und nichts mit Sven zu tun hat. Leider haben die Brüder das gleiche Beuteschema, was Frauen betrifft, bei dem Frieder oft den Kürzeren zieht. Sven startet seine ganz spezielle Charmeoffensive und schon liegen ihm die Damen zu Füßen. Das hat Frieder schon als Pubertierender mächtig geärgert, und jetzt hat Sven dieses zauberhafte Geschöpf auf dem Silbertablett serviert bekommen. Er fand Laura als Rockerbraut bereits sexy, auch wenn sie in ihrer XXL-Kluft zu versinken schien. Er tröstet sich damit, dass Sven laut Vertrag während der Tournee nichts mit einer *Königin der Nacht* anfangen darf, und daran hat sich bis jetzt jeder Sixpackboy gehalten oder hat sich zumindest nicht erwischen lassen. Frieder ist sich allerdings sicher, dass Sven ihm einen Ausrutscher erzählt hätte. Auch wenn die Boys hinsichtlich der Girls konkurrieren, die beiden Brüder sind bisher immer ehrlich zueinander gewesen.

Laura wendet sich Sven neckend zu: „Die eingefleischten Fans von euch wissen doch sicher, dass ihr Brüder seid. Warum solltest du es jedem extra auf die Nase binden?"

„Na, erstens bist du nicht jede, und du hast mir ja gestern erzählt, dass dich ein Zufall zu unserer Show geführt hat und du in deiner gelebten Abgeschiedenheit eher beiläufig von uns gehört hast. Deiner Freundin und dem Mann, der dir die Karte überlassen hat, gehören ein Denkmal gesetzt."

Laura hatte bei ihrem Bericht verschwiegen, dass sie glaubte, ein Kabarett zu besuchen und nicht eine Veranstaltung strippender Männer. Als völlig weltfremder Bauerntrampel wollte sie sich nicht outen.

Sven reicht Laura ein Glas Champagner und nimmt das andere ebenfalls zur Hand. „Stoßen wir auf deinen Geburtstag an, auf unsere Begegnung und einen wundervollen Abend! Alles Gute für dich!" Schon beugt sich Sven zu Laura und küsst sie sanft auf die Wange. Schnell verhindert sie, dass sich ihre Lippen treffen, denn in diesem Moment denkt sie an Manfred. Hoffentlich bekommt er den *Promitreff* nicht in die Finger, was allerdings eher unwahrscheinlich ist. Lediglich die *Zwergin* liest regelmäßig Illustrierte, hat aber glücklicherweise andere Klatschblätter abonniert. Soweit sie sich allerdings erinnert, haben Erna und Anna extra verschiedene Zeitschriften, um sie dann untereinander auszutauschen. Nicht auszudenken, wenn sie das Foto mit Laura sehen, umklammert von Svens Bizeps als dessen *Königin der Nacht*. Ein Albtraum! Jetzt ist es ohnehin zu spät, und sie kann nichts mehr rückgängig machen, sich eingestehend, dies auch nicht zu wollen. Die letzten Tage waren einzigartig in ihrem Leben und der Startschuss für Veränderung. Es wird eine andere Laura nach Bad Hollerbach zurückkehren. Wie sich das alles auf ihre Ehe und ihr Leben auswirken wird, daran mag sie im Moment nicht denken. Wenn ein anderer Mann ihre Gefühle so in Wallung zu bringen vermag, liebt sie Manfred dann wirklich? Kann sie ihm normal, als wäre nichts geschehen, gegenübertreten?

Wieder scheint Sven intuitiv zu spüren, dass Laura nicht bei der Sache ist, sondern weit weg in ihrer alten Welt, von der er nichts kennt. Er wagt einen Vorstoß: „Woran denkst du gerade? Darf ich es erfahren?" Er nimmt ihre Hand in seine.

„Entschuldige bitte! Ich bin richtig unhöflich. Ich dachte gerade an meine Familie, die nicht weiß, was ich in diesem Moment erlebe."

„Du bist verheiratet und hast einen Haufen Kinder!", stellt er nüchtern in den Raum. Sein Gesichtsausdruck verrät, dass er sich etwas anderes wünscht und die Bestätigung seiner Vermutung fürchtet.

„Ja, mein Mann ist Anwalt, und wir leben mit unserem erwachsenen Sohn Max und Manfreds Mutter Helene in deren Haus." Laura leiert den Satz runter wie bei einer persönlichen Vernehmung, ohne jede Emotion.

Sven möchte Lauras Statement erst einmal verdauen und kommentiert es nicht.

Eine Weile schweigen beide, bis sie zur Gegenfrage ausholt. „Und du? Bist du gebunden?"

Zu Lauras Überraschung schüttelt Sven den Kopf. „Wie sollte ich bei diesem Job eine harmonische Beziehung aufrechterhalten können?" Seine Stimme klingt traurig. „Keine Frau der Welt würde das lange ertragen."

Lauras Herz macht nicht nur einen Hüpfer, sondern einen riesigen Satz. Nie hätte sie in ihren kühnsten Vorstellungen damit gerechnet, dass Sven ein freier Mann ist.

Ihr Gespräch, das Laura gerne fortgesetzt hätte, wird jäh unterbrochen, als die Limousine anhält. Das Ziel ist erreicht. Sie hat ganz bewusst nicht danach gefragt, wie das Date aussehen wird, denn inzwischen vertraut sie darauf, dass Svens Überraschungen immer ihrem Geschmack entsprechen. Auch dieses Mal wird sie nicht enttäuscht. Der Ort entpuppt sich als kleiner exklusiver Jachthafen am Rhein, den man ausschließlich betreten darf, wenn man eine der Jachten sein Eigen nennt.

Laura staunt Bauklötze. Eine Bootsfahrt gehörte für sie nicht zu den Möglichkeiten des Dates. Wie selbstverständlich schiebt Sven sie, ihre Taille erneut umfassend, in Richtung Jacht und hilft ihr anschließend aufs Boot. Sogar die High Heels darf sie anlassen, da extra ein roter Teppich ins Heck gelegt wurde, wo bereits ein festlich gedeckter Tisch auf die beiden wartet. Die Jacht ist mit Windlichtern übersät. Das Ambiente ist an Romantik kaum zu übertreffen. Laura kann sich nicht einmal an eine ähnliche Szene in einem Pilcher-Film erinnern. Sie ist einfach überwältigt und übersieht fast die hingehaltene Hand des Kapitäns.

„Willkommen an Bord!", dringt es an ihr Ohr. „Ich bin Kapitän Harmsen!"

„Hallo!", bringt Laura zustande, die Atmosphäre begeistert in sich aufnehmend. So muss Aschenputtel sich gefühlt haben, als der Prinz sie aufs Schloss geleitet hat.

Während der Kapitän einige Worte mit Sven wechselt, erscheint ein livrierter Kellner und bittet Laura dezent zu Tisch. Sie kann das alles nicht glauben. Sie, die geknechtete Schwiegertochter, auf einer Jacht mit einem Mann, mit dem Tausende andere Frauen jetzt auch gerne zusammen speisen würden. Womit hat sie das verdient?

„Na, gefällt es dir?", unterbricht Sven ihre Selbstzweifel.

„Ich kann gar nicht ausdrücken, wie sehr! Es ist wie im Märchen."

In diesem Moment legt die Jacht vom Steg ab und begibt sich auf eine Reise, die nach Lauras geheimstem Wunsch niemals enden soll.

„Bist du bereit für den Aperitif?", fragt Sven als Gastgeber.

Laura nickt und lächelt ihn an. Ganz selbstverständlich bestellt Sven in James-Bond-Manier zwei Wodka-Martini geschüttelt und nicht gerührt.

Die auseinandergerollte Speisekarte, in der eine weitere rote Rose steckt, verrät den beiden die Menüfolge. Bei der Vorspeise handelt es sich um Thunfisch-Carpaccio mit Lachsforellenkaviar. Anschließend wird Saltimbocca vom Seeteufel mit Rucola-Risotto serviert, dazu ein trockener Weißwein. Das Galadinner endet mit einer Dessertkreation, bestehend aus einer karamellisierten Banane mit Mandeln und Vanilleeis, in dem angezündete Wunderkerzen stecken.

Während des Essens fällt kaum ein Wort zwischen den beiden, außer, dass alles exquisit schmeckt und zubereitet ist. Laura genießt die Speisen und lässt sie sich bewusst langsam auf der Zunge zergehen. Ob sie jemals wieder solch einen Abend erleben wird? Egal, was die Zukunft weiter bereithält, dieses Ereignis wird sie niemals vergessen.

Den Martini hat sie entgegen ihrer guten Vorsätze ganz ausgetrunken, und auch von dem Weißwein hat sie mehr intus als vorgesehen. Darum ist ihre Zunge inzwischen gelöster.

„Wie bist du überhaupt zu dem Job bei den Sixpackboys gekommen?" Erwartungsvoll blickt sie in Svens Augen. Er lässt sich eine Weile Zeit mit der Antwort und nippt am Weinglas, als wolle er sich vorher etwas Mut antrinken.

„Das ist eine lange Geschichte!"

Laura merkt, dass sie wohl an einen wunden Punkt in Svens Leben kratzt. „Du musst mir nichts erzählen, wenn du nicht magst. Ich möchte nicht aufdringlich sein wie all deine anderen Fans."

„Meine Ehe mit Lisa, die an derselben Klinik in Hamburg wie ich tätig war, ging in die Brüche. Sie verfolgte das ehrgeizige Ziel, möglichst schnell Oberärztin zu werden und hat mich mit unserem Chef betrogen. Eine Welt brach für mich zusammen. Wir waren so lange ein Paar, seit der Uni schon."

„Dann bist du auch Arzt?", entfährt es Laura, die ihre Augen vor Staunen weit aufreißt.

Sven nimmt es lächelnd zur Kenntnis: „Ja, ich bin Internist. Ich kann mir vorstellen, dass du einen Sixpackboy nicht mit einem Akademiker in Verbindung bringst."

Damit hat Sven den Nagel auf den Kopf getroffen, aber sie erwidert nichts, sondern lässt ihr Gegenüber weiter erzählen.

„Ich habe meine Stelle sofort gekündigt, als ich meine Frau während des Nachtdienstes mit dem Chef in eindeutiger Situation erwischte. Ich hatte zu Hause gekocht und wollte ihr etwas davon ins Krankenhaus bringen und ihr die Zeit verkürzen. Ich dachte, sie freut sich darüber und konnte nicht ahnen, dass sie bereits eine andere Abwechslung gefunden hatte."

Wie Sven, der von so vielen Frauen umschwärmt und begehrt wird, von seiner Niederlage berichtet, lässt ihn so rührend und verletzlich erscheinen, dass Laura ihn am liebsten in die Arme nehmen und trösten würde. Sie spürt ihrem inneren Impuls folgend jedoch, dass es nicht der richtige Moment ist.

„Ich war von heute auf morgen arbeitslos und komplett ohne Energie, habe mich tagelang bei meinen Eltern verkrochen, zu denen ich ein sehr gutes Verhältnis habe. Sie stellten keine Fragen und kommentierten meine Trennung von Lisa nicht. Dabei weiß ich, dass sie meine Wahl nie verstanden haben. Sie konnten Lisa nicht leiden, obwohl sie es nie ausgesprochen haben. So tolerant sind meine Eltern eben. Das haben sie im Umgang mit Frieder lernen müssen!"

„Frieder? Was hat der damit zu tun?", hakt Laura nach.

„Mein Bruder ist das, was man das schwarze Schaf der Familie nennt. Er hat kurz vor dem Abi die Schule geschmissen und ist nach New York abgehauen. Einfach so. Er hielt sich dort mit Komparsenrollen über Wasser und wurde eines Tages bei einer solchen von einem Fotografen als Model entdeckt."

„Wen wundert's! Er ist ja ein sehr attraktiver Mann!"

„Etwa attraktiver als ich?", beginnt Sven mit einem

Augenzwinkern zu flirten, lässt diese Frage jedoch in der lauen Sommerluft stehen und spricht weiter. „Irgendwann wurde unser heutiger Manager Harry durch ein Modemagazin auf Frieder aufmerksam. Er hatte vor fünf Jahren die Idee, die Sixpackboys nach dem englischen Vorbild ins Leben zu rufen, und lud ihn zu einem Casting nach Deutschland ein. Ich hatte mich inzwischen in unser Ferienhaus auf Sylt zurückgezogen, das ich nach der Scheidung von Lisa behielt. Plötzlich erschien an einem Wochenende Frieder, um nach mir zu sehen, der von unseren Eltern von dem Trennungsdilemma mit Lisa erfahren hatte. Zu dieser Zeit hing ich wie ein Schluck Wasser in der Kurve, mich ganz meinem Schmerz hingebend, ohne Zukunftsperspektive. Mein Bruder rüttelte mich endlich wach und versuchte mich zu überreden, einfach mit zu dem Casting zu gehen. Im ersten Moment dachte ich, er wäre übergeschnappt. Ich zu einem Casting für strippende Boys? Undenkbar!

Dann dachte ich an Lisa und die Schmach, die sie mir angetan hatte. Wäre es nicht die perfekte Rache, wenn sie mich eines Tages als Supermann in einer Zeitung entdecken würde, Heerscharen von Frauen zu meinen Füßen liegend? Welchem gehörnten Mann würde das keine Genugtuung verschaffen? Schließlich nahm dieser Gedanke so stark von mir Besitz, dass ich am Casting teilnahm. Mit welchem Erfolg, weißt du selbst. Die Truppe ist inzwischen eine Ersatzfamilie für mich. Wir machen alles gemeinsam, wie zum Beispiel auch die Motorradtour, bei der ich dir begegnen durfte." Sven nimmt bei den letzten Worten Lauras Hände in seine und drückt sie sanft. „Und du? Bist du glücklich mit deinem Leben?"

Laura beobachtet die untergehende Sonne, die in diesem Moment etwas Symbolhaftes verkörpert, als Sven ihr die Frage stellt. Geht in diesem Augenblick ihre bis dahin heil geglaubte Welt unter? Zaghaft versucht sie, Sven eine ehrliche Antwort zu geben. „Bis Samstag dachte ich, mein Leben wäre okay!"

„Und jetzt ist es das nicht mehr?", fragt Sven hoffend, dass dieser Umstand vielleicht mit ihrem Zusammentreffen zu tun haben könnte.

„Vielleicht, ich weiß es nicht genau. Ich habe Manfred als ganz junges Mädchen kennen- und liebengelernt." Nun berichtet Laura von ihrem Beruf als Schneiderin gegenüber dem Münchner Gericht, und wie der stattliche Manfred sie umworben und verwöhnt hat.

„Hey, warum hast du das nicht gleich verraten, als ich dir von Claudia erzählt habe? Wie wär's, wenn du als unsere neue Kostümbildnerin anheuerst? Harry würde unsere jetzige sicher sofort gegen dich eintauschen."

„Wenn das alles so einfach ginge!", seufzt Laura und fährt mit ihrem Bericht über ihre Familie und ihr Leben fort. Dabei verschweigt Laura nicht, dass sie sich in Helenes Anwesen noch heute wie eine Fremde fühlt, und wenn es Streitigkeiten zwischen ihr und der Schwiegermutter gibt, Manfred meistens die Partei seiner Mutter ergreift. Die Hoffnung, dass Helene eines Tages in ein Altenheim umziehen wird, hat Laura längst begraben. Besonders schlimm wird es erst, wenn Max demnächst seinen Sozialdienst beenden und zum Studieren wegziehen wird. Seine humorvolle Art, mit den Eigenarten der Großmutter umzugehen, hat sie wenigstens ab und zu zum Lachen gebracht.

Sven unterbricht die erzählende Laura diesmal nicht, die sich nicht erinnern kann, jemals einem fremden Mann so viel Privates aus ihrem Leben gebeichtet zu haben.

„Du hältst mich sicher für ein dummes Huhn, dass ich mir das alles von meinem Mann und meiner Schwiegermutter gefallen lasse!"

„Nein, das tue ich ganz gewiss nicht! Ich finde es allerdings traurig, dass dein Mann nicht bemerkt, wie sehr du unter der Situation leidest. Dass er dir nicht mehr Rückendeckung gegen seine Mutter gibt, verstehe ich nicht. Ich liebe meine Eltern, aber Lisas Bedürfnisse waren mir immer wichtiger."

In das darauf folgende Schweigen der beiden erklingt plötzlich

Musik aus dem Inneren der Jacht, die inzwischen an einer einsameren Flussstelle vor Anker liegt. Der gefühlvolle Song von Whitney Houston *One moment in time*, berührt Sven und Laura gleichzeitig.

Er erhebt sich vom Tisch und hält Laura seine Hand hin als Aufforderung, mit ihr tanzen zu wollen.

Nur zu gern folgt sie seiner Einladung und schmiegt sich ganz selbstverständlich im Rhythmus der Musik an Svens starke Brust. Sein Duft betört sie erneut, ihren Kopf an seine Schulter lehnend. Selbst ein Mückenschwarm wagt nicht, sich den beiden zu nähern, die in der Umarmung für immer zu verharren scheinen.

Als der Song endet, löst Sven ganz leicht die Umklammerung, um Laura ins Gesicht zu schauen. Einen magischen Moment lang versteift sie sich, um dann endlich jeglichen Widerstand über Bord zu werfen, seine Lippen zu berühren und in einem innigen Kuss alles um sich herum zu vergessen. So sehr sich Laura diesen Augenblick im tiefsten Inneren gewünscht hat, ihre bisherigen Fantasien werden bei Weitem übertroffen. Sven küsst so zärtlich und gleichzeitig so verlangend, dass Laura alle Sinne schwinden. Vergessen sind der Hausfrauenfrust der letzten Jahre und alle Demütigungen der *Zwergin*. Ihr kommt es vor, als hätte sie all das für diesen einen Moment mit Sven ertragen. Möge er niemals vorübergehen und die Zeit stehen bleiben!

Als hätte eine unsichtbare Macht etwas dagegen, spürt Laura plötzlich die schwarze Perlenkette von Manfred auf ihrer Haut brennen und sich wie eine würgende Python um ihren Hals schlingen. Blitzartig schiebt sie Sven von sich und löst die Umarmung.

„Entschuldige!", bringt sie mühsam zustande. „Ich muss mich kurz frisch machen!" Eine Sekunde später ist Laura in der Kajüte verschwunden.

Sven lehnt sich an die Reling, benommen aufs Wasser starrend. Er will Laura nicht kompromittieren und nicht das Gleiche tun wie sein ehemaliger Chef mit seiner Lisa, nämlich eine Ehe zerstören. Lauras Lebensgeschichte hinterlässt bei ihm jedoch erhebliche Zweifel, dass ihre Beziehung zu Manfred wirklich glücklich ist. Ihre leidenschaftliche Erwiderung seines Kusses bestätigt seinen Verdacht. Sie müssen ihr Begehren unter Kontrolle bringen und sich damit abfinden, dass dieser Abend einen einzigartigen Platz in ihrer beider Leben einnehmen wird - mehr nicht. Laura wird zu ihrer Familie zurückkehren, und auf ihn selbst warten einige Monate mit einem vollen Tourneeplan. Sven beschließt, Harry zu bitten, ihn vorläufig nicht mehr für das Date mit der *Königin der Nacht* einzuteilen. Er würde solch einen Abend mit einer anderen Frau nicht ertragen. Seit Lisa hat er nie wieder derartige Gefühle für jemanden entwickelt. Aber für ihn wird es wohl kaum eine Zukunft mit Laura geben.

Wie aufs Stichwort erscheint seine Angebetete zurück auf Deck. Sie hat neuen Lippenstift aufgetragen, als wolle sie die unsichtbaren Spuren von Svens Kuss übertünchen. Es ist nicht mehr die Laura, die vor wenigen Minuten in seinen Armen lag. Das registriert Sven schmerzhaft, als sie ihm zu verstehen gibt, zurück zum Jachthafen zu wollen.

„Verzeih, ich bin müde. Es war ein wunderschöner Abend, und ich werde ihn nie vergessen!"

Sven bemerkt, wie eine Träne sich aus ihrem Auge einen Weg über ihr schönes, zartes Gesicht bahnt, die ihm zuzuflüstern scheint: „Auch ich verlange nach dir, aber es darf nicht sein!" Am liebsten würde Sven sie sofort wieder in die Arme schließen, aber er respektiert ihren Wunsch. Er will ihnen beiden den Abschied nicht schwerer machen als nötig.

Die ganze Rückfahrt stehen die beiden nebeneinander an der Reling, jeder für sich in seine Gedanken versunken und seinen verloren geglaubten Träumen nachhängend.

Als Laura eine Stunde später ihr Hotelzimmer betritt, wirft sie sich heftig schluchzend aufs Bett und trommelt vor Verzweiflung mit den Fäusten aufs Kissen. Wird sie den Abschied von Sven ertragen können?

Es folgt eine fast schlaflose Nacht, in der sie immer wieder zu weinen beginnt und sich im Bett unruhig hin und her wälzt. Sven hat noch eine SMS geschickt:

Danke für den unvergesslich schönen Abend!
Dein Sven

Die bewirkt erst recht, dass Laura sich die vergangenen Stunden immer wieder in Erinnerung ruft. Wie weit wäre sie mit Sven gegangen, wenn Manfreds Perlenkette ihr nicht Einhalt geboten hätte? Es ist eine rein rhetorische Frage, die nicht beantwortet werden kann. Fakt bleibt, dass sie Svens Kuss erwidert und dabei ein heißes Verlangen nach mehr verspürt hat. Wie gut, dass sie ihn nicht wiedersehen und bald in ihr altes Leben zurückkehren wird.

Als die Sonne bereits aufgeht, fällt Laura endlich für einige Stunden ins Traumland, aus dem sie am liebsten nicht mehr aufwachen würde, denn dort trifft sie natürlich auf Sven.

Nach dem Frühstück begibt sie sich in den Internetraum des Hotels, um zu schauen, ob vielleicht eine Mail von Kerstin im Postkasten wartet. Sie wird nicht enttäuscht.

Liebe Laura,
wie war der Abend? Spann mich nicht so lange auf die Folter. Mit dem Telefonieren ist es zurzeit blöd, auch wegen der Zeitverschiebung. Meine Mails rufe ich regelmäßig ab.

Deine Kerstin

Eine Hand legt sich plötzlich auf Lauras Schulter, und sie dreht sich erschrocken um, direkt in Svens fröhliche Augen schauend. „Was machst du denn hier?", klingt ihre Stimme verkrampft. Sie hat sich während der Nacht mühsam mit dem Gedanken abgefunden, Sven nie mehr wiederzusehen, und jetzt gehören alle ihre guten Vorsätze, sich nicht mehr mit ihm zu beschäftigen, von einer Sekunde auf die nächste der Vergangenheit an. Was soll er überhaupt von ihrem schrecklichen Aussehen halten? Sicher entgehen ihm die verquollenen Augen nicht, auch wenn sie sich heute Morgen sorgfältig geschminkt hat.

„Ich musste dich noch mal sehen!", strahlt er seine Königin an, „meine Trainingseinheit fällt daher für heute ersatzlos aus." Sven bemerkt sehr wohl, dass Laura geweint haben muss. Für ihn ist diese Tatsache der Beweis, dass er ihr nicht egal sein kann, was Hoffnung in ihm aufkeimen lässt.

„Aber wir haben gestern beim Abschied extra beschlossen, uns nicht mehr zu sehen, damit wir es besser aushalten", setzt Laura mit ihren Bedenken fort, „außerdem muss ich gleich auschecken und mich auf die Heimreise machen."

„Gute Vorsätze sind dazu da, sie über den Haufen zu werfen. Ein Maharadscha lässt seine Maharani nicht so schnell entkommen."

Erst jetzt realisiert Laura erstaunt, dass Sven in Motorradkleidung erschienen ist. „Was für eine Überraschung hast du jetzt parat?"

„Schon mal im Phantasialand gewesen?"

„Meinst du den Freizeitpark?"

„Genau den, ich habe Lust, etwas Verrücktes mit dir zu machen."

„Ist das nicht etwas für Jugendliche?", äußert Laura ihre Bedenken.

„Nicht nur, auch für Junggebliebene!"

Laura springt vom Stuhl auf, umarmt und küsst Sven flüchtig. „Ich bin froh, dass du gekommen bist. Entschuldige, dass ich so blöd reagiert habe. Natürlich sind wir jung und sollten das Leben genießen und jede Stunde, die wir zusammen verbringen dürfen. Das Zimmer hat Kerstin sowieso bis morgen gebucht, und mich scheint daheim keiner zu vermissen." So eine spontane Bauchentscheidung hat sie nie zuvor in ihrem Leben getroffen.

„Einen Haken hat allerdings unser Ausflug: Ich habe auf die Schnelle keine Leihfirma gefunden, die ein Auto oder ein Motorrad zu vermieten hat."

„Wozu habe ich eine Harley?"

„An die habe ich natürlich gedacht. Dann zieh mal deine tolle Motorradkluft an. Ich trinke so lange einen Kaffee in der Lobby."

Als die beiden wenig später in der Tiefgarage des Hotels die Harley erreichen, versetzt Sven sie erneut in Erstaunen. Manfred wäre es nicht im Traum eingefallen, sich von Laura auf einem Motorrad fahren zu lassen. Sie musste immer hinter ihrem Mann als Beifahrerin Platz nehmen, weshalb sie Sven den Zündschlüssel ganz selbstverständlich hinhält.

„Wieso ich?", fragt Sven erstaunt. „Es ist dein Motorrad."

„Du willst wirklich hinter mir aufsteigen?" Laura kann es nicht glauben.

„Hey, du hast die gleiche Prüfung wie ich gemacht, und auf dem Weg nach Köln konnte ich mich bereits von deiner sicheren Fahrweise überzeugen."

Laura leistet keinen erneuten Widerstand und gibt die Adresse vom Phantasialand ins Navi ein. Es ist anschließend ein prickelndes Gefühl, Svens starke Arme ganz eng um ihren Körper zu fühlen.

Der Freizeitpark ist erwartungsgemäß sehr gut besucht. Die zwei Verliebten tauchen ein in die Welt der Achter- und Geisterbahnen, besuchen spektakuläre Shows und vergessen alles andere um sich herum. Nicht einmal der sperrige und warme Motorradanzug kann Lauras Lebensfreude trüben. Sie gönnen sich nach einer besonders aufregenden Fahrt mit der Wildwasserbahn eine Trinkpause. Bevor sie in der Warteschlange an der Reihe sind, glaubt Sven plötzlich Harry wenige Meter von ihnen entfernt im Gespräch mit einem Mann gesichtet zu haben. Um der Entdeckung seines Managers zu entgehen, zieht er blitzschnell Laura an sich und küsst sie leidenschaftlicher, als das für den Zweck der Tarnung nötig wäre.

„Jetzt knutschen die Rocker schon vor dem Kiosk!", meckert eine alte Frau, die mit ihren Enkeln hinter ihnen steht.

Laura ist von der Kussaktion richtig benommen und mag sich gar nicht mehr aus Svens Armen lösen. „Was war das denn jetzt?"

„Entschuldige, aber ich meine, Harry entdeckt zu haben. Er wollte sich in der Umgebung von Köln nach besonderen Orten für unsere Show im nächsten Jahr umschauen. Natürlich habe ich nicht daran gedacht, dass auch das Phantasialand dafür infrage kommen könnte."

„Aber warum darf er dich denn nicht mit mir sehen?"

„Wie ich schon sagte, ich müsste mit den anderen beim Krafttraining sein." Sven blickt sich wie ein Detektiv um, kann Harry aber nicht mehr ausmachen.

„Du scheinst dich mit solchen Situationen ja bestens auszukennen!", neckt Laura ihren Helden.

„Hauptsache, Harry hat uns nicht erkannt. Dummerweise hatte ich seit unserem Badespaß am Sonntag keine Gelegenheit, mir einen Ersatz für meine liegen gelassene Sonnenbrille zur Tarnung zu kaufen."

„Aber würde Harry dich nicht auch mit Brille erkennen?", fragt Laura treffend.

„Du hast recht, aber er hat mich noch nie in Motorradkleidung gesehen."

Die beiden ahnen in diesem Moment nicht, dass Manfred zur gleichen Zeit im Flugzeug von Stockholm nach München gerade dabei ist, die Tageszeitung aufzuschlagen, wo eine unangenehme Begegnung in Form eines Badespaßfotos auf ihn wartet, mit der er nie im Leben gerechnet hätte.

Manfred putzt extra seine Brille, um das Foto in der Zeitung besser unter die Lupe nehmen zu können. Kann es sich bei der feschen Badenixe im knappen Einteiler mit dem jüngeren, attraktiven Mann tatsächlich um seine Laura handeln? Die abgebildete Frau sieht ihr jedenfalls erstaunlich ähnlich.

Ach was, das ist doch ausgemachter Blödsinn, redet sich Manfred selbst aus, Laura hat seit Jahrzehnten keinen Badeanzug mehr angezogen. Besitzt sie überhaupt einen? Manfred kann sich nicht mehr erinnern, wann sie zuletzt gemeinsam schwimmen waren. Das muss mit Max gewesen sein, als er noch klein war. Er liest den Text unter dem Bild:

Ist der heiß begehrteste Sixpackboy Joe dabei, sein Herz zu verlieren? Wie werden seine weiblichen Fans darauf reagieren?

Jetzt ist Manfred endgültig überzeugt, dass es sich bei der Schönen um eine Doppelgängerin handelt. Was hätte Laura mit einem scheinbar prominenten Mann zu tun, dazu mit einem jüngeren? Zugegeben, der Kerl sieht echt gut aus, das muss der Neid ihm lassen. Selbst Manfred muss Joe alias Sven dieses Privileg zugestehen. Niemals würde so ein Mann jedoch eine Frau wie Laura anbaggern, da ist er sich sicher. Zwar sieht sie ansprechend aus, aber an Sex-Appeal hat sie in den letzten Jahren eingebüßt oder liegt das daran, dass ihre Ehe so eingeschliffen ist?

Manfred kommt zu keinen weiteren Überlegungen, denn eine Stewardess serviert gerade einen Snack. Sie nimmt Manfred die hingehaltene Zeitung ab und wünscht ihm guten Appetit.

Bereits beim kurz darauf eingeleiteten Landeanflug auf München hat Manfred das Foto vergessen. Bald hat ihn der ganz normale Wahnsinn in Bad Hollerbach wieder. Laura wird mit einer Festtagsplatte von Wurst und Käse mit deftigem Brot aufwarten, auf die er sich richtig freut, denn in Stockholm auf der Tagung gab es fast ausschließlich Fisch. Helene wird wieder unentwegt schnattern und jede Einzelheit wissen wollen, was ihr Fredi alles erlebt hat. Wie gut, dass sie keine hellseherischen Fähigkeiten besitzt und Manfred schon immer gut schauspielern konnte. Schließlich mimt er vor Gericht beinahe täglich Theater. So wird hoffentlich niemand merken, dass es keine gewöhnliche Tagung war. Er hat allerdings einen groben Fehler begangen und sich seit Samstag weder bei Laura noch in Bad Hollerbach gemeldet. Er wird einfach behaupten, niemanden erreicht zu haben, und auf den Anrufbeantworter spricht er bekanntlich ungern. Außerdem kann er sich gut herausreden, denn Laura ist diejenige, die ihm eine Erklärung schuldig ist, warum sie Hals über Kopf mit Kerstin nach Köln aufgebrochen ist. Ablenkungstaktik ist der halb gewonnene Prozess.

Laura und Sven brausen mit der Harley auf der Rheinuferstraße in Richtung Innenstadt. Nach einiger Zeit tippt Sven, der wieder hinter ihr sitzt, auf Lauras Schulter und fragt: „Wollen wir auf unser Abenteuer anstoßen?"

Laura kann nur nicken, da sie sich auf den Verkehr konzentrieren muss, um dann wieder in der Hoteltiefgarage zu parken. „Aber lass mich bitte diesen entsetzlichen Anzug loswerden. Was ist mit dir? Willst du dich nicht auch erst umziehen? Wo wohnst du überhaupt?"

„Ziemlich viele Fragen auf einmal", lacht Sven sie an und fährt fort, „ich warte in der Lobby auf dich, und dann zeige ich dir mein Reich. Unser Hotel liegt wenige Gehminuten von hier entfernt. Ich lasse uns dann etwas Leckeres in die Suite kommen."

Lauras Bedenken kehren zurück. Sie soll Sven ins Hotel folgen? Das, was sie gestern Nacht extra nicht gemacht hat, um der Versuchung, doch mit ihm zu schlafen, zu widerstehen?

Sven ahnt, was in Lauras Kopf vorgeht und nimmt ihr die Sorge. „Ich werde mich an unsere Abmachung halten, aber wenn du nicht möchtest, kannst du genauso in der Lobby meines Hotels auf mich warten, während ich mich umkleide, und wir gehen woanders hin."

„Bei dem herrlichen Wetter sollten wir draußen sein und nicht in einem stickigen Hotelzimmer!", schlägt Laura vor, die natürlich nicht weiß, dass Sven nicht in einem gewöhnlichen Zimmer wie sie selbst residiert, sondern in einer kompletten Etage. Wenn die Sixpackboys länger in einer Stadt weilen, bewohnt jeder von ihnen eine komfortable Suite, und diesmal hat Sven sogar eine Dachterrasse mit fantastischem Blick auf die Stadt und den Rhein.

Daher wagt er Lauras Idee zu widersprechen: „Vielleicht überlegst du es dir noch mal, während ich auf dich warte. Du wirst es nicht bereuen!"

„Okay, ich beeile mich!", verspricht Laura, hin- und hergerissen, ob sie auf Svens Vorschlag eingehen soll oder nicht.

In ihrem Zimmer verstaut sie erst einmal ihre Motorradkluft im Schrank. Während sie sich in ihre Jeans manövriert, denkt sie an Kerstin. Sie würde so gerne mit ihr über all ihre Gefühle und das Erlebte reden. Mit niemandem sonst kann sie sich darüber austauschen. Vor der Begegnung mit Manfred graust es ihr. Was wird er denken, wenn sie heute Abend nicht zu Hause ist? Wird er ihr ansehen, dass sie sich in einen anderen Mann verliebt hat? Hat sie sich gerade selbst eingestanden, dass sie Sven liebt? Darüber erstaunt und irritiert zugleich, schlägt sie beide Hände vorm Gesicht zusammen. „Nein, es darf nicht sein", schalt sie ihr Spiegelbild im Badezimmer. „Ich bin stark und habe mich im Griff, und deshalb passiert nichts ins Svens Zimmer."

Kapitel 13

Insgeheim hat Sven nicht damit gerechnet, dass Laura tatsächlich ihre Meinung ändert und mit ihm in seiner Suite einen Snack einnehmen will.

Sie ist mächtig beeindruckt von all dem Prunk, der die Gäste bereits vor dem Hoteleingang erwartet. Hier steht ein Portier mit Zylinder und weißen Handschuhen und fragt jeden, der ins Hotel möchte und den er nicht kennt, ob er behilflich sein kann. Diplomatisch verhindert er somit, dass ungebetene Besucher diesen Luxusschuppen betreten. Zu Lauras grenzenlosem Erstaunen begrüßt er Sven mit: „Guten Tag, Herr Dr. Sander!", und zieht dabei seinen Hut.

Zum ersten Mal hört sie Svens Nachnamen. Wie das klingt *Dr. Sander*. Auf einen Schlag ist das Stripperimage weg, und übrig bleibt der seriöse Arzt.

Als die beiden außer Hörweite des Portiers sind, muss Laura ihre Neugierde befriedigen: „Du steigst im Hotel inkognito ab unter deinem bürgerlichen Namen?"

„Klar, was heißt inkognito? Ich bin Sven Sander", stellt er fest, und Laura realisiert, dass das wirklich keine intelligente Frage von ihr war, aber sie kennt sich eben nicht aus mit dem ganzen Promikünstlergedöns.

Sven steuert auf die Rezeption zu, um nach Nachrichten zu fragen. Die freundliche Empfangsdame schüttelt den Kopf, während Laura die Zeit nutzt, um die riesige Lobby auf sich wirken zu lassen. Lichtdurchflutet und mit zahlreichen riesigen Palmen mutet diese wie ein überdimensionales Gewächshaus an. So viel Großzügigkeit und Platzverschwendung kennt sie bei den Hotels, in denen sie bisher abgestiegen ist, nicht. Allerdings sind vier Sterne die höchste Kategorie, die sie bisher erlebt hat.

Endlich ist Sven fertig und legt ganz selbstverständlich seinen Arm um Lauras Schultern, sie in Richtung eines der Aufzüge bugsierend. Es ist ihm anzumerken, dass er sich in diesem Hotel absolut sicher vor Paparazzi und anderem Medienungeziefer fühlt.

Zu Lauras Verwunderung wählt Sven nicht den Aufzug, der sich gerade vor ihren Augen öffnet, sondern zieht sie leicht nach links zu einem separat gelegenen. Dort gibt es außen gar keine Knöpfe, sondern einen Schlitz, in den Sven eine Chipkarte schiebt. Simsalabim, die Tür zum Königreich tut sich auf.

Galant lässt Sven Laura den Vortritt und drückt dann den Knopf nach oben.

Sie beobachtet alles schweigend, um nicht erneut dumme Bemerkungen von sich zu geben. Es sind einige Sekunden, die der Aufzug fährt, in denen ihr aber tausend Dinge durch den Kopf schießen. Wird Sven sich wirklich an ihre Abmachung halten? Will sie das überhaupt? Sie weiß es selbst nicht und ist froh, als der Fahrstuhl abbremst und sich die Tür öffnet. Gleich breitet sich ein großes Zimmer vor ihnen aus. Eine dunkelrote Ledergarnitur mit TV im Bücherschrank und eine Bar lassen auf das Wohnzimmer schließen. Schweift der Blick geradeaus, bleibt er durch die geöffnete Durchgangstür im Schlafraum hängen, in dem ein Himmelbett mit goldenem Baldachin und perlweißem Tüll darüber zu besonderen Stunden einlädt.

„Gefällt dir meine Behausung?" Ohne eine Antwort abzuwarten, zieht Sven den Vorhang vor dem Fenster zur Seite und entriegelt die Tür zur Dachterrasse. Sanft greift er Laura am Arm, um ihr den atemberaubenden Blick über die Stadt zu zeigen. „Na, kennst du ein vergleichbares Panorama?"

„Ja!", findet Laura zu Svens Erstaunen zu ihrer Sprache zurück, „ich habe eine Dombesteigung gemacht!"

Sven spielt den Enttäuschten: „Und ich war fest überzeugt, dir Köln zu Füßen zu legen!"

„Das tust du auch", will sie alles wiedergutmachen. „Von hier aus ist es viel schöner, vor allem ohne die anderen lästigen Besucher mit ihrer Fotografiersucht."

„Dann mach es dir schon mal auf der Liege bequem, ich muss endlich aus dem heißen Motorradanzug. Soll ich dir erst noch einen Drink bringen? Wodka-Martini geschüttelt oder ein Glas Prosecco?"

„Danke, das ist nett, aber ich kann warten, bis du umgezogen bist."

Laura ist erleichtert, einen Augenblick allein zu sein. Eine innere Stimme flüstert ihr dauernd zu, dass sie nicht in letzter Sekunde schwach werden soll. Diese Suite hat etwas Märchenhaftes und passt voll und ganz zu all den Abenteuern, die sie in den vergangenen Tagen erleben durfte. Schon gestern war der Schlussstrich gezogen. Dann braucht der erotische Mann nur *schnipp* zu machen, und sie ist bereit, für ihn durchs Feuer zu tanzen und den Verstand auszuschalten. Ihr wird plötzlich heiß und kalt zugleich, und sie springt von der Liege, um sich schon mal ein Glas Wasser an der Bar zu holen.

Als sie ins Wohnzimmer tritt, wenden sich ihre Augen wie ferngesteuert in Richtung Schlafzimmer. Die Tür ist nach wie vor nicht geschlossen, und Sven scheint keinen Gedanken daran zu verschwenden, beim Umkleiden beobachtet werden zu können. Natürlich nicht, denn es ist ja sein Job, sich tagtäglich vor vielen Frauen auszuziehen.

Laura schaut fasziniert zu, wie Sven lässig die Motorradhose auszieht und kurze Zeit später in einem knappen Tanga frische Kleidung aus dem Schrank holt. Was muss ich so glotzen?, schimpft sie innerlich mit sich selbst. Ich kenne sein Adamskostüm bereits. Sven hat wirklich das, was man den perfekten Body nennt. Kein Gramm am falschen Platz, und obwohl er muskulös ist, sind seine Bewegungen grazil.

Das schrille Klingeln des Zimmertelefons löst Laura aus ihrer Erstarrung. Schnell wie ein Wiesel flüchtet sie auf die Terrasse, um den Anschein zu erwecken, dort die ganze Zeit gewesen zu sein. Ihr Herz schlägt zum Zerspringen. Das Telefon war ihre persönliche Rettung, sonst wäre sie allen guten Vorsätzen zum Trotz bei Svens Anblick ins Schlafzimmer gestürmt und hätte ihn ins Bett gezerrt.

Kurze Zeit später lauscht sie angespannt, unfähig zu atmen, Svens besorgt klingender Stimme.

„Wie ist das passiert? Was hat Moritz denn gestern nach dem Rockkonzert gegessen? Okay, ich komme kurz runter."

An Svens Miene ist abzulesen, dass etwas Unangenehmes geschehen sein muss, als er sich, nur mit einer Jeans bekleidet, ans Fußende von Lauras Liegestuhl setzt. „Moritz hat eine Lebensmittelvergiftung und liegt im Krankenhaus."

„Oje!", drückt Laura ihr ehrliches Bedauern aus. „Der Ärmste! Und du musst jetzt zu ihm?" Dabei hat sie Mühe, der Versuchung zu widerstehen, ihn einfach zu umarmen. Ihm scheint gar nicht bewusst zu sein, wie sexy er aussieht.

„Später, erst mal hat Harry eine Krisensitzung einberufen. Unsere Show ist auf fünf Leute zugeschnitten, und so schnell kriegen wir keinen Ersatzmann, jedenfalls für heute nicht mehr. Wir müssen also besprechen, wie die Choreografie zu ändern ist und dann proben."

„Soll ich lieber gehen?", bietet Laura an, insgeheim hoffend, eine verneinende Antwort zu erhalten.

„Du kannst gerne bleiben und die Aussicht genießen. Es kann allerdings eine Stunde dauern, bis ich zurück bin. Dann können wir endlich etwas essen, wenn du magst."

Und ob Laura mag. Sie hatte schon Angst, sofort für immer Abschied nehmen zu müssen. Aber wäre das nicht sogar humaner? Je länger sie in Svens Dunstkreis bleibt, desto größer scheint der Trennungsschmerz zu werden.

„Ich beeile mich, das Problem mit den anderen zu lösen, versprochen. Es liegen Zeitschriften drinnen auf dem Tisch. Die kannst du lesen, falls es zu langweilig wird." Eine Spur länger als nötig küsst Sven Laura auf die Lippen, als würde er spüren, dass das ihr letzter gemeinsamer Moment sein wird.

Ist Laura etwa auf der Terrassenliege eingeschlafen? Sie blinzelt in die Sonne, die inzwischen nach Westen gewandert ist und ihr mitten ins Gesicht brennt. Ein Blick auf die Armbanduhr verschafft der Verwirrten Gewissheit, dass die von Sven angekündigte Stunde, zu der er bei Harry zur Krisensitzung gerufen wurde, längst vorüber ist. Soll sie ihn auf dem Handy anrufen? Sofort verwirft sie diese Idee wieder. Kein Mensch mag es, wenn ihm nachspioniert wird. Sie weiß ja, mit wem er zusammen ist, und das Problem, Moritz so kurzfristig zu ersetzen, kann bestimmt nicht so schnell gelöst werden. Das Leben und Arbeiten der Sixpackboys ist folglich nicht immer Eitel, Freude, Sonnenschein. Irgendwie tröstlich, dass der Promialltag dem der Normalsterblichen ähnlich sein kann.

Laura wird es zu warm in der Sonne, und sie sucht vergeblich innen am Fenster nach einem Schalter für eine Markise, die Schatten spenden könnte. Etwas gelangweilt nimmt sie auf einem der roten Sofas Platz.

Wie Sven gesagt hat, liegen auf dem Tisch vor ihr viele, verschiedene Zeitschriften. Keine trifft so wirklich ihren Geschmack. In erster Linie handelt es sich um Sportmagazine oder die gesunde Ernährung betreffend. Es leuchtet ein, dass Sven auf sein Essverhalten achten muss, nicht nur, um die Topfigur zu halten, sondern um genügend Energie zu tanken, die anstrengenden Tanznummern jeden Tag zu meistern. Sie muss lächeln, als sie eine Zeitung mit gesunden Rezepten durchblättert. Was würde Sven wohl von ihr als Köchin halten, wenn er wüsste, dass sie ihrem Schwiegermonster zum Frühstück immer einen Krapfen mit Spiegelei zubereitet? Er würde sicher an ihrem Verstand zweifeln. Recht hätte er, und sie beschließt, ab sofort nicht mehr als Helenes persönliche Sklavin zu fungieren.

Den Ernährungsratgeber zuschlagend, schweifen Lauras Augen weiter über den Tisch und entdecken ein Album. Einen kurzen Augenblick zögert sie, dann siegt ihre Neugier. Sven hat ausdrücklich betont, dass sie die Dinge auf dem Tisch ansehen darf, warum nicht auch das Fotoalbum?

Gespannt schlägt sie die erste Seite auf und liest die

Überschrift von dem, was sie anschließend beim Weiterblättern erwartet:

Die Königinnen der Nacht

Soll sie wirklich ihre Vorgängerinnen betrachten und damit die Einmaligkeit ihres eigenen Dates infrage stellen? Noch lässt sich das Album zuschlagen, und die Illusion, auch für Sven etwas ganz Besonderes gewesen zu sein, bleibt für alle Ewigkeit erhalten. Sofort ist der unvergessliche Abend auf der Jacht präsent. *One moment in time* wird Laura ihn nennen, was ihn in ihrem Herzen für immer unsterblich macht. Auf der anderen Seite ist es egal, wie Sven mit den anderen Frauen das Date verbracht hat. Tatsache ist, dass offensichtlich keine bei ihm für länger punkten konnte.

Lauras zunächst zurückgezogene Hand blättert mechanisch die nächste Seite um. Erleichtert stellt sie bei der Begutachtung der ersten *Königinnen* fest, dass sie keine gefährliche Konkurrenz bedeuten. Entweder sind sie nicht attraktiv oder ziemlich alt. Die nächste Seite lässt die Betrachterin jedoch auf der Stelle erstarren. Auf lose eingelegten Fotos ist ihr eigenes Date zu sehen, sie selbst mit Sven vor der Stretchlimousine. Dazwischen befindet sich eine Notiz, die ihr einen gehörigen Schlag in den Magen versetzt:

Hallo Sven,
 wie versprochen hier schon mal die ersten Abzüge für Deine Trophäensammlung. Diesmal hast Du ja wahres Schwein mit Deiner Begleitung gehabt. Die Tussi poliert Deine PR gehörig auf.

Mit besten Grüßen, Fabian
Magazin Promitreff

Schwein gehabt? Mit der Tussi?, verunglimpft dieser ungehobelte Klotz von Möchtegernpromifotograf ihr Date mit Sven.

Einer augenblicklichen Ohnmacht nahe, realisiert die Geschockte, dass es sich bei dem Albuminhalt tatsächlich um eine Trophäenanhäufung handelt, bei der sie als vorläufiges Schlusslicht nichts weiter darstellt, als eine Frau von vielen. Der Abend mit ihr war nichts Außergewöhnliches für Sven. Er hat ihr gegenüber seine ganz normale Show abgezogen, dieser Mistkerl.

Laura möchte schreien, toben, wüten, brüllen, aber stattdessen hockt sie wie zur Salzsäule erstarrt auf dem Sofa und kann gar nichts tun. Das Schrillen des Zimmertelefons weckt unfreiwillig ihre Lebensgeister und lässt sie zusammenfahren. Es ist bestimmt Sven, der sie vertrösten will. Auf keinen Fall wird sie das Gespräch annehmen. Hektisch klappt sie das Album zu und legt es exakt dorthin, wo es vorher gelegen hat.

Jetzt heißt es, von diesem Ort in Schallgeschwindigkeit zu verschwinden. Doch wie soll Laura die Suite verlassen können? Sie hat keine Chipkarte für den Fahrstuhl. Fieberhaft schwirren sämtliche Alternativen in ihrem Kopf herum. Bettlaken zusammenknüpfen und über den Balkon abseilen? So ein Quatsch, sie sieht zu viele Actionfilme, wenn auch nur Manfred zuliebe. Den Zimmerservice rufen? Keine gute Idee, das dauert zu lange und würde ihre Dummheit dokumentieren.

In ihrer Verzweiflung trommelt Laura gegen die Aufzugtür und landet mehr aus Versehen auf einem Knopf an der Zierleiste. Fünf Sekunden später kündigt ein Rauschen den hochfahrenden Fahrstuhl an, dessen Schiebetür sich automatisch öffnet. Laura glaubt an die guten Geister, die sie rief, und kann durchatmen. Was sie nicht weiß, ist, dass man zum Hinaufgelangen zur Suite zwar eine Chipkarte benötigt, aber nicht fürs Hinunterfahren in die Lobby. Doch woher soll Laura solche Sicherheitsmechanismen kennen, die der uneingeschränkten Flucht bei Feueralarm dienen? Es ist das erste Mal in ihrem

Leben, dass sie eine Suite betreten hat. Egal, es ist geschafft, der Weg aus dem Hotel und damit aus Svens Umgebung scheint frei. Hoffentlich will der Trophäensammler nicht ausgerechnet nach oben fahren, wenn sie unten ankommt. Das Zittern ihrer Knie verrät, wie aufgewühlt sie innerlich sein muss. Ihre schlimmsten Befürchtungen bestätigen sich zum Glück nicht, und das heimliche Verlassen des Hotels stellt keinerlei Problem dar.

Der freundliche Portier zieht seinem Job entsprechend den Zylinder, als Laura aus der Drehtür ins Freie tritt.

„Beehren Sie uns bald wieder, gnädige Frau! Einen wunderschönen Tag!"

Laura bringt ein kurzes Nicken zustande, denn ein mächtiger Semmelknödel steckt ihr im Hals und erstickt jede Höflichkeitsfloskel im Keim. Dabei möchte sie dem Mann am liebsten an den Kopf werfen, dass sie diesen Ort der Wahrheit und Erkenntnis über Svens vorgetäuschte Gefühle ganz sicher nie wieder aufsuchen wird.

Nur mühsam kann sie ihre Tränen zurückhalten, bis sie in ihrem eigenen Hotelzimmer, die Tür hinter sich zuknallend, dem Wasserfall freien Lauf lässt. „Was habe ich dämliche Kuh mir eingebildet? Eine Provinztussi bin ich", klagt sie sich selbst an.

Während Laura ihre Siebensachen zusammenpackt, versucht sie mit Eigenbeschimpfungen ihre Hilflosigkeit zu bekämpfen. Keine Sekunde länger als nötig wird sie in Köln bleiben!

Kapitel 14

In Windeseile stürmt Laura mit ihrem Gepäck und in Motorradmontur das Treppenhaus des Hotels hinunter. Keuchend legt sie der verdutzten Empfangsdame den Zimmerchip auf den Tresen.

„Sie wollen abreisen?"

„Ja, ein Notfall in der Familie!", lügt Laura druckreif.

„Das tut mir leid, aber ich kann Ihnen die bereits bezahlte Nacht nicht erstatten! Dann hätten Sie vor zwölf Uhr auschecken müssen."

„Das ist in Ordnung!" Laura hat einzig den Wunsch, so schnell wie möglich ihren Rückweg nach Bad Hollerbach anzutreten. Doch die Angestellte lässt sie nicht so ohne Weiteres aus ihren Klauen. „Haben Sie etwas aus der Minibar getrunken?"

„Nein, und ich habe auch keine Handtücher geklaut!" Mit ungewohnter Schärfe wendet sich Laura einfach zum Gehen. Sie hat gründlich die Nase voll von Köln, obwohl die tolle Stadt gar nichts für ihren desolaten Zustand kann.

Als sie gerade die Harley in der Tiefgarage starten will, brummt ihr Handy in der Innentasche ihrer Lederjacke. Soll sie nachschauen, wer es ist? Sven? Der ist der letzte Mohikaner, mit dem sie jetzt sprechen will. Aber wenn es Kerstin ist, die endlich Gelegenheit zum Telefonieren hat? Bestimmt möchte die Freundin wissen, ob sie wieder zu Hause ist. Nachdem Laura den Zündschlüssel wieder nach links gedreht hat, schaut sie aufs Display. Es ist Sven, den sie sofort wegdrückt. Dieser Typ kann ihr mal den Buckel runterrutschen.

Dem Navi folgend führt der Weg aus Köln hinaus in Richtung Süden. Jeder Entfernungskilometer, der die Harleyfahrerin von Sven trennt, verschafft ihr freiere Atemwege.

Unglücklicherweise schlägt das gute Wetter nach etwa einhundert Kilometern Fahrt plötzlich um. Nieselregen außerhalb des Helms und Tränen innerhalb verschlechtern die Sicht und verhindern eine zügige Heimreise. Lauras Glieder schmerzen jetzt schon. Sie ist einfach fertig mit den Nerven, woran die letzte schlaflose Nacht Schuld trägt und vor allem die Tatsache, dass sie sich wie ein dummer, verliebter Teenager verhalten hat. Wie konnte sie einem Mann wie Sven, für den alles nur Show bedeutet, bloß auf den Leim gehen? Aber hätte er seine ganze Freizeit für Laura geopfert, wenn er nicht wirklich an ihr interessiert gewesen wäre? Warum hat er ihr Intimes aus seinem Leben wie die Geschichte mit seiner Frau Lisa erzählt? Alle Gedankenspiele helfen nicht weiter, sie ist und bleibt eine einfache Hausfrau aus Oberbayern, die durch einen Zufall für kurze Zeit am Promidasein schnuppern durfte. Auf Svens Tournee wird es viele *Königinnen der Nacht* geben, die sich dann auch einbilden dürfen, von ihm oder einem anderen Sixpackboy begehrt zu werden. Bei dieser Vorstellung wird Laura ganz übel. Eine andere Frau in Svens Armen, zu ihrem Lieblingssong tanzend, nein, das will sie nicht wahrhaben. Das darf nicht sein.

Ein Schluchzer schüttelt sie derartig, dass sie das Motorrad zu weit nach links zieht, und allein ein Hupkonzert einen Zusammenprall mit einem überholenden Auto verhindert.

Endlich kündigt ein Schild den nächsten Rastplatz an. Laura muss dringend eine Pause einlegen und einen starken Kaffee trinken, um einigermaßen wach zu bleiben. Gerade mal ein Drittel der Strecke Köln - Bad Hollerbach ist bewältigt, und bei dem geringen Tempo dauert die Fahrt mindestens bis Mitternacht. Soll sie zu Hause Bescheid geben, dass sie unterwegs ist? Das aus der Jackentasche hervorgeholte Handy zeigt eine erhaltene SMS an:

Wo bist Du? Suche Dich überall. Warum bist
Du ohne eine Nachricht einfach verschwunden?
In Sorge, Dein Sven

„Pah, in Sorge! Wer's glaubt, wird selig!", murmelt Laura vor sich hin und kann ein kleines Glücksgefühl in der Magengegend nicht leugnen, dass ihm ihr Verschwinden offensichtlich nicht gleichgültig ist. Soll sie ihm antworten? Nein, nicht jetzt, vielleicht später!

Nach weiteren fünfzig Kilometern und einem erneuten Beinaheunfall siegt Lauras Vernunft über den Willen, es noch an diesem Tage bis Bad Hollerbach zu schaffen.

In einer kleinen, unweit der Autobahnausfahrt gelegenen Pension findet die Gebeutelte endlich ein wenig Ruhe. Sie schickt eine entsprechende SMS an Max, dass sie erst morgen eintreffen wird.

Sven erhält keine Rückmeldung von ihr, denn sie ist entschlossen, den Kontakt ein für alle Mal komplett abzubrechen, obwohl drei Anrufe von ihm auf dem Handy registriert sind.

Laura weiß nicht, was ihn in der Krisensitzung erwartete, während sie im Liegestuhl auf der Dachterrasse träumte, sonst würde sie sicher nicht so hart mit ihm ins Gericht gehen und an seiner ehrlichen Zuneigung zu ihr zweifeln.

Harry war nämlich nicht nur außer sich wegen Moritz' Erkrankung, sondern knallte Sven selbiges Zeitungsfoto vor die Nase, das Manfred bereits auf seinem Flug ins Auge gestochen war.

Der Ertappte zog die Stirn kraus und kratzte sich am Kinn. Wirklich zu blöd, dass er nie vorsichtig genug sein konnte und irgendein Paparazzo oder eine Paparazza genau den Moment nutzte, als er Laura am Fühlinger See küsste.

„Was soll ich davon halten?", brüllte Harry los. „Das ist eindeutig die Frau von der Maharadscha-Nummer neben dir auf dem Handtuch, und du bist ihr näher, als dein Vertrag es erlaubt."

„Hey", verteidigte sich Sven, „ich kannte Laura bereits vor der Show, und es war ein unglaublicher Zufall, dass sie die *Königin der Nacht* wurde. Ich habe nichts Vertragsbrüchiges mit ihr angestellt."

„Na, schön", erwiderte Harry etwas besänftigt, „aber du weißt, dass solche Entgleisungen ein gefundenes Fressen für die Presse sind. Die nächsten Gewinnerinnen wollen dann auch so eine Rundumbetreuung von euch. Willst du das?"

Den Zerknirschten vortäuschend, schüttelte Sven den Kopf und dachte dabei an Laura in seiner Suite. Gut, dass Harry davon nichts ahnte. Er wiederum hatte keine Idee, dass seine Traumfrau längst das Weite gesucht hatte.

Während Sven an diesem Abend auf der Bühne nicht ganz bei der Sache ist und einige Male aus dem Takt kommt, schläft Laura traumlos den Schlaf der Gerechten.

Sehr früh am nächsten Morgen setzt sie einigermaßen erholt die Fahrt fort und erreicht, diesmal von Tränen und Regen verschont, Bad Hollerbach. Alles ist so, wie sie es einige Tage zuvor verlassen hat. Nichts deutet auf die außergewöhnlichen Ereignisse der letzten Zeit hin.

Die Gartenzwerge begrüßen sie in Reih und Glied und scheinen sie frech anzugrinsen und zu sagen: „Und was hat dir die ganze Tour gebracht? Bist du eine andere geworden?"

Mit einem unguten Gefühl verstaut Laura die Harley in der Garage. Inzwischen muss Manfred ja spätestens Bescheid wissen, aber bis zum Abend gibt's Schonfrist, weil er heute schon wieder in München in der Kanzlei zu arbeiten scheint. Jedenfalls ist der Mercedes nicht da, und der Golf und Max' Fahrrad fehlen ebenfalls. Seltsam, Helene wird wohl kaum mit dem Auto unterwegs sein. Sie hat sich, seit Laura den Chauffeur für sie spielt, nicht mehr selbst ans Steuer gesetzt. Nachdem die Harley ordnungsgemäß auf ihrem angestammten Platz abgestellt ist, betritt Laura mit zwiespältigen Gefühlen das Haus. Früher hat sie sich immer gefreut, nach dem Urlaub wieder heimzukommen, den vertrauten Familiengeruch wahrzunehmen und im eigenen Bett zu schlafen. Heute stellt sich keine Freude ein, von dem Wiedersehen mit ihrem Sohn einmal abgesehen. Niemand scheint die Rückkehrende zu erwarten, alles bleibt still. Es ist Mittwoch, und Helene trifft sich mit Erna und Anna wie immer im Hollerwirt. Max wird im Dienst sein. Das kommt ihr gerade gelegen, und sie beschließt, zunächst die Motorradkleidung loszuwerden und anschließend die vom Helm zerdrückten und verschwitzten Haare zu waschen.

Als Laura schließlich den Föhn ausschaltet und sich ihre Mähne bürstet, sind Geräusche im Flur zu hören. „Ach, bitte nicht!", jammert sie, „ich ertrage Helene jetzt nicht."

Es hilft nichts, sie muss sich in die Höhle der *Zwergin* begeben. Mit gesenktem Kopf pilgert sie in die Küche, wohin sich die Geräusche verkrümelt haben.

„Du?", fragt Laura und glaubt zu träumen.

„Ja, ich, leibhaftig und seit gestern im Hause Baumgartner zu Gast." Kerstin breitet ihre Arme aus, in die Laura stürmisch wie ein kleines Kind fliegt.

„Ich kann es nicht glauben. Kommst du direkt aus New York?"

Kerstin nickt: „Ja, mein Chef hat eingesehen, dass ich einige Tage Pause benötige, bevor ich nach Shanghai fliege. Die letzten Wochen waren ziemlich turbulent. Ich dachte, ein Trip nach Bad Hollerbach wäre genau die richtige Erholung, auch, weil ich dir deinen Geburtstag vermasselt habe."

„Dafür konntest du ja nichts, und von *Vermasseln* kann ohnehin nicht die Rede sein", stellt Laura klar. „Wann bist du denn eingetroffen?"

„Gestern Abend. Dein Max hat mich sehr nett willkommen geheißen und mich im Gästezimmer einquartiert. Heute überließ er mir sogar euren Golf, damit ich endlich mal wieder zum Friseur konnte. Ich hoffe, es ist dir recht? Deinen Mann habe ich nur kurz gestern Abend begrüßt. Er ist sehr spät von Stockholm zurückgekommen und faselte was von schlechten Wetterbedingungen in Schweden, die den Abflug verzögerten."

„Natürlich, ich freue mich, dich ganz nah bei mir zu haben." Vorsichtig hakt Laura nach: „Und Helene, wie hat sie dich empfangen?"

„Total nett, ich kann mich nicht beklagen. Stell dir vor, sie hat mir sogar angeboten, heute mit zu ihrem Stammtisch zu gehen, damit ich nicht so einsam bin. Ich habe den Eindruck, dass sie dich vermisst."

„Es geschehen scheinbar Wunder!" Laura traut dem Braten jedoch nicht. Sie ist sich sicher, dass die *Zwergin* sich in den letzten Tagen nicht verändert hat, sondern lediglich ungern auf ihre Dienste verzichtet.

Die beiden Frauen setzen sich an den Küchentisch, nachdem Laura eine Flasche Prosecco geköpft hat, und stoßen an. „Alles Gute für dich, und ich hoffe, du hast Köln auch ohne mich genossen. Aber bevor Helene zurückkommt, erzähl mir schnell das Wichtigste von Sven. Wirst du ihn wiedersehen?", platzt Kerstin vor ungezügelter Neugier.

Wie aufs Stichwort öffnen sich Lauras Tränenschleusen, und Kerstin springt auf und reißt geistesgegenwärtig ein Stück von der Küchenrolle ab, um es der Freundin zu geben.

„Entschuldige, ich konnte ja nicht wissen, dass es dich derartig erwischt hat."

„Wie meinst du das?", schluchzt Laura.

„Na, dass du dich in den Kerl verguckt hast, merkt ein Blinder."

Ihr Gespräch wird jäh unterbrochen, und Laura kann gerade noch schnell die Nase putzen und so tun, als habe sie sich unterwegs verkühlt, als Helene schnaufend im Türrahmen erscheint.

„Ach, da ist ja die Abtrünnige wieder und hat uns ein paar Bazillen aus Köln mitgebracht. Erna und Anna sind stinksauer, weil ich sie an deinem Geburtstag wieder ausladen musste. Sie haben heute kaum ein Wort mit mir geredet", speit die *Zwergin* ihr Gift und ist gleich wieder verschwunden. Aus dem Flur ist noch mal ihre Stimme zu vernehmen: „Ich hoffe, es gibt gleich was zu essen!"

„Das zum Thema *Helene hat dich vermisst!"*, bemerkt Laura nüchtern an Kerstin gewandt.

Vor einigen Tagen hätte sich Laura mächtig über Helenes Auftritt geärgert, aber als sie Kerstins blitzende Augen und anschließend ihren Stinkefinger in Richtung *Zwergin* sieht, kann sie vor Lachen kaum atmen. Die Freundin hat offensichtlich die richtige Art, dem Schwiegermonster zu begegnen. Die Tränen versiegen vorläufig.

Schelmisch öffnet Kerstin den Kühlschrank und entnimmt ihm eine Flasche Obstler. „Habe ich extra auf dem Flughafen gekauft, um das Monster heute Abend vorzeitig schachmatt zu setzen. Den mag Helene doch gerne, soweit ich das von meinem letzten Besuch in Erinnerung habe. Dein Manfred legt übrigens laut Max heute eine Nachtschicht ein und kommt erst später. Er muss einen dringenden Fall vorantreiben. Das verschafft uns einen ungestörten Plauderabend."

Laura ist glücklich, dass Kerstin ihr zur Seite steht. Schon komisch, dass Manfred ausgerechnet bei ihrer Rückkehr etwas Dringendes in der Kanzlei zu tun hat. Vermisst hat er seine Frau scheinbar nicht. Dabei hatte sie sich eingebildet, heute ihren Geburtstag ein bisschen nachzufeiern.

„Weißt du, ob Manfred wegen der Harley sauer ist? Haben Helene oder Max irgendetwas erzählt?"

„Nein, bisher jedenfalls nicht!"

In diesem Moment klingelt ein Handy. Es ist Lauras, das sie leichtsinnigerweise im Flur liegen gelassen hat. „Entschuldige mich bitte kurz!" Wie von der Tarantel gestochen stürzt sie aus der Küche, um nicht zu riskieren, dass Helene womöglich rangeht. Ihr Herz klopft wie wild, denn insgeheim hofft sie, es möge Sven sein, auch wenn sie vorhat, das Gespräch nicht anzunehmen. Ihre Vermutung bestätigt sich. Diesmal spricht er auf die Mailbox. Damit niemand mithören kann, schleicht Laura ins Bad, das zum Glück nicht von der *Zwergin* belegt ist. Sie hockt sich auf den Toilettendeckel und ruft mit zitternden Fingern die Nachricht ab:

Bitte ruf mich zurück. Was habe ich getan, dass ich nicht einmal eine kurze Nachricht verdient habe? Bedeute ich Dir gar nichts? Ich vermisse Dich! Dein Sven

Ist das Heuchelei? Warum sollte Sven sie anlügen? Wenn es reine Show von ihm war, würde er sie doch in Ruhe lassen und froh sein, dass sie sich nicht mehr meldet. Laura wird Kerstin konsultieren. Vielleicht hat die Freundin als Außenstehende eine Antwort auf die Frage, was sie tun soll. Wäre es nicht das Klügste, Sven anzurufen und ihm zu sagen, dass es schön mit ihm war, aber jeder wieder in sein Leben zurückkehrt ohne den anderen? Sie müsste die total Coole spielen, und das kann sie nicht. Ihre unsichere Stimme würde ihm sofort verraten, dass er ihr nicht gleichgültig ist und dass die vergangenen Tage kein Spielchen für sie waren.

Ihre Grübelei wird abrupt gestört, als ein mächtiger Donnerschlag das Haus erschüttert. Ein himmlisches Zeichen?

Als sie in die Küche zurückkehrt, hat Kerstin bereits den Tisch fürs Abendessen gedeckt. Sie kennt sich bestens im Baumgartnerschen Haushalt von anderen Kurzbesuchen aus.

„Wieso hast du nur zwei Gedecke aufgelegt?"

„Helene hat eben, als du weg warst, gestanden, dass sie, Erna und Anna bereits im Hollerwirt eine Schlachtplatte verdrückt haben und sie doch nicht zum Abendessen erscheint."

„Aber das ist normalerweise kein Grund für sie, dem Tisch fernzubleiben. Ihr könnte ja etwas Interessantes entgehen, was sie an ihre Freundinnen weitertratschen könnte."

Kerstin lächelt spitzbübisch: „Sie ist mit dem Obstler ins Wohnzimmer abgezogen und schaut Hansi Hinterseer."

„Welch ein Glück, dann können wir ungestört quatschen."

Nach drei Stunden wirft Laura einen nachdenklichen Blick auf ihre Armbanduhr. „Seltsam, dass Manfred immer noch nicht zurück ist."

„Sei doch froh, dann musst du ihm erst morgen unter die Augen treten!", stellt Kerstin lakonisch fest und drückt damit Lauras geheimen Wunsch in Worte aus, die alles andere als erpicht darauf ist, ihrem Mann zu begegnen.

„Du hast recht, gehen wir schlafen. Morgen ist auch noch ein Tag, und der wird sicher nicht so angenehm."

Die beiden Freundinnen fallen sich in die Arme, um anschließend in ihren Zimmern zu verschwinden.

Laura gelingt es nicht, Ruhe zu finden, denn das Ehebett kommt ihr plötzlich fremd vor, und sie mag nicht daran denken, es wieder mit Manfred teilen zu müssen. Schon hört sie ihren Mann rumoren, und schnell stellt sie sich schlafend, als er ins Zimmer poltert.

„Bist du wach?", flüstert Manfred so leise, als würde er das Gegenteil hoffen.

Laura reagiert nicht, aus Sorge, er könne womöglich etwas von ihr wollen, was bei ihr ganz sicher nicht auf dem Nachtprogramm steht. Die Vorstellung, ihr Mann würde sie anfassen, lässt ihr einen kalten Schauer über den Rücken laufen. Wie soll das zukünftig weitergehen? Vor ihrem inneren Auge laufen die Momente mit Sven wie ein Film ab. Angefangen von ihrer ersten Begegnung in der Mühle, wo sie regelrecht die Flucht vor den Männern ergriffen hat, über ihre Rettung durch selbige wenig später auf der Landstraße, die Eskorte nach Köln und dann dieser unglaubliche Zufall, der Laura in die Show führte, wo sie alle Boys wiedertraf, allen voran Sven, den Supermann.

Als sie aus ihren Tagträumen erwacht, sind die gewohnten nächtlichen Begleitgeräusche zu vernehmen, die ihr endgültig die Nachtruhe verhageln. Frustriert, deprimiert und von einer tiefen Traurigkeit befallen, rafft sie das Bettzeug zusammen und verkriecht sich auf das Sofa in ihrem Zimmer. In einem Kästchen im Regal ist der Flakon deponiert, den sie öffnet und den Duft von Sven einsaugt. Das Lied *One moment in time* kommt ihr in den Sinn und lässt sie endlich einschlafen.

Der Hahn vom nahe gelegen Nachbarbauernhof kräht in aller Herrgottsfrühe, um Laura auf den Plan zu rufen. Sie erwacht übernächtigt. Trotzdem springt sie sogleich auf, drapiert ihr Bettzeug leise neben Manfred, damit es so aussieht, als habe sie wie gewohnt neben ihm die Nacht verbracht.

Die anschließende kalte Dusche tut Laura gut. Das auf ihre Haut herunterprasselnde Wasser scheint auch ihre Gedanken für den Augenblick reinzuwaschen. Es gilt jetzt, sich auf andere Dinge zu konzentrieren. Mit Kerstin gibt es viel zu bereden, und für Max sollte sie ebenfalls Zeit finden.

Mechanisch bereitet Laura das Frühstück vor, genau wie vor ihrer Kölnreise, und doch ist jetzt alles anders. Svens Antlitz will ihr einfach nicht aus dem Kopf. Tut sie ihm unrecht? Wäre es nicht fair, ihm wenigstens eine SMS zu senden? Aber wenn sie das tut, wird er wieder antworten und der Trennungsschmerz größer.

Helene platzt ungewöhnlich früh in Lauras Grübeleien: „Morgen, liebe Laura!"

Liebe Laura? Hat die unfreiwillige *Krapfen - Spiegelei - Schwiegertochter* da tatsächlich richtig gehört? „Guten Morgen, Helene! Hat der Hahn dich aus dem Bett fallen lassen?"

Fast flüsternd verneint die *Zwergin* und hält sich die Hand an die Stirn: „Hast du ein Aspirin für mich?"

Mechanisch entnimmt Laura dem oberen linken Küchenschrank das gewünschte Beutelchen und reicht es der Schwiegermutter.

„Ich muss nachher mal allein mit dir reden, wenn Fredi nach München aufgebrochen ist. Ich glaube, ich habe gestern Abend Mist gebaut. Der Obstler von Kerstin war einfach zu lecker."

Aha, daher weht der Wind. Helene ist so freundlich, weil sie scheinbar etwas ausgefressen hat. Wenn sie ihren Sohn nicht ins Vertrauen zieht, muss es etwas Schlimmes sein. Laura spürt die Gunst der Stunde und lässt nebenbei verlauten, dass keine Krapfen mehr vorrätig sind.

„Macht doch nichts, das Zeug ist ungesund, und ich esse jetzt lieber Schwarz- oder Graubrot. Kerstin kennt sich gut mit Ernährungsfragen aus. Jeden Tag das süße Zeug und ein Spiegelei sind Gift für meinen ohnehin schon erhöhten Cholesterinspiegel."

Laura gleitet vor Staunen der Brotkorb aus der Hand, und Kerstin, die gerade den Raum betritt, fängt ihn im letzten Moment auf. Helenes Worte hat auch sie gehört und zwinkert ihrer Freundin deshalb spitzbübisch zu.

Einige Sekunden später füllt sich die Küche mit Max, und gleich hinterher erscheint Manfred im Türrahmen, der seinem Sohn den Vortritt lässt, seine Mutter herzlich zu begrüßen.

„Wie war es denn in Köln? Kerstin hat gestern kurz erzählt, dass einiges schiefgelaufen ist."

Manfred haucht seiner Frau währenddessen einen flüchtigen Kuss zur Begrüßung auf die Wange und hakt in Max' Frage ein: „Warum bist du nicht eher wiedergekommen, als feststand, dass Kerstin in London feststecken würde?"

„Weil ich eine Auszeit gebraucht habe!" Mehr ist Laura nicht zu entlocken.

Zum Glück lässt Manfred es zunächst bei dieser Erklärung bewenden. Er hat andere Probleme zu bewältigen und vergisst darüber ganz, das Thema Harley zur Sprache zu bringen.

Als Max und sein Vater das Haus verlassen haben und Kerstin in das Gästezimmer gegangen ist, um sich für eine Wanderung umzuziehen, rückt Helene mit ihrem Ärger raus: „Ich habe gestern einen oder zwei Obstler zu viel getrunken und habe aus Versehen eine Reise nach China gebucht."

Laura wirft ihrer Schwiegermutter einen zweifelnden Blick zu: „Wie willst du denn das gemacht haben? Ich denke, du hast Hansi Hinterseer geschaut."

„Habe ich ja auch, aber danach bin ich auf den Verkaufskanal gekommen. Es wurden viele verschiedene Sachen angeboten, unter anderem eine super Kaffeemaschine. Anna und Erna haben auch so eine. Die wollte ich kaufen, habe aber die Nummern scheinbar verwechselt und bei der Hotline die von der Reise angegeben."

„Du machst Sachen! Und was soll ich jetzt tun? Das ist eher was für Manfred, der sich mit solchen Problemen auskennt."

„Auf gar keinen Fall!", beschwört Helene ihre Schwiegertochter, „ich vertraue dir. Du kannst das genauso. Fredi schärft uns immer ein, dass wir nichts unüberlegt im TV oder per Hotline bestellen sollen. Wie stehe ich denn jetzt da?"

„Dann gib mir mal die Telefonnummer, und ich schaue, was du angestellt hast."

„Danke dir. Ich bin dir auch nicht mehr böse, dass du mich an deinem Geburtstag mit Erna und Ana hast auflaufen lassen."

„Das wäre ja auch noch schöner!", ist der einzige Kommentar, den Laura dazu abgibt.

Kapitel 15

Eine Stunde später sind Laura und Kerstin schon ein ganzes Stück die Alm hinaufgelaufen. Kuhglockengeläut und eine herrliche Aussicht auf das Alpenpanorama täuschen eine Idylle vor, die in Lauras Herz nicht existiert. Beide Frauen laufen eine Weile schweigend nebeneinander her, jede in ihrer eigenen Gedankenwelt.

„Du beschäftigst dich gerade mit Sven, richtig?", errät Kerstin plötzlich die Gedanken der Freundin und bleibt stehen.

Ertappt hält auch Laura im Schritt inne: „Ich weiß nicht, wie es weitergehen soll. Ich habe ein schlechtes Gewissen, obwohl ich Manfred nicht betrogen habe, aber ich tue es dauernd in meiner Fantasie, und das macht mir Angst!"

„Du bist über beide Ohren in Sven verknallt! Entschuldige, wenn ich dir das nochmals so direkt ins Gesicht sage. Freu dich, dass du zu solchen Gefühlen fähig bist. Ich an deiner Stelle wäre mit ihm ins Bett gestiegen. Du lebst nur einmal, und so wie ich dein Dasein hier beurteilen kann, ist es nicht gerade sehr abwechslungsreich!"

„So eine lange Ehe einfach wegschmeißen?", stellt Laura Kerstins Aussage infrage. „Ich habe es bei Manfred immer gut gehabt, und wir lieben unseren Sohn. Hätte ich unser Familienglück wegen einer Nacht mit Sven aufs Spiel setzen sollen?"

„Glaubst du, dein Mann ist dir immer treu gewesen? Kannst du ausschließen, dass er auf all seinen Kongressen kein Techtelmechtel hatte?"

„Wissen tue ich es nicht, aber merkt man als Frau nicht, wenn beim Mann eine andere im Spiel ist?"

„Du hast mir anvertraut, dass bei euch schon lange nur ab und zu sporadisch etwas läuft. Wie willst du dann etwas merken?"

Laura beißt sich auf die Unterlippe. Kerstin hat leider recht. Das Liebesleben zwischen Manfred und ihr hat sich in den letzten

Jahren auf Minusgrade abgekühlt. Wenn sie ehrlich ist, braucht er sie auch in Zukunft nicht mehr anzufassen. Sie könnte es nicht ertragen und müsste immer an Svens elektrisierende Berührungen denken.

„Außerdem bist du bald mit deiner *Zwergin* allein. Wenn Max seinen Sozialdienst beendet hat, wird er studieren und in eine andere Stadt ziehen. Und Manfred hat seinen Job in München."

„Aber ich kann dann wieder mehr mit Manfred unternehmen, und vielleicht finden wir wieder zueinander", hofft Laura und glaubt nicht wirklich an diese Möglichkeit.

„Da hinten sehe ich eine Bank. Komm, lass uns ein wenig dort verschnaufen und die herrliche Aussicht genießen! Die werde ich in Shanghai ganz sicher vermissen", schlägt Kerstin vor und setzt sich in Bewegung, ohne Lauras Antwort abzuwarten.

Den Faden des Gesprächs wieder aufgreifend, führt Kerstin die Schwiegermutter gnadenlos ins Feld: „Du denkst ernsthaft, dass Helene euch beide euer eigenes Leben führen lässt? Ich glaube, da bist du auf dem Holzweg. Die ist und bleibt eine alte Egoistin, auch wenn sie von jetzt an auf ihre Spiegeleikrapfen verzichtet. Mein Rat: Nutze jetzt die Gelegenheit, dass sie von deiner Verschwiegenheit Manfred gegenüber abhängig ist. Du hast die teure Reise wieder rückgängig gemacht, wofür sie dir vorläufig dankbar ist. Sie muss nicht wissen, dass es dich lediglich einen kurzen Anruf gekostet hat, den sie selbst hätte tätigen können. Was du zukünftig nicht mehr willst, das lass sein! Die Alte wird sich schnell daran gewöhnen. Sie ist im Grunde ihres Herzens nicht böse, sondern verbittert, warum auch immer. Vielleicht war ihre Ehe nicht so harmonisch, wie es den Anschein hatte, und sie hat sich zu sehr an Manfred geklammert, der dadurch zum Mamasöhnchen mutierte."

„Hey, an dir ist ja eine Psychologin verloren gegangen", staunt Laura.

„Andere kann ich glasklar durchleuchten, nur bei mir selbst steh ich oft auf dem Schlauch."

„Wie meinst du das? Du und Probleme?"

„Ja, habe ich, mit meinem Job, mit meinem Singleleben. Ich spiele nach außen die Coole, bin es aber nicht. Mir wird die ewige Fliegerei von einem Ende der Welt ans andere allmählich lästig. In meiner schönen neuen Wohnung in Frankfurt bin ich vielleicht sechs Wochen im Jahr. Freundschaften kann ich persönlich kaum pflegen, höchstens per Mail oder Telefon. Nicht alle sind so verständnisvoll wie du."

„Aber du siehst die ganze Welt, lernst immer neue Menschen, neue Kulturen kennen!", hält Laura dagegen.

„Glaub mir, ich würde das alles im Moment gerne gegen einen Schreibtischjob und eine feste Beziehung eintauschen."

Intuitiv legt Laura ihren Arm um die Schultern der Freundin: „Um deine Worte zu benutzen: Auch du kannst jederzeit etwas Neues anfangen."

Kerstin lehnt ihren Kopf an Lauras Schulter: „Weißt du, dass du der einzige Mensch bist, mit dem ich so quatschen kann? Einfach genial, dass wir uns bei diesem idiotischen Kochkurs getroffen haben."

Beide lachen in Erinnerung daran, wie sie sich gemeinsam von dem Römertopf befreit hatten.

Die Sonne verschwindet allmählich hinter dem gegenüberliegenden Berg. Zeit umzukehren, denn sie haben stundenlang geplaudert und alles um sich herum vergessen.

Einsam und verlassen hockt Laura am PC und liest Kerstins Zeilen, die sie von ihrem Laptop aus geschickt hat. Am Morgen ist die Freundin direkt von München nach Dubai geflogen und von dort aus nach Shanghai. Was bleibt, sind die unpersönlichen Kommunikationswege. Aber besser die, als gar keine, und so beginnt Laura mit ihrer Antwort.

Liebste Kerstin,
über Deine zahlreichen SMS habe ich mich riesig gefreut,

linderten sie ein wenig unseren Abschiedsschmerz. Ich hoffe, wir halten unsere gegenseitigen Versprechen und besuchen uns einige Male im Jahr. Vielleicht fahren wir sogar gemeinsam in Urlaub? Das hatten wir doch immer schon mal ins Auge gefasst. Ich bin gespannt, wie es bei Dir weitergeht, ob Du tatsächlich nach Deinem Shanghai-Aufenthalt den Mut aufbringst und Deinen Chef um weniger Reisetätigkeit bittest. Mir geht es nicht gut. Ich habe definitiv Panik, heute Abend das erste Mal nach meinem Köln-Trip mit Manfred allein zu sein. Helene lässt sich kaum blicken. Sie täuscht vor, Migräne zu haben und vergräbt sich in ihrem Zimmer. Ich gebe zu, Schadenfreude zu empfinden, dass sie endlich mal kleine Brötchen ohne Spiegelei backt☺. Auf der anderen Seite fällt sie dadurch als eine Art Prellbock zwischen Manfred und mir weg, sodass wir allein miteinander kommunizieren müssen. Ich vermute, dass er wegen Dir bisher stillgehalten hat, was seine Harley anbelangt, und heute das Gewitter über mich hereinbrechen wird. Hast Du nicht auch das Gefühl, dass er sich mir gegenüber seltsam verhält? Sicher, Du weißt nicht, wie es vor seiner Dienstreise war, aber Du verfügst über ein besonderes psychologisches Gespür. An Sven denke ich Tag und Nacht. Er schickt mir immer noch jede Menge SMS, die ich nicht beantworte. Es ist besser so. Irgendwann wird er aufhören und mich vergessen, ich ihn umgekehrt nicht. Nie hätte ich gedacht, für einen anderen Mann solche Gefühle entwickeln zu können. Aber jetzt wiederhole ich mich und möchte Dir meine Tagträume ersparen.

Ich drücke ganz fest die Daumen, dass bei Dir alles klappt und Du bald Dein Leben so gestalten kannst, wie Du es Dir vorstellst.

*In Verbundenheit,
Deine Laura*

Kaum ist die Mail an Kerstin abgeschickt, kündigt das Handy, das Laura seit ihrer Köln-Tour immer in ihrer Nähe platziert, eine neue SMS an. Insgeheim hofft die Verliebte natürlich, dass Sven nicht aufgibt, und richtig, er schreibt:

> *„Liebe Laura,*
> *findest Du es fair, mir keine Verteidigungsmöglichkeit zu geben? Was immer der Grund für Deine Flucht und Dein Verhalten ist, ich entschuldige mich für alles. Melde Dich doch bitte endlich! Ich möchte wissen, ob es Dir gut geht. Wir reisen heute nach Hamburg ab, und ich freue mich schon, meine Eltern dort zu treffen. In die Vorstellung werden sie nicht kommen, aber das wollen Frieder und ich auch gar nicht. Es wäre für alle Beteiligten peinlich. Ich bin zurzeit in meiner Suite und warte sehnsüchtig auf ein Zeichen von Dir.*
>
> *Alles Liebe, Dein Sven*

Lauras Finger drückt mechanisch auf die Antworttaste und beginnt zu schreiben:

> *„Lieber Sven, bitte lass mich in Ruhe!"*

Schnell löscht Laura die Zeile wieder, zu unerträglich ist ihr plötzlich der Gedanke, dadurch den Kontakt zu ihm für immer abzubrechen. Seine SMS sind wie Balsam auf ihrer kranken Liebesseele, halten sie doch ihre Illusion aufrecht, begehrt und geliebt zu werden, auch wenn ihre Vernunft etwas anderes sagt. Die Fotos von all den *Königinnen der Nacht* als Svens Trophäen sprechen dagegen. Sie hat sich lediglich in diese Sammlung eingereiht.

Der Alltag holt die Grübelnde wieder ein, als die *Zwergin* im Türrahmen erscheint. Anzuklopfen gehört nicht zu Helenes

Höflichkeitsrepertoire. Auf diese Weise demonstriert sie, dass es ihr Haus ist, in dem Manfred, seine Frau und Max mit wohnen dürfen.

„Die schmutzige Wäsche türmt sich im Keller!", stellt die *Zwergin* fest. „Ich habe keine saubere Unterwäsche mehr."

Laura schnauft vor emporsteigender Wut. Kaum ist die Luft rein und Manfred aus dem Haus, scheint Helene wieder Oberwasser zu bekommen. Sie wiegt sich offensichtlich in Sicherheit, was ihre Verschwiegenheit anbelangt. „Ach, keine Migräne mehr?" Laura kann einen ironischen Unterton nicht vermeiden. „Weißt du nicht, wie man eine Waschmaschine bedient?"

„Ist das meine Aufgabe?", zischt die Alte schnippisch wie eh und je zurück. „Wer hat sich denn gut erholt in Köln? Ich oder du?" Schon stampft sie wie ein Arbeitspferd auf dem Acker davon.

Seufzend bleibt Laura zurück. Ihre Hoffnung, Helene könne sich tatsächlich zum Positiven verändert haben, zerplatzt in diesem Moment wie eine Seifenblase.

Wie ferngesteuert steigt sie in die Waschküche hinab und sieht die Bescherung. Dem Kleidungshaufen nach zu urteilen, werden dies fünf oder sechs Maschinen sein. Als die Familie zu Helene zog, fand Laura den direkten Wäscheschacht vom Badezimmer in den Keller super, nicht ahnend, dass das einen erheblichen Nachteil für sie selbst bedeuten würde. Jeder Mitbewohner wirft jeden Tag seine schmutzige Wäsche in den Schacht, ohne dass diese irgendwo störend oder riechend herumliegt. Würden sich diese Kleidungsstücke zum Beispiel im Badezimmer stapeln, sähe das anders aus. Natürlich ist Laura selbst schuld, dass sie vom Einzug an ganz selbstverständlich alle Haushaltätigkeiten übernommen und ihre eigenen Bedürfnisse darüber vergessen hat. Wie hat sie es genossen, in Köln von einem Mann nach Strich und Faden verwöhnt zu werden! Eine tiefe Traurigkeit überfällt sie bei dem Gedanken, so etwas wahrscheinlich nie mehr wieder erleben zu dürfen. Sich in ihr Schicksal ergebend, kehrt Laura an diesem Tag mehrmals in den Keller zurück, um die Waschmaschine zu entleeren und erneut zu befüllen. Es ist unerträglich, Manfreds und Helenes Sachen sortieren zu müssen. Wo sind ihre Vorsätze geblieben, nicht mehr als Sklavin fungieren zu wollen? Offensichtlich in Köln!

Erschöpft und unglücklich deckt sie anschließend den Abendbrottisch für zwei, denn Helene wird bestimmt an ihrer Migräne festhalten, wenn ihr Fredi heimkehrt. Max ist zu Eva nach nebenan gegangen und wird vielleicht gar nicht zurückkommen. Hilfe!, schießt es Laura durch den Kopf, dann bin ich ja mit Manfred allein.

Im nächsten Moment vernimmt sie den Schlüssel in der Haustür. Möge es bloß Max sein! Ihr Stoßgebet verhallt ungehört im Universum, denn zwei Sekunden später erscheint Manfred in der Küche. Er wirkt wie versteinert und blickt unglaublich böse, als er schweigend eine Zeitschrift auf den Küchentisch knallt.

Laura wischt sich in Zeitlupentempo die gerade gewaschenen Hände am Handtuch ab, und ihr Magen zieht sich wellenförmig zusammen. Schon aus der Entfernung wird ihre Befürchtung Gewissheit. Sven und sie haben es auf die Titelseite geschafft. Ein Albtraum!

Böse wie ein abgerichteter Kampfhund blickend, wartet Manfred auf eine Reaktion von Laura, die sich nicht traut, den *Promitreff* näher in Augenschein zu nehmen.

„Woher hast du die Zeitschrift?", bringt Laura mühsam hervor, um Zeit für eine Erklärung zu schinden, wobei sie sich insgeheim fragt, was an dem Foto anrüchig sein soll.

„Das tut nichts zur Sache", poltert Manfred zurück, „sag du mir lieber, was für ein Kerl das ist und wieso du so aufgetakelt von seinem Bizeps umklammert wirst?"

„Ich, ...", stottert Laura wie eine in die Falle gelockte Maus, „... ich habe ein Promidinner bei einer Show mit einem der Darsteller gewonnen. Deshalb bin ich ja auch länger in Köln geblieben. Was ist denn an dem Foto so schlimm?", wagt Laura mit etwas zurückgewonnenem Selbstbewusstsein zu fragen. Was fällt Manfred überhaupt ein, in solch einem Ton mit ihr zu reden? Sie hat schließlich kein Verbrechen begangen.

Wie Laura kurze Zeit später klar wird, geht es gar nicht um das Titelfoto. Manfred packt die Zeitschrift und knallt sie mit Wucht vor Lauras Brust, dass sie ein wenig zurückstrauchelt.

„Spinnst du jetzt!", entfährt es ihr entrüstet.

„Schlag Seite 49 auf, sofort!", lässt Manfred keinen Zweifel daran, dass seine Wut einen anderen Grund haben muss.

Laura tut arglos und blättert, wie ihr geheißen, die angegebene Seite auf. Intuitiv schlägt sie staunend ihre rechte Hand vor den Mund und glaubt nicht, was sie sieht. Es ist das Paparazzafoto von ihr und Sven am Fühlinger See. Sie ahnt in diesem Moment nicht, dass selbiges bereits Sven in Schwierigkeiten bei Harry gebracht hat und der Grund für sein langes Wegbleiben in der Krisensitzung gewesen ist.

„Na, willst du immer noch behaupten, das Treffen mit diesem ... diesem Muskelprotz hätte harmlosen Charakter? Für wie blöd hältst du mich?", redet Manfred sich in Rage.

„Beruhige dich bitte!", versucht Laura besänftigend auf ihn einzuwirken. „Sven ist mit mir sonntags zum Schwimmen gefahren, um mir die Zeit zu vertreiben."

„Sven?", verschluckt sich Manfred. „Meine Frau macht mit einem Stripper rum, ich fasse es nicht!", brüllt er weiter, dass es auch seine Mutter in ihrem Zimmer mitkriegen muss. „Das Foto ist mir schon im Flieger aufgefallen. Das war bereits in der Tageszeitung am Dienstag im Feuilleton. Ich glaubte natürlich an eine Fata Morgana, auch wenn mir die Ähnlichkeit der Pseudobadenixe mit dir gleich ins Auge stach."

„Und, was hat das deiner Meinung nach wohl zu bedeuten? Dass ich mit Sven anschließend in die Kiste gesprungen bin? Bist du etwa eifersüchtig?", kontert Laura.

„Pah, ich soll eifersüchtig auf einen Stripper sein, der sich täglich selbst prostituierend vor Hunderten von Frauen auszieht und dazu noch erheblich jünger ist als du? Das ist einfach lächerlich!" Jetzt wirft Manfred mit verletzenden und kränkenden Parolen um sich. Was Laura sich einbildet, dass so ein Typ gerade auf eine Landpomeranze wie sie steht und dass sie sich nicht schämt, das Ansehen der Baumgartners zu beschmutzen. Als gelte es, ein Strafrechtsplädoyer vor Gericht zu halten, poltert er weiter, bis Laura ihn einfach stehen lässt und aus der Küche flüchtet.

Im Flur unweit der Tür prallt sie auf die *Zwergin*, die offensichtlich gelauscht hat und gerade den Mund zu einem unqualifizierten Kommentar öffnet.

„Und du sagst jetzt nichts!", zischt sie ihrer Schwiegermutter im Vorbeirennen zu. Schnell huscht sie ins Nähzimmer und schließt von innen ab. Verzweifelt wirft sich Laura aufs Sofa und bringt keinen klaren Gedanken zustande. Gut, auf dem Foto sieht es für Außenstehende so aus, als seien Sven und sie ein Paar. Natürlich hat die heimliche Fotografin die Bildunterschrift extra so verfasst, dass der Fantasie der Leser keine Grenzen gesetzt werden. Sie ist bestimmt auch die Ursache dafür, dass das andere, harmlose, Foto vor der Stretchlimousine sogar aufs Titelblatt geraten ist. Sven hatte Laura nämlich ausdrücklich versichert, dass das Foto des Dates nur hinten im *Promitreff* eine kleine Ecke einnehmen würde. Wie hatte das am See passieren können? Weder Sven noch sie selbst haben irgendjemanden mit einer Kamera dort gesehen. Sonst hätten bei Sven sicher sämtliche Alarmglocken geläutet. Zu blöd, dass er so unvorsichtig war und seine Sonnenbrille abgesetzt hat. Aber alle Grübeleien, warum es so gekommen ist, helfen Laura nicht weiter. Sie muss überlegen, wie sie Manfred beruhigen und ihre Ehe retten kann. Es ist für sie nicht nachvollziehbar, dass ihr eigener Mann ihr gleich einen Seitensprung zutraut. Nie hat Laura in all den Jahren einen einzigen Blick auf andere Männer geworfen, geschweige denn mit einem geflirtet. Wie kann Manfred also auf so eine absurde Idee kommen? In ihrer Verzweiflung schaut sie auf die gelbe Uhr an der Wand. In Shanghai kann sie unmöglich anrufen. Auch Kerstin braucht ihren Schlaf nach solch einer langen Reise. Deshalb springt Laura vom Sofa auf und fährt den PC hoch. Erneut kriecht die Ausweglosigkeit der Situation in ihr hoch, als sie Kerstins Mail entdeckt. Die Freundin nennt die Wahrheit bezüglich Sven beim Namen und hält ihr den Spiegel vor. Aber wie soll sie aus dem ganzen Dilemma herauskommen? Sie kann sich nicht zu Sven bekennen und ihn auf seinen Tourneen rund um den Globus begleiten. Was wäre das für eine Beziehung? Kann sie überhaupt sicher sein, dass es Liebe zwischen ihnen ist und nicht nur eine zeitweilige, magische Anziehungskraft? Sven und die anderen Sixpackboys führen ein weitestgehend frauenloses Leben, zumindest während sie auf Tour sind. Da ist es nahe liegend, dass Sven vielleicht eine kleine Schwäche für Laura zeigte und es genossen hat, mit ihr zusammen zu sein. Es war einfach eine prickelnde Abwechslung für ihn. Nichts weiter!

Kerstin sieht das offensichtlich anders. Aber wieso kann sie das? Sie kennt Sven nicht. Die Freundin hat jedoch schon öfter mit ihren psychologischen Fähigkeiten recht behalten, und Laura möchte nur allzu gern glauben, dass Sven keine Show mit ihr abgezogen hat, sondern sie wirklich liebt. Bisher unterlag sie dem Glauben, dass wahre Liebe ausschließlich langsam wachsen kann, dass es die auf den ersten Blick nicht gibt, höchstens im Film, wo alle gerne belogen werden wollen.

Einige Tränen mit dem Handrücken abwischend, beginnt Laura folgende Antwortmail:

Liebe Kerstin,
so gerne würde ich glauben, was Du schreibst, und den Mut haben, zu meinen Gefühlen zu stehen. Ich bin zu sehr eingefahren in meinem Leben und möchte mich immer auf sicherem Terrain bewegen. Außerdem muss ich an die Familie denken, wobei mir Helene inzwischen wirklich egal ist. Aber wie sollte ich meinem Sohn verklickern, dass ich seinen Vater und ihn verlasse, um mit

einem Stripper durchzubrennen? Manfred hat mich zur Rede gestellt und ist schier ausgerastet, nachdem er im Promitreff auf ein pikantes Foto mit mir und Sven am See gestoßen ist. Keine Ahnung, wer es geschossen hat, aber derjenige ist bestimmt auf der Karriereleiter ein Treppchen hochgestiegen. Es ist zum Heulen! Manfred hat alles in den Schmutz gezogen und traut mir mit Sven einen One-Night-Stand zu. Hätte ich doch wirklich mit ihm geschlafen!

Hat Laura das tatsächlich gerade geschrieben? Liest es und lässt den Satz stehen. Ja, sie bereut es, sich Sven nicht gegönnt, seinen ganzen Körper erkundet und seine Haut geschmeckt zu haben. Von diesem Gedanken besessen, übersieht sie in Kerstins Mail den vorsichtigen Hinweis, dass mit Manfred etwas nicht ganz koscher ist. Er war nicht deutlich genug, um Laura in ihrer momentanen Verwirrtheit direkt mit der Nase drauf zu stoßen, dass Manfreds Ausraster möglicherweise ein Vertuschungsmanöver zu seinen eigenen Gunsten ist. Wie Kerstins Auftraggeber in Shanghai berichtet hatte, war er zufällig am selben Tag wie Manfred von Stockholm aus geflogen und hatte keine schlechten Wetterbedingungen. Alle Flüge gingen planmäßig raus.

Nachdem Laura die Mail abgeschickt hat, verspürt sie Erleichterung und sucht, sich auf dem Sofa zusammenrollend, ein wenig Schlaf.

Kapitel 16

Am nächsten Morgen fasst Laura den Entschluss, nach Rosenheim zu düsen und sich eine eigene Motorradkluft zu kaufen. Sie muss sich selbst irgendetwas Gutes tun, und sie hat wieder Geschmack am Fahren gewonnen. Es ist nicht einzusehen, warum der Ausflug auf der Harley nach Köln eine einmalige Angelegenheit bleiben soll. Schließlich hat sie damals nicht für den Führerschein gebüffelt, um ihn anschließend den Motten zum Fraß vorzuwerfen. Sollte Manfred ihr die Harley nicht ab und zu überlassen wollen, wird sie ihre Ersparnisse zusammenkratzen und eine eigene, kleinere Maschine kaufen. Demnächst werden beim Trachtenverein neue Kostüme fällig, und die Einnahmen dafür werden ihren Wunsch erfüllen. Sicher wird Max sie dabei beraten und kann das Motorrad mitnutzen. Das Gefühl von Freiheit und Unabhängigkeit, das sie auf ihrer Reise nach Köln wiederentdeckt hat, möchte sie zukünftig nicht mehr missen.

Als Laura nach zwei Stunden voll bepackt mit Tüten aus Rosenheim zurückkehrt, staunt sie nicht schlecht. Vor der Haustür befindet sich eine Box, aus der wimmernde Laute zu ihr dringen. Was soll das denn bedeuten? Hat etwa jemand die Baumgartners auserkoren, um bei ihnen sein Haustier auszusetzen? Laura stellt die Tüten ab und bückt sich hinunter zu dem jammernden Etwas. Ein winziges Kätzchen blickt ihr erwartungsvoll mit braunen Kulleraugen entgegen. Erst jetzt bemerkt Laura die rote Schleife am Gitter und die daran befestigte Karte. Sie ist an sie persönlich adressiert, trägt aber keinen Absender. Wirklich merkwürdig. Nachdem Laura die Einkaufstaschen im Haus deponiert hat, trägt sie die Katzenunterkunft in den Garten, setzt sich in einen Stuhl und öffnet den Umschlag. Das kann doch nicht wahr sein, was sie da liest.

Liebe Frau Baumgartner,
leider konnten wir Ihnen unser Geschenk an

Ihrem Geburtstag nicht persönlich überreichen, und auch heute trafen wir Sie nicht an. Wir hoffen, Ihnen mit dem Kätzchen eine Freude zu bereiten.

Mit besten Grüßen
Anna Gruber und Erna Markreiter

Laura lässt die Karte in ihren Schoß sinken und weiß nicht, ob sie lachen oder weinen soll. Diese alten Weiber sind wohl übergeschnappt. Bestimmt steckt Helene dahinter. Von wegen Erna und Anna haben extra ein Geschenk für sie gekauft! Das Kätzchen stammt garantiert vom Bauernhof von Ernas Sohn. Dort werfen die Katzen dauernd Junge im Überfluss, und niemand weiß, wohin damit. Schon oft wurde Max gefragt, ob er nicht eines haben wollte. Das konnte Laura jedes Mal verhindern, denn aus Erfahrung kennt sie das Problem, dass Kinder schnell die Lust an einem Haustier verlieren, wenn sie sich selbst darum kümmern müssen. In ihrer Familie gab es einen Hund namens *Waldi*, und das Interesse, bei Wind und Wetter mit ihm Gassi zu gehen, war nach wenigen Wochen erloschen. Wie oft musste ihre Mutter mit ihm beim Tierarzt hocken. Niemand nahm ihr das ab. Sie fügte sich notgedrungen in ihr Schicksal, denn an den Züchter zurückgeben oder ihn ins Tierheim bringen, brachte sie nicht übers Herz.

Es war bestimmt die Idee der *Zwergin*, um sich wegen der ins Wasser gefallenen Feier an Laura zu rächen. Was soll sie jetzt machen? Niedlich ist das Tierchen ja, da gibt es keinen Zweifel. Behalten wird sie es aber auf keinen Fall und wenn die *Zwergin* einen Kopfstand macht. Sicher bekommt sie einen Tobsuchtsanfall, wenn die böse Schwiegertochter das gut gemeinte Geschenk verschmäht. Kann Laura denn gar nichts mehr ungestraft genießen?

Gerade kam sie beschwingt aus der Stadt zurück, und gleich

wartete eine unangenehme Überraschung auf sie. Dabei kann das arme Viecherl gar nichts dafür.

Max schreckt sie aus ihren Überlegungen und wedelt mit einem geschlossenen Briefumschlag: „Hier bist du also! Ich suche dich schon im ganzen Haus. Ich habe Post vom Hochschulstart und will sie mit dir zusammenlesen", und dann erstaunt auf die Box deutend, „was ist das denn?"

Seine Mutter seufzt: „Du wirst es nicht glauben, aber es handelt sich um ein Geschenk von Erna und Anna. Eine Katze!"

Max zieht zweifelnd die Augenbrauen hoch, um sich dann selbst vom Inhalt der Box zu überzeugen. „Ich kriege die Krise. Als kleiner Junge durfte ich keine haben, und jetzt hast du selbst eine."

„Glaubst du vielleicht, ich behalte sie? Das Ganze ist doch bestimmt auf dem Mist deiner Großmutter gewachsen. Wahrscheinlich denkt sie, das Tier würde mich endgültig ans Haus ketten. Da hat sie sich aber geirrt."

Max lässt sich neben Laura auf die Bank plumpsen, legt den Brief beiseite und öffnet das Gitter des Käfigs, um das Kätzchen herauszuheben. Sofort krallt es sich in seinem Pullover fest, als wolle es sagen: „Mich wirst du so schnell nicht mehr los!"

„Schau mal, wie niedlich!", hält Max die Mieze seiner Mutter vors Gesicht, die augenblicklich ein Kribbeln in der Nase verspürt und heftig niesen muss. Das Tierchen fällt vor Schreck von Max' Arm und flüchtet unter die Bank.

„Gesundheit, Ma!"

Laura vermag nicht herauszuhören, ob ihr Sohn das ehrlich meint oder verärgert über ihr Niesen ist, denn er geht auf Tauchstation, um die Katze einzufangen. Es gelingt ihm glücklicherweise recht schnell, und er bugsiert die Mieze vorsichtig zurück in die Box, wo sie sofort wieder zu wimmern anfängt.

„Na, das kann ja heiter werden. Sicher hat sie Kohldampf. Ich hole ihr mal etwas Milch aus der Küche." Schon verschwindet

Max im Haus. Lauras Blick fällt auf die Bank und den Brief, der wegen der Katze in Vergessenheit geraten ist. Es wird wohl die Mitteilung über den heiß ersehnten Studienplatz sein, auf die Max schon seit einer Woche wartet. Was mag die wieder für Überraschungen parat haben? Auf der einen Seite wünscht Laura ihrem Sohn von ganzem Herzen, dass sich sein Traum vom Medizinstudium erfüllt, auf der anderen Seite hat sie Angst vor seinem Auszug. Mit der *Zwergin* und Manfred allein, ohne die Rückendeckung von Max, dieses Szenario mag sie sich gar nicht ausmalen.

Max balanciert den Teller mit der Milch hinaus und platziert ihn gleich in der Box. Gierig schlabbert die Mieze daraus.

„Willst du nicht deinen Brief endlich aufmachen?", erinnert Laura an den Grund, warum er sie ursprünglich gesucht hat.

„Schau du nach. Ich traue mich nicht. Bestimmt ist es eine Absage!"

Laura überlegt nicht lange, reißt den Umschlag auf und liest. Max kann an ihrem Mienenspiel zunächst nicht erkennen, was drinsteht. „Mensch, Ma, spann mich nicht auf die Folter!"

Laura ringt sich ein Lächeln ab: „Du hast den Medizinplatz!"

„Was? Wirklich?" Max umarmt seine Mutter und führt dann vor Freude einen Indianertanz auf dem Rasen auf. Plötzlich hält er inne. „Und wo?"

„In Berlin!"

Augenblicklich schlägt Max' Freude in Enttäuschung um. „Aber das ist ja total weit weg. Mindestens sechshundert Kilometer. Da will ich nicht hin."

„Hey", versucht Laura ihn zu trösten, „freu dich doch, dass du überhaupt einen Platz bekommen hast und das nur nach einem Jahr Wartezeit. Das ist doch sensationell."

Max lässt sich ins Gras fallen. „Aber ich bin gerade mal einige Monate mit Eva zusammen. Wenn ich so weit weg studiere, kann ich sie nicht mehr sehen."

„Du hast fünf Monate Semesterferien, und Eva wird im

nächsten Jahr mit ihrer Ausbildung fertig. Dann kann sie sich eine Stelle in Berlin suchen, wenn eure Liebe hält."

„Ja, wenn sie hält!" Max' anfängliche Euphorie über seinen Studienplatz ist wie weggeblasen.

Insgeheim kann Laura ihren Sohn sehr gut verstehen. Distanzen in der Liebe scheinen manchmal unüberwindbar.

„Vielleicht gibt es nach einigen Semestern die Möglichkeit, nach München zu wechseln. Jetzt freu dich erst einmal, dass es geklappt hat!"

„Bist du nicht traurig, wenn ich in Berlin wohne?"

„Doch, natürlich hätte ich dich lieber in der Nähe, aber wir können uns nicht alles im Leben aussuchen und müssen uns ab und zu mit Kompromissen abfinden."

Max nimmt erneut neben seiner Mutter Platz. „Du hast wie meistens recht. Besuchst du mich in Berlin?"

Laura nickt und hält mühsam die Tränen zurück. Um Ablenkung bemüht, weiht sie Max in ihre Pläne hinsichtlich des Motorradfahrens ein. Begeistert will er sofort ihre neue Montur begutachten und findet es klasse, dass sie endlich mal etwas für sich selbst tut und nicht immer nur für die Familie.

„Und was sollen wir mit der Mieze anstellen?", grübelt Max, „ich kann sie schlecht mit nach Berlin nehmen."

„Erst einmal stelle ich nachher Helene zur Rede. Es ist ihr Problem, die Katze an Erna zurückzugeben."

„Genau, du darfst bei Oma nicht mehr klein beigeben. Bald bin ich weg und kann dich nicht mehr unterstützen."

Das Abendessen verläuft alles andere als harmonisch. Ernas und Annas Geschenk ist der Auslöser für Differenzen bei Tisch.

Helene ist an Scheinheiligkeit nicht mehr zu übertreffen: „Ist es nicht reizend von den beiden, dir das Geschenk zu geben, obwohl du sie ausgeladen hast?"

„Ich hatte sie gar nicht eingeladen, folglich konnte ich sie nicht ausladen", ist Lauras aufmüpfige Antwort und zu Manfred gewandt, „was sagst du denn zu unserem Familienzuwachs?" Wenn sie gehofft hat, ihr Mann würde ihr wenigstens jetzt einmal zur Seite stehen, so hat sie sich gründlich geirrt.

Ausnahmsweise betupft Manfred mit einer Serviette seinen Mund, bevor er in Helenes Horn tutet: „Ich finde es auch nett von den beiden. Katzen sind pflegeleicht, niemand muss Gassi mit ihnen gehen, sie verjagen die Maulwürfe im Garten und fangen die Mäuse im Gartenhäuschen."

„Igitt, daran habe ich ja noch gar nicht gedacht. Anschließend schleppt sie die erbeuteten Viecher ins Haus", ekelt es Laura.

„Das machen nur Kater, du hast eine weibliche Katze", verwirft die *Zwergin* ihre Bedenken.

„Ach, du weißt ja gut Bescheid. Wolltest wohl selbst keinen Kater im Haus, weil es dich vor Mäusen gruselt."

„Hört auf mit der Streiterei! Wir können es ja mal mit dem Katzerl probieren", schlägt das Oberhaupt der Familie vor und wird durch einen heftigen Niesanfall von Laura unterbrochen.

„Hast dich scheinbar am See erkältet", fährt er anschließend fort, „oder war dein Loverboy krank, als er dich küsste?"

„Wer hat wen geküsst, Fredi?" Die *Zwergin* bekommt rote Ohrläppchen vor Sensationslust.

„Ach ja, Mutter, du weißt es noch nicht. Deine Schwiegertochter hat sich in Köln mit einem Stripper vergnügt." Manfred schaut nicht vom Teller auf, sondern beschmiert in aller Seelenruhe eine neue Brotscheibe mit Leberwurst, als wäre sein Statement das Normalste der Welt.

Laura springt auf und knallt ihre Serviette auf den Tisch: „Du bist unmöglich und gemein!" Keine Sekunde wird sie weiter bei den beiden Giftspeiern ausharren. Wie gut, dass Max das alles nicht mitbekommen hat, der mit seinen Studienneuigkeiten zu Eva rübergegangen ist. Er wird seinem Vater und seiner Großmutter selbst beibringen müssen, dass er Medizin zu studieren gedenkt und nicht Jura. Bisher war dies Lauras und sein Geheimnis. Manfred wunderte sich zwar, warum Max nach dem Abitur nicht gleich mit Rechtswissenschaft in München begonnen hat, akzeptierte aber sein Argument, ein Jahr mal etwas Abstand von der Lernerei nehmen zu wollen. Zu Manfreds Zeit sorgte die Bundeswehr dafür.

Laura ist froh, dass sie ihre Motorradeinkäufe noch rechtzeitig in ihre Höhle geschleppt hat. Dieses Thema hätte Helene und Manfred sicher auf die Palme gebracht und statt das Kätzchen zurück zum Bauernhof, hätte sie die neue Kleidung zurück ins Geschäft bringen müssen.

Erschöpft und völlig gefrustet fährt Laura den PC hoch. Nur eine Mail von Kerstin kann ihre Laune heben. Leider ist das Postfach leer.

Laura steht zum ersten Mal in ihrer Ehe nicht als Erste auf. Sie verspürt nach dem gestrigen Eklat absolut keine Lust, der *Zwergin* und ihrem Mann das Frühstück zu bereiten. Max wird sowieso bei Eva geschlafen haben. Welch wohliges Gefühl, einmal länger unter der warmen Bettdecke ausharren zu dürfen und sich Wachträumen hinzugeben! Sie hat jedoch die Rechnung ohne Helene gemacht, die genau zehn Minuten später zur Tür reinplatzt, natürlich ohne anzuklopfen.

Mit hochrotem Kopf und nur mit einem kurzärmeligen Nachthemd bekleidet stürzt sie zu Laura ans Sofa.

„Schau dir das an! Es juckt tierisch! Was hast du uns da eingeschleppt?", faucht sie wie ein Feuer speiender Drache.

Laura wirft einen Blick auf Helenes hingehaltene Unterarme, ohne sich groß zu bewegen. Tatsächlich weisen diese einen massiven Hautausschlag auf.

Das Schwiegermonster reißt ihr die Decke vom Körper, um zu begutachten, ob Laura ebenfalls Quaddeln hat.

„Spinnst du jetzt total!", empört sie sich und schlingt die Decke wieder um sich. „Wie du gesehen hast, habe ich keinen Ausschlag."

Helene kratzt, wie von Sinnen mal an ihrem rechten Arm, mal

an ihrem linken. „Fahr mich sofort zu Dr. Meier! Ich halte es nicht mehr aus. Schon die ganze Nacht habe ich mir um die Ohren geschlagen."

„Lass dich bitte von deinem Sohn fahren. Ich habe keine Zeit."

Der *Zwergin* fällt die Kinnlade herunter, und sie vergisst die Kratzerei. „Fredi muss pünktlich bei Gericht sein, und dein Sohn hat heute Frühdienst. Und wieso hast du keine Zeit?"

Laura gähnt und streckt sich demonstrativ, bevor sie antwortet: „Ab heute bin ich nicht mehr eure Bedienstete, und wenn du etwas von mir möchtest, dann musst du mich schon ganz nett bitten."

Helene blickt ihrer Schwiegertochter entgeistert ins Gesicht, als würde sie an deren Verstand zweifeln.

Vorsichtshalber lenkt sie in einem milderen Tonfall ein: „Aber ich habe *bitte* gesagt!"

„Das habe ich wohl überhört!"

„Dann bitte ich dich jetzt, mich zum Arzt zu fahren!"

Laura entfährt ein Seufzer: „Meinetwegen, aber gib mir eine halbe Stunde zum Anziehen und wenigstens zu einer Tasse Kaffee. Ruf inzwischen besser in der Praxis an, damit wir nicht zu lange warten müssen!"

Helene trollt sich aus der Höhle, und Laura kann nicht begreifen, dass ihre gefassten Vorsätze ständig manipuliert werden. Sie hat einen Verdacht, woher der Ausschlag der *Zwergin* herrühren könnte, hat aber bewusst geschwiegen. Was wohl die Mieze macht? Die ist gänzlich in Vergessenheit geraten. In der Küche wartet gleich die Bescherung. Mangels Katzenklos befindet sich die Notdurft des Tierchens vor dem Kühlschrank. Niemand hielt es für nötig, diese wegzuwischen. Das Kätzchen hockt auf dem Esstisch und schleckt sich sein Mäulchen. Der Gouda ist zum Schweizer Käse mutiert. Überall sind kleine Löcher hineingebissen. Die Milchkanne liegt umgestoßen auf der Wurstplatte, über die sich der Inhalt ergossen hat. Laura rauft sich die Haare bei dem Chaos, packt das unwillkommene

Familienmitglied am Genick, wiegt es einen Moment in den Armen, streichelt ihm übers Köpfchen, und mit den Worten *du armes, kleines Ding* landet es wieder in der Box. Dieses Problem kann erst später gelöst werden.

Helene erscheint zum Gehen bereit im Türrahmen. „Wir können sofort zum Doktor. Heute ist nicht viel los."

Während die *Zwergin* beim Arzt sitzt, erledigt Laura ihre Einkäufe. Unter anderem ersteht sie ein Katzenklo mit Streu und Dosenfutter. Nicht, dass sie die Mieze zu behalten gedenkt, aber ein würdiges Dasein soll sie im Baumgartnerschen Haus fristen, bis ein neues Heim für sie gefunden ist.

Mit Helene ist vereinbart, dass sie zum Auto kommt, sobald sie fertig ist. Laura lauscht verträumt den Radiosongs, trommelt verspielt zu dem Rhythmus mit den Fingern aufs Steuer und denkt an Sven. Was er jetzt wohl gerade in diesem Moment macht? Vielleicht an sie denken, wie sie an ihn? Gerne würde sie seine Gedanken lesen können. Lange währen ihre Grübeleien nicht, denn wie in einem Actionfilm wird plötzlich die Beifahrertür aufgerissen. Mit einer bisher unbekannten Beweglichkeit stürzt Helene in den Golf, kopfüber mit einem hochroten Kopf.

„Hast du einen allergischen Schock?", mutmaßt Laura erschrocken.

„Nicht nur das", keucht die *Zwergin*, „ich habe eine Katzenhaarallergie."

Am liebsten würde Laura in schallendes Gelächter ausbrechen. Hat sich ihr Schwiegermonster mit dem Rachegeschenk von Erna und Anna doch tatsächlich ein Eigentor geschossen. Nur mit Mühe schafft sie es, ihrem Gesicht einen ernsthaften Ausdruck zu verleihen: „Und jetzt? Was sollst du tun?"

„Das Viech muss weg. Auf der Stelle! Ich rufe sofort Erna an, dass ihr Sohn die Katze gleich abholt."

„Sicher tut es dir leid, dass du mir mein Geschenk wegnehmen musst", kann sich Laura diese Ironie des Schicksals nicht verkneifen. Helene verzieht ihren Mund, unfähig darauf zu reagieren. Diesmal geht der Punkt eindeutig an ihre Schwiegertochter.

„Jetzt musst du dich fünf Minuten gedulden. Ich bringe schnell das Katzenklo zurück, das ich eben gekauft habe."

Manche Probleme lösen sich eben von selbst.

Kapitel 17

Laura hat seit langer Zeit nichts mehr von Sven gehört. Kein Wunder, denn sie hat ihm, entgegen Kerstins Ratschlag, nie mehr auf seine Anrufe und SMS geantwortet. Schließlich ist der Mann kein Masochist und hat es aufgegeben, einer so dummen Kuh wie ihr nachzuhecheln. Sie selbst hat sich seit einiger Zeit jede Woche heimlich den *Promitreff* gekauft und die ganze Tournee der Sixpackboys verfolgt. Ihr Herz scheint jedes Mal zu bersten, wenn sie die entsprechende Seite über das Date mit den *Königinnen der Nacht* aufblättert. Sie hätte es nicht ertragen, Sven mit einer anderen Frau in inniger Umarmung zu entdecken. Zum Glück wurde sie bisher nicht enttäuscht. Frieder, Sebastian, Felix und Moritz haben abwechselnd das jeweilige Date übernommen. Ob Sven wegen mir nicht mehr dabei mitmacht?, hofft Laura im hintersten Winkel ihres Herzens. Seit sie nichts mehr von ihm hört, haben schwarze Wolken ihre Seele umhüllt. Kerstins ständige, gut gemeinte Tipps in Sachen Sven hat sie alle in den Wind geschlagen, um ihre Pseudoehe nicht zusätzlich zu gefährden. Seit der Auseinandersetzung wegen der Reportage im *Promitreff* über Lauras legendäres Dinner mit Sven hat sich Manfred komplett in seinen Schmollwinkel zurückgezogen. Alle Versuche, noch mal vernünftig mit ihrem Mann zu reden, schlugen fehl. Manfred scheint gar kein Interesse daran zu haben, sich mit ihr auszusprechen und gibt ihr keine Gelegenheit, sich in irgendeiner Form zu verteidigen. Den sonst häufig aus seinem Anwaltsrepertoire zitierten Spruch *Im Zweifel für den Angeklagten* hat er für seine Frau ersatzlos gestrichen.

Kerstin behauptet nach wie vor steif und fest, dass Manfred die Gelegenheit, Laura abzustrafen, gesucht hat, um von sich selbst abzulenken. Je länger Laura darüber nachdenkt, desto mehr liegt sie auf der Lauer, um vielleicht einen Hinweis zu erhalten, was Manfred so treibt. Jedes Mal, bevor sie seine Hemden in die Waschmaschine steckt, schnüffelt sie daran, um das von Kerstin ins Feld geführte Frauenparfüm nach Trüffelschweinmanier zu entlarven. Sie konnte bisher nichts feststellen. Die Hemden duften nach Schweiß oder nach seinem üblichen Aftershave. Allerdings bleibt er jetzt oft länger in der Kanzlei in München wegen angeblicher Arbeitsüberlastung. Früher hat er sich die Akten mit nach Hause genommen, um wenigstens bei seiner Familie zu sein und mit ihr abends gemeinsam zu essen. Aber ist das allein ein Indiz für eine potenzielle Geliebte? An den Wochenenden schnappt sich Manfred seine Harley und nimmt nicht wie früher Max mit. Laura führt diese Tatsache bisher darauf zurück, dass ihr Sohn lieber seine Freizeit mit Eva verbringt als mit seinem Vater, was ja auch normal ist. Ihre Bitte, während der Woche die Harley selbst nutzen zu dürfen, war komischerweise gar kein Problem. Ihm scheinen derzeit einige Dinge viel wichtiger zu sein, dass sogar sein *Baby* eine Nebenrolle spielt. Selbst die Tatsache, dass sein Sohn Medizin statt Jura studiert, entlockte ihm lediglich ein gleichgültiges Achselzucken. Helenes Aufbrausen bei diesem Thema erstickte er sogar im Keim und wies seine Mutter erstmals in die Schranken. Max müsse das tun, was er für richtig hält. Der Gedanke, dass ihr Mann ein übles Spiel mit Laura treibt und sie in ihrer Naivität an dieser verkorksten Ehe festhält, statt ein neues Leben an Svens Seite begonnen zu haben, schnürt ihr die Kehle zu. Wenigstens hat ihr Manfreds Distanziertheit den Vorteil verschafft, dass er sie kommentarlos im Nähzimmer schlafen lässt. Endlich Nachtruhe ohne Schnarchkonzerte! Lediglich einmal in den vergangenen letzten Wochen hat er einen nächtlichen Annäherungsversuch gestartet und stand plötzlich vor Lauras Sofa. Er war jedoch angetrunken, und sie konnte ihn glücklicherweise wegen angeblicher Unpässlichkeit abwehren. Am nächsten Morgen schien ihm die Angelegenheit peinlich zu sein. Er schwieg die ganze Zeit während des Frühstücks und gab selbst seiner Mutter einsilbige Antworten. Überhaupt weiß Laura Helenes Verhalten nicht zu deuten. Nicht ein einziges Mal hat sie bisher einen Kommentar zu der stickigen Stimmung im Hause

Baumgartner abgegeben, obwohl ihr nicht entgangen sein kann, dass ihr Sohn und ihre Schwiegertochter kein gemeinsames Bett mehr teilen. Laura kommt die *Zwergin* deshalb manchmal wie eine tickende Zeitbombe vor. Irgendwann muss ihr Fass mit gehässigen Bemerkungen doch platzen. Der Bonus, dass Laura ihre gebuchte Chinareise nicht an Manfred verpetzt hat, dürfte längst verbraucht sein. Zwischen Helene und ihr ist deshalb kein positiveres Verhältnis entstanden. Vielleicht steckt die *Zwergin* sogar mit Manfred unter einer Decke und lauert wie der Fuchs vorm Kaninchenbau auf den Moment, in dem Laura für immer das Haus verlässt? Auf diese Idee ist sie bisher gar nicht verfallen. Aber dann würde Helene sicher Anspielungen machen, um sie auf den Trichter zu bringen, dass Manfred auf Abwegen wandelt.

Nein, das würde Helene nicht machen!, verwirft Laura gedanklich diese Möglichkeit wieder. Niemals würde diese Frau etwas Schlechtes auf ihren Fredi kommen lassen. Wahrscheinlich genießt sie ihr Wissen und weidet sich an Lauras Dummheit.

Einer plötzlichen inneren Eingebung folgend, beschließt sie, am Nachmittag mit dem Zug nach München zu fahren, um ihren Mann in der Kanzlei abzuholen. Sie können dann in einem ihrer Lieblingslokale etwas essen, und Manfred wird ihr zuhören müssen. So kann es jedenfalls nicht weitergehen.

Helene ist mal wieder mit Erna und Anna im Hollerwirt. Mangels besserer Gesellschaft hat sie sich mit den Freundinnen ausgesöhnt, die stinksauer über das reklamierte Katzengeschenk waren.

Diesmal hinterlässt Laura nicht wie sonst eine Nachricht, wo sie hin ist.

Auf dem Weg nach München grübelt sie, am Fenster des Zuges sitzend und die Berge an sich vorbeiziehen lassend, über viele Dinge, die ihr wie Blei im Magen liegen und ihr ein ständiges schlechtes Gewissen bescheren. Sie weiß genau, auch Max spürt seit längerer Zeit, dass etwas zwischen seinen Eltern im Busch ist. Einmal hat er Laura mit Tränen in den Augen erwischt, als sie im Nähzimmer das Titelfoto von ihr und Sven auf dem *Promitreff* betrachtete.

Er fragte sie, auf das Foto deutend, geradeheraus: „Hattest du etwas mit dem Mann? Natürlich brauchst du mir nicht zu antworten."

Laura trieb diese Frage eine dunkelrote Farbe ins Antlitz, und sie war erst unfähig zu reagieren. Max wirkte sehr erwachsen in diesem Moment, und er schien alles andere als geschockt zu sein, als sie tief Luft holte und gestand: „Nein, aber ich liebe ihn!" Endlich war es raus und überraschte sie selbst.

Max setzte sich neben seine Mutter aufs Sofa und legte schweigend einen Arm um ihre Schultern, er, der sonst die Nähe mied. Nach einer Weile stellte er nüchtern fest: „Dann musst du zu ihm gehen!"

Sprachlos blickte ihm Laura in die Augen: „Du rätst mir, deinen Vater zu verlassen?"

„Ma, ich bin erwachsen und habe Augen im Kopf. Vater und Oma behandeln dich alles andere als gut, lassen dich hier schuften, und du vegetierst die besten Jahre deines Lebens vor dich hin. Wegen mir musst du das nicht länger erdulden. Ich werde bald zum Studium nach Berlin gehen und meinen eigenen Weg einschlagen. Nimm bitte keine Rücksicht auf mich! Wir werden uns immer nahe sein und in Kontakt bleiben."

Ungewöhnlich viel redete Max damals auf Laura ein, und ein wohliges Gefühl der Dankbarkeit überfiel sie. Selbst ihr Sohn hatte mehr Durchblick, und trotzdem kamen alle Erkenntnisse zu spät. Sven wollte nichts mehr von ihr.

Ein plötzliches Ruckeln des Zuges, das die Einfahrt in den Münchner Hauptbahnhof ankündigt, holt Laura in die Gegenwart zurück. Nach einer weiteren Fahrt mit der U-Bahn erreicht sie das moderne Gebäude, in dem Manfred und sein Anwaltskollege Peter die Kanzlei betreiben.

Letztendlich trägt Peter die Schuld für die verfahrene Situation, ohne es zu wissen. Hätte er Manfred damals nicht gebeten, für ihn den Kongress in Stockholm zu besuchen, wäre alles nicht passiert.

Im Vorzimmer der Kanzlei ist die Sekretärin schon dabei, ihr Make-up mithilfe eines Handspiegels für den Feierabend aufzupeppen, als Laura den Vorraum betritt. Ertappt lässt sie den Spiegel sofort hinter dem PC verschwinden und säuselt zuckersüß: „Ach, Frau Baumgartner, welche Freude!"

Laura übersieht die hingehaltene Hand zur Begrüßung. Ihr ist nicht nach Small Talk zumute. „Grüß Sie! Ist mein Mann in seinem Zimmer?"

„Nein, er hatte den ganzen Tag Gerichtstermine und wollte meines Wissens danach zu einem Mandanten nach Hause."

Seltsam, dass Manfred neuerdings Klienten in deren Heim beglückt. Das macht er höchstens ausnahmsweise bei älteren Menschen, die nicht mehr in der Lage sind, in die Kanzlei zu kommen. Trotzdem verspürt Laura eher Erleichterung als Enttäuschung, dass ihr die Aussprache mit Manfred zunächst erspart bleibt. Mit einem lapidaren „Okay, dann gehe ich wieder" macht sie auf dem Absatz kehrt und hat schon den Türgriff in der Hand, als eine Stimme nach ihr ruft: „Hey Laura, du willst doch wohl nicht einfach verschwinden, ohne mir *hallo* zu sagen?"

Die Stimme gehört Peter, der ihr mit einem strahlenden Lächeln entgegeneilt. „Magst du einen Augenblick in mein Büro kommen?"

Da Laura ohnehin nicht weiß, was sie allein in München machen soll, bis der nächste Zug zurückfährt, willigt sie ein. „Ja, warum nicht, Manfred habe ich offensichtlich verpasst."

Höflich hilft Peter ihr aus dem beigefarbenen Mantel, zu dem sie passende Schuhe und eine ebensolche Tasche trägt. Seit ihrer Shoppingtour in Köln ist Laura wieder auf den Geschmack in Sachen Mode gekommen und gönnt sich inzwischen öfter ein schönes Outfit. Dies bleibt auch Peter nicht verborgen: „Gut siehst du aus! Wie geht es euch im fernen Bad Hollerbach?"

Ihr ist nicht anzumerken, dass sie am liebsten hinausschreien würde, es ginge ihr persönlich grottenschlecht. Stattdessen nimmt sie auf einem der schwarzen Sessel Platz und Peter auf dem anderen.

Im Plauderton fährt er fort: „Kann ich dir etwas zu trinken anbieten?"

„Ja, gerne, wenn du ein Glas Wasser hättest."

Peter will seine Sekretärin durch die Sprechanlage auf seinem Schreibtisch beauftragen und muss feststellen, dass sie bereits den Feierabend eingeläutet hat. „Ich komme gleich wieder, mach es dir bequem." Schon ist er zur Tür raus.

Lauras Augen schweifen durch den Raum. Peter hat seinen Schreibtisch mit einer ganzen Galerie von Familienfotos dekoriert, die zum Betrachten einladen. Sie hält gerade ein besonderes Bild in der Hand, als Peter mit zwei Gläsern und einer Flasche Mineralwasser zurückkehrt.

Neugierig deutet Laura auf das Foto, auf dem Peter und eine ältere Frau zu sehen sind, die gemeinsam eine Geburtstagstorte mit der Zahl 80 anschneiden. „Deine Mutter schaut sehr fit aus. Es freut mich nachträglich für sie, dass du ihren Geburtstag mitgefeiert und mit Manfred getauscht hast. Du weißt sicher, dass ich deshalb an meinem Geburtstag auf meinen Mann verzichten musste."

Peter, der inzwischen Gläser und Wasser auf dem Tisch abgestellt hat und zu Laura getreten ist, stutzt und runzelt die Stirn: „Wieso, verstehe ich nicht. Meine Mutter hat eine Woche später als du Geburtstag, und Manfred hatte mich gebeten zu tauschen, um mit dir als Überraschung nach Stockholm zu fliegen. Das Doppelzimmer, das ich für meine Frau und mich bereits dort gebucht hatte, übernahm er. Warst du denn nicht mit?"

Laura weicht die ganze Farbe aus dem Gesicht, und sie muss sich schnell auf einen Sessel setzen, denn ihre Beine scheinen unter ihr nachzugeben.

Instinktiv reicht Peter ihr ein Glas Wasser: „Bin ich jetzt mit beiden Beinen in einen Fettnapf getreten?", mutmaßt er.

„Wenn du es so nennen willst! Ich glaube eher, du hast einen schweren Vorhang beiseitegeschoben, den ich nicht öffnen wollte, um mir den eigenen Durchblick zu ersparen."

Kapitel 18

Laura weiß im Rückblick gar nicht mehr, wie sie überhaupt nach Bad Hollerbach zurückfand, nachdem ihr Peter, wenn auch unfreiwillig und arglos, die Augen über Manfred geöffnet hatte. Sie erinnert sich lediglich daran, dass er sie, ohne bohrende Fragen zu stellen, zum Bahnhof gebracht hatte, weil sie auf ihn einen desolaten und auf den Beinen wackeligen Eindruck machte. Außerdem war ihm die ganze Angelegenheit mehr als peinlich. Schließlich hatte er seinen Freund und Partner verraten, ohne sich dessen bewusst zu sein.

Jedenfalls traf sie an jenem Abend spät zu Hause ein, verheult und verzweifelt und froh, dass sie sich leise in ihr Zimmer schleichen konnte. Manfred war noch nicht zurück, was sie am fehlenden Mercedes in der Garage überprüft hatte. Wahrscheinlich vergnügte er sich just in diesem Moment in den Armen seiner Geliebten, getarnt als alte, klapprige Mandantin, der er einen Hausbesuch abstatten musste.

Lauras Magen rebelliert bei diesem Gedanken. Manfred hat sie die ganze Zeit mit einem schlechten Gewissen belastet und sie glauben lassen, wegen eines harmlosen Kusses mit Sven ihre Ehe zerstört zu haben. „Dieser verdammte Dre...," flucht Laura vor sich hin, ohne das Wort zu Ende zu sprechen, denn das verbietet ihr die gute Erziehung, auch wenn sie ganz allein ist und niemand es hören kann. Hätte sie doch Kerstins Ratschläge befolgt und ihre zahlreichen Andeutungen bezüglich Manfreds seltsamer Verhaltensweise ernst genommen, statt an ihrer Ehe festzuhalten, die schon lange keine mehr ist. Manfred muss sich insgeheim einen Ast abgelacht haben. Die schönen Stunden verbringt er mit der neuen Tussi, um sein alterndes Ego zu befriedigen und zu Hause hat er Laura, die Zwergenwächterin und Putzfrau der Nation. Schöner kann man es sich als Gockel kaum gestalten, oder?

An die Stelle der Trauer über das Ende ihrer Ehe mit Manfred ist seit einigen Tagen die Wut getreten. Ihre Konfrontation fand erst am gestrigen Abend statt, weil Manfred die letzten Tage allesamt erst um Mitternacht heimkam, als hätte er im Vorfeld gerochen, dass die Bude brennt und er keinen Feuerlöscher hat. Vielleicht war dieser Abstand von der Entdeckung bei Peter bis gestern aber richtig für Laura. Auf diese Weise konnte sie genau überlegen, was sie ihrem Mann an den Kopf schleudern und welche Konsequenzen sie aus seinem Seitensprung ziehen würde. Laura hatte Max, den sie in ihre Pläne eingeweiht hatte, *die Zwergin* aufs Auge gedrückt und er ist brav mit der Oma zu einem Autohaus gefahren. Helene hatte ihrem Enkel einen neuen Wagen versprochen, denn es ist eine Frage der Zeit, wann der alte seinen Geist endgültig aufgibt. Max ließ seine Mutter ungern allein mit seinem Vater, wissend, dass dieser sehr jähzornig werden kann, wenn er sich selbst in die Ecke getrieben fühlt. Laura war ganz gerührt über diese Fürsorge, ließ Max jedoch in dem Glauben, keine Angst vor seinem Vater zu haben. In Wirklichkeit sah es in ihrem Herzen mehr als finster aus, und auch sie war in Sorge, wie er wohl auf seine Entlarvung reagieren würde. Entgegen ihrer schlimmsten Befürchtung war Manfred total ruhig und gelassen, als sie ihn ohne Vorwarnung fragte: „Wer ist sie, und was kann sie besser als ich? Und jetzt wage nicht zu antworten *Es ist anders als du denkst, ich kann dir alles erklären.* Du weißt, wie sehr ich diese Floskel hasse."

Manfred beabsichtigte gar keine großen Erklärungsversuche. Lapidar, als wäre es das Selbstverständlichste auf der Welt, sich nach einer gewissen Anzahl von Ehejahren eine Geliebte zu leisten, nannte er ihren Namen: *Sissi*. Mehr nicht! Erst auf Nachfragen erfuhr Laura, dass es sich bei ihrer Nebenbuhlerin um eine Münchner Staatsanwältin handelt, mit der Manfred schon seit Jahren beruflich am Gericht zu tun hat. Das erste Mal nähergekommen waren sich die beiden bereits im Vorjahr auf dem Strafrechtskongress in Mailand.

Laura fiel es wie Schuppen von den Augen, weil er nach seiner damaligen Rückkehr nicht mehr ganz der Alte war. Sie hatte es auf seinen mitgebrachten grippalen Infekt geschoben, den er sich höchstwahrscheinlich von der *Sissi-Tussi* eingefangen hatte. Tagelang lag er im Bett, und sie hatte ihn noch bemuttert und gepflegt, dass selbst Helene meinte, sie würde es mit der Fürsorge übertreiben. So krank wäre Fredi nicht.

„Wie dumm und naiv ich bin", klagt sich Laura selbst an und schließt den Koffer, „da habe ich den tollsten Mann der Welt ins All geschossen, um an meinem maroden Ehegelöbnis festzuhalten."

Sie setzt sich neben den Koffer aufs Sofa und schaltet ihr Handy ein. Seit Tagen versucht sie ihrerseits, Sven eine SMS zu senden, erhält weder eine Empfangsbestätigung noch die erhoffte Antwort. Wer weiß, vielleicht hat er inzwischen eine Freundin oder will einfach nichts mehr von ihr wissen. Schließlich hat ein Mann wie Sven es nicht nötig, einer Frau nachzustellen, die ihn mehrfach abgewiesen hat.

Verzweiflung überfällt Laura, die nicht weiß, wie sie mit Sven in Kontakt treten soll. Mit Manfred ist sie erst einmal so verblieben, dass sie für einige Zeit nach Frankfurt reist und in Kerstins Wohnung bleibt. Sogar den alten, klapprigen Golf gesteht er ihr großzügig zu. Natürlich durchschaut Laura ihren Noch-Ehemann, der lediglich Angst hat, sie könne sich erneut an seinem *Baby*, der Harley, vergreifen. Ansonsten ist es ihm recht, dass sie aus seinem Leben vorerst verschwindet und nicht er seine Bequemlichkeit aufgeben muss. Niemals hätte Laura es für möglich gehalten, dass ausgerechnet die *Zwergin* am meisten unter der Entscheidung leiden könnte, dass sie wohl für länger oder für immer die Familie verlassen wird.

Helene tauchte plötzlich in ihrem Zimmer auf, schniefte verdächtig und versuchte tatsächlich, Laura zum Bleiben zu überreden. Ihr Fredi wäre in der Midlife-Crisis und würde sich bestimmt nach einiger Zeit wieder einkriegen. Bei ihrem Johannes wäre das in dem Alter auch so gewesen. Nie zuvor hatte Helene von einer Entgleisung ihres Mannes gesprochen, sondern ihn immer auf einen goldenen Sockel gehoben. Er war der Held ohne Furcht und Tadel. Laura konnte ihre Wissbegier nicht zügeln und hakte vorsichtig nach: „Hat Johannes dich auch betrogen?"

Helene nickte und blieb stumm.

„Wie hast du es denn herausgefunden?"

Es war Helene anzumerken, dass es ihr selbst nach so vielen Jahren schwerfiel, daran zu denken, geschweige denn darüber zu reden. Schließlich begann sie zögerlich mit ihrem Bericht.

„Es war etwa zwei Wochen vor Weihnachten. Ich wollte eine Versicherungspolice in den Safe legen." Helene stockte einen Moment, bevor sie weitererzählte: „Dort stach mir sofort ein Schmucketui ins Auge, das mir unbekannt war. Meine Neugierde konnte ich nicht zügeln und öffnete es. Es handelte sich um eine goldene Armbanduhr mit Brillanten besetzt. Zwar hatte ich mir keine gewünscht, aber Johannes schenkte mir oft zu bestimmten Anlässen Schmuck. Sogleich bekam ich wegen meiner Schnüffelei ein schlechtes Gewissen. Johannes wollte mich bestimmt zu Weihnachten damit überraschen. Schnell nahm ich die Police wieder aus dem Safe und legte sie auf seinen Schreibtisch, damit meine Entdeckung nicht auffiel."

„Und, konntest du deine Freude über das Geschenk zu Weihnachten glaubhaft vortäuschen?", wollte Laura gerne wissen.

„Das war gar nicht nötig!" Helenes heruntergezogene Mundwinkel verliehen ihrem Gesicht einen verbitterten Ausdruck. „Das Etui lag nicht unterm Baum, stattdessen ein Rosenheimer Theaterabo für mich allein. Erst im Nachhinein wurde mir die Bedeutung klar. Damit wollte mich mein Mann wohl einige Zeit für seine Schäferstündchen aus dem Verkehr ziehen."

Laura zog vor Erstaunen die Augenbrauen hoch: „Aber wer hat die Uhr erhalten?"

„Die Ungewissheit zerfraß mich fast, denn ich hatte erst am zweiten Weihnachtsfeiertag die Gelegenheit, heimlich im Safe nachzuschauen. Die Uhr lag nicht mehr da, aber ich traute mich nicht, Johannes zur Rede zu stellen. Da mein Geburtstag im März ist, hoffte ich, er hätte sie vielleicht inzwischen anderswo versteckt."

„Hatte er nicht?", vermutete Laura richtig.

„Ein Zufall brachte mich auf die Spur, als ich im Februar im Wartezimmer unseres Hausarztes die jüngere Cousine von Erna traf. Normalerweise hätte ich Klara ignoriert, aber der einzige freie Stuhl befand sich ausgerechnet neben ihr. So blieb mir nichts anderes übrig, als ein wenig Small Talk mit ihr zu betreiben. Für einen Bruchteil von einer Sekunde schob Klara ihren linken Pulloverärmel hoch. Du ahnst, was sich dort befand?"

Laura nickte stumm. In diesem Augenblick war sie ihrer Schwiegermutter so nahe wie nie zuvor und vermochte sehr gut nachvollziehen, wie diese sich damals gefühlt haben musste. „Diese Uhr wird es vielleicht mehrmals beim Juwelier gegeben haben!"

„Nein, leider nicht", schüttelte Helene vehement mit dem Kopf, „ich fuhr gleich nach dem Arzt nach Rosenheim zu unserem Stammjuwelier, um Gewissheit zu erlangen. Er strahlte mich an und fragte, ob mir die Uhr gefallen würde. Er hätte meinem Mann zu dieser geraten, weil sie optimal zu meinem anderen Schmuck passen würde und ein Unikat wäre."

„Das war wohl ein fataler Fehler von Johannes, ausgerechnet dort das Geschenk für seine Geliebte zu kaufen", warf Laura treffsicher ein.

„Allerdings!" Helene redete sich plötzlich in Rage: „Dieses kleine Miststück. Schon immer war sie im Ort dafür bekannt, den Männern schöne Augen zu machen, aber meinem? Darauf wäre ich nicht mal in einem Albtraum gekommen."

„Hast du deinen Mann zur Rede gestellt?"

„Nein! Für mich stand fest, dass ich ihn wegen seines Seitensprungs nicht verlassen würde. Wohin hätte ich mich wenden sollen? Ich habe keine Ausbildung und war völlig

abhängig von Johannes. Außerdem liebte ich ihn sehr. Es blieb nur eine Möglichkeit, nämlich mir das Flittchen vorzuknöpfen und ihr zu raten, zukünftig die Finger von Johannes zu lassen."
„Und das nahm diese Klara einfach so hin?"
„Nein, natürlich nicht. Ich musste schon einen Trumpf aus dem Ärmel ziehen."
„Hattest du denn etwas gegen sie in der Hand?"
„Sie lebte eine Zeit lang in München, hatte Drogenprobleme und war wohl schon wegen Dealens vorbestraft. Das hatte mir Johannes mal irgendwann erzählt. Im Ort wusste das niemand, nicht mal Erna. Ich habe es auch nicht weitergetratscht, weil Johannes mich eindringlich darum gebeten hatte."
„Ließ sie dann wirklich von ihm ab?"
„Ja, sie war von heute auf morgen ganz verschwunden. Von Erna hieß es, sie hätte eine super Stelle am Bodensee in einem Hotel gefunden. Da niemand diese Person wirklich vermisste, fragte keiner groß nach."
„Und wie reagierte dein Mann?"
Helene stöhnte ein wenig: „Ich beobachtete ihn natürlich wochenlang sehr argwöhnisch, ging immer selbst ans Telefon, wenn es läutete. Zum Glück gab es damals keine Handys, was die Überwachung schwieriger gemacht hätte. Irgendwann vergaß ich die Frau selbst."
Laura konnte sich trotz aller Ernsthaftigkeit insgeheim ein Schmunzeln nicht verkneifen, denn das Schweigen dürfte der *Zwergin* sicher nicht leichtgefallen sein. Dass Helene dieses wohlgehütete Geheimnis plötzlich preisgab, ließ den Schluss zu, dass sie ihre Schwiegertochter tatsächlich am Gehen hindern wollte. Aber bei Laura drängte sich unweigerlich der Verdacht auf, dass Helenes Beichte einzig und allein dem Zweck diente, sie weiterhin als bequeme Haushälterin behalten zu können. Sicher würde die Staatsanwältin keinen Finger krümmen und die *Zwergin* sogar ins Altenheim abschieben, wovor sie berechtigte Panik hatte. Laura tat die Schwiegermutter in diesem Moment

sogar ein wenig leid, und sie versicherte ihr, dass von Scheidung bisher keine Rede war, sie aber dringend Abstand bräuchte, um Manfreds Fehltritt und sein schäbiges Verhalten ihr gegenüber zu verarbeiten.

Helene braucht nicht zu wissen, dass für Laura die endgültige Trennung von Manfred schon jetzt feststeht. Sie ist der wahren Liebe in Form von Sven begegnet und selbst, wenn sie nicht mit ihm zusammenkommen sollte, könnte sie nach all den Erlebnissen und ihrem eigenen Gefühlschaos keine normale Beziehung mehr zu Manfred aufbauen. Ihre Ehe mit ihm gehört der Vergangenheit an, und sie hofft, eines Tages nur noch an die schönen Begebenheiten mit ihm denken zu können. Durch Max werden sie zwangsläufig verbunden bleiben und sich Begegnungen der offiziellen Art wie Geburtstage, Hochzeit oder Taufen der Enkelkinder nicht vermeiden lassen.

Jetzt heißt es, Sven aufzuspüren und zu erfahren, ob sie beide dort anknüpfen können, wo sie aufgehört haben.

Über seine Agentur erfährt Laura nach langem Betteln die Festnetznummer des Sixpackboys-Managers Harry und gibt sie in ihr Handy ein. Angespannt lauscht sie dem Klingelton, der nach einer Weile in die Ansage übergeht, dass der Teilnehmer vorübergehend nicht erreichbar ist. Für dringende Fälle sei Harry unter der folgenden Nummer erreichbar. Gleich wählt Laura die angegebene Handynummer und hat damit endlich Erfolg.

„Hello, who is talking?", kommt es vom anderen Ende der Leitung. Die Anruferin wundert sich, warum Harry englisch spricht, aber vielleicht ist das in diesen Kreisen so schick und üblich, sie jedoch bevorzugt es, auf Deutsch zu antworten. „Äh, ja, hier ist Laura."

„Und weiter? Was kann ich für Sie tun?", schaltet Harry mühelos seinen Sprachschalter um.

Offensichtlich hat er keine Ahnung mehr, wer Laura ist, die es ihm erklärt: „Ich war Svens *Königin der Nacht* in Köln und brauche seine Handynummer."

„Alle wollen die Handynummer der Sixpackboys. Da müssen Sie schon einen anderen Dummen fragen. Bei mir sind Sie an der falschen Adresse."

Laura hat sich nicht überwunden, Harry anzurufen, um sich bei der ersten Gelegenheit abwimmeln zulassen. „Ich hatte seine Nummer, aber die scheint nicht mehr aktuell zu sein. Bitte sagen Sie mir, wie ich Sven erreichen kann." Dabei legt sie so viel Dringlichkeit in ihre Stimme, dass Harry zahmer reagiert.

„Also, ich kann Ihnen höchstens verraten, dass Sven nicht mehr bei mir unter Vertrag steht. Ich bin gerade in New York, um einen Ersatzboy für ihn zu casten. Wo er sich im Moment aufhält, entzieht sich meiner Kenntnis. Ich weiß lediglich, dass seine Eltern in Hamburg leben. Vielleicht können die Ihnen weiterhelfen."

Bevor Laura alternativ nach Frieders Nummer fragen kann, knackt es plötzlich in der Leitung, und das Gespräch ist damit beendet. Sie lässt das Handy in den Schoß sinken. Soll sie Harry noch mal auf die Nerven gehen? Nein, er würde ihr Frieders Nummer sicher nicht nennen. Es muss eine andere Lösung geben. Sven hat die Sixpackboys verlassen, warum wohl? Tausend Möglichkeiten schießen ihr in den Kopf. Er hatte einfach keine Lust mehr, er hat eine Frau kennengelernt und hört ihr zuliebe auf oder er ist rausgeflogen aus der Truppe! Womöglich wegen ihr? Es hat keinen Sinn, weiter darüber zu spekulieren. Fest steht, in Svens Leben muss etwas Entscheidendes passiert sein. Wie soll sie das herausfinden?

Das wird sie auf ihrer Fahrt nach Frankfurt überlegen.

Laura backt zum letzten Mal im Baumgartnerschen Haus Krapfen, nicht für die *Zwergin*, sondern für Bernd, von dem sie sich damit verabschieden will. Ein seltsames Gefühl überkommt sie bei dem Gedanken, hierher womöglich nur noch deswegen zurückzukehren, um sich mit Manfred die Möbel und das andere Inventar zu teilen. Zu Kerstin kann sie zunächst nicht viel mitnehmen, außer Kleidung und ihren Laptop. Wenn sie sich dann im Klaren darüber sein wird, wie es mit ihr weitergeht, ist die endgültige Auseinandersetzung mit Manfred unvermeidbar. Die meisten Einrichtungsgegenstände gehören sowieso Helene. Aber auf die schöne geschnitzte Vitrine, die Laura von ihrer Großmutter geerbt hat, wird sie auf keinen Fall verzichten. Ihre Nähmaschine und das ganze andere Zubehör wird sie erst holen, wenn sie eine neue Bleibe gefunden hat. Ewig will sie nicht Kerstins Gutmütigkeit beanspruchen, obwohl die Freundin behauptet, sie freue sich, nicht mehr allein in der großen Wohnung leben zu müssen.

Lauras Stimmung entsprechend, schüttet es wie aus Kübeln, als sie mit der Schüssel voller Krapfen das Haus verlässt. Blitze zucken rund um sie herum, und das Krachen des Donners schallt heute besonders drohend aus den Bergen heraus. Scheinbar will der Himmel ihr die Abreise erleichtern. Zum Glück öffnet Bernd gleich die Tür, als hätte er auf sie gewartet, aber trotzdem sind Lauras Haare ziemlich nass.

„Komm schnell rein!", begrüßt Bernd sie mit einem etwas verhaltenen Lächeln. Es ist ihm anzumerken, dass es ihm nicht leichtfällt, sich von Laura zu verabschieden.

„Störe ich?", fragt seine Nachbarin vorsichtig nach, denn sie hat den Eindruck, nicht wirklich willkommen zu sein.

„Nein, gar nicht. Im Gegenteil, ich wäre sehr enttäuscht gewesen, wenn du vor deiner Abfahrt nicht noch einmal vorbeigekommen wärst."

Laura drückt Bernd die Schüssel in die Hände: „Mein Abschiedsgeschenk!"

„Das ist ja lieb von dir, danke." Bernd deutet mit der freien Hand in Richtung Wohnzimmer. „Setz dich doch schon mal. Ich bringe schnell die Krapfen in die Küche."

Zwei Minuten später kehrt Bernd mit einem Handtuch zurück, mit dem sich Laura die Haare trocken rubbelt, und nimmt ihr gegenüber auf dem Sofa Platz. Eine Weile schweigen beide und scheinen darauf zu warten, dass der andere zuerst redet.

„Ich ...", stottert Laura, „ziehe für eine Weile zu Kerstin nach Frankfurt."

„Ich weiß, Eva hat es mir erzählt. Ehrlich gesagt, habe ich schon früher damit gerechnet, dass du die Fliege machst. Keine Ahnung, wie du das alles mit deiner Schwiegermutter und Manfred die lange Zeit ausgehalten hast."

„Wieso, was weißt du denn davon?"

„Na, hör mal, wenn wir bei euch eingeladen waren, haben Helene und dein Mann keinen Finger gekrümmt, um dir zu helfen. Im Gegenteil, sie haben dich ständig rumgeschickt, um Getränke zu holen oder eine Serviette. Als ob sie nicht wüssten, wo sie die Sachen finden. Karla hat oft gesagt, dass sie dich bedauert. Als du am Anfang hergezogen bist, warst du ein strahlender Stern. In den letzten Jahren ist dieser sehr verblasst."

Laura hört erstaunt zu. So hat Bernd noch nie mit ihr gesprochen. Dass er ihr Leben mehr durchschaut hat, als sie selbst, lässt sie erschrecken. Wie eingefahren und angepasst sie gelebt hat, und ihr selbst ist es nicht bewusst gewesen, wie es auf Außenstehende gewirkt hat.

„Manche Menschen benötigen eben länger, um festzustellen, dass sie etwas im Leben ändern müssen", gibt sie zu, „ich gehöre scheinbar zu der Sorte, die leidensfähiger ist als andere."

„Hauptsache, du hast es jetzt erkannt, und ich wünsche dir von Herzen, dass du endlich wieder aufblühst und dein Leben so gestaltest, dass du selbst mal die Hauptrolle spielst."

Laura gibt sich Mühe, ihre Rührung zu verbergen. „Danke dir, Bernd. So einen netten Nachbarn wie dich werde ich wohl nicht so schnell wiederfinden."

„Und ich werde keine so guten Krapfen mehr essen!", versucht Bernd die melancholische Stimmung zu neutralisieren, damit Laura nicht womöglich in Tränen ausbricht.

„Ich habe aber auch noch eine Neuigkeit für dich, und du erfährst sie wirklich als Erste."

„Was denn? Ziehst du etwa auch weg?"

„Nein, aber rate weiter!" Bernds Gesicht wird von einem zarten Rot überzogen, und plötzlich ahnt Laura sein Geheimnis.

„Du hast dich verliebt!"

Bernds breitem Grinsen ist zu entnehmen, dass sie ins Schwarze getroffen hat. Spontan springt Laura auf und umarmt Bernd.

„Wenn das mal keine super Nachricht ist. Wer ist es? Kenne ich sie?"

„Nein, Sabrina hat nach den Sommerferien an unserer Schule als Lehrerin angefangen. Erst konnte ich sie gar nicht leiden, weil sie dauernd meckerte, dass an ihrem Münchner Gymnasium alles viel moderner und besser gewesen wäre und wir in der Provinz den Fortschritt wohl verschlafen hätten."

„Und wann seid ihr euch dann trotzdem nähergekommen?" Lauras Neugierde ist geweckt. Eine Lovestory, die gut ausgeht, ist wie Balsam auf ihrer Seele.

„Sie wurde mir als Begleitung auf der letzten Klassenfahrt zur Seite gestellt. Ich war alles andere als begeistert, bis zum zweiten Abend, als wir am Lagerfeuer saßen und sie sich so ganz anders gab als im Schulalltag. Auf einmal war sie nicht mehr die *Besserwisser-Tussi* aus der Großstadt."

„Schade, dass ich sie vorläufig nicht kennenlerne", meint Laura mit ehrlichem Bedauern. „Ich habe mich schon lange gewundert, dass du nicht wieder eine Frau an dich herangelassen hast."

„Die Zeit war noch nicht reif. Karla war meine große Liebe, und ihr Verlust bleibt für mich sehr schmerzlich. Sabrina und ich, wir lassen es langsam angehen. Torsten und Eva wissen noch nichts, und ich möchte mir erst ganz sicher sein, bevor ich ihnen Sabrina als meine Freundin vorstelle. Auch wenn sie erwachsen sind, weiß ich nicht, wie sie darauf reagieren. Schließlich waren wir drei nach Karlas Tod eine eingeschworene Gemeinschaft, zu der kein außenstehender Zutritt hatte."

„Du findest den richtigen Zeitpunkt, und ich hoffe, dass du mit Sabrina glücklich wirst."

„Und du? Es ist mir natürlich durch Max und Eva zu Ohren gekommen, dass es in deinem Leben ebenfalls jemand Neues gibt."

Laura seufzt: „Wohl eher, es gab jemanden. Ich habe ihn vor den Kopf gestoßen und den Kontakt abgebrochen, weil ich glaubte, meine Ehe wäre es wert, dass ich Sven aus meinem Herzen verbanne. Das hat natürlich nicht funktioniert. Jetzt scheint es zu spät, denn er ist spurlos verschwunden."

„Gib nicht auf! Du wirst ihn aufspüren", prophezeit Bernd und drückt Laura zum Abschied an sich. „Alles Gute und lass mich bald wissen, wie es dir geht."

„Mach ich und grüß bitte Eva und Torsten von mir!"

Kapitel 19

Laura kann sich kaum auf das Fahren mit der Harley konzentrieren, zu sehr beherrschen die letzten Szenen im Hause Baumgartner ihre Gedanken. Besonders schlimm war der Abschied von Max. Minutenlang hielt sie ihren Sohn in den Armen - wie zuletzt, als er sich beim Klettern am Fels das Knie abgeschürft hatte. Das muss gut zehn Jahre her sein. Also ist er doch nicht ganz der Coole, den er vorzugeben scheint. Sie konnte ihn mit der Perspektive trösten, dass er bald in Berlin wohnen wird, was nicht allzu weit von Frankfurt entfernt ist. Er kann jederzeit dorthin kommen. Mit Kerstin ist das schon abgesprochen und deren Wohnung riesengroß.

Max war es auch, der sie darin bestärkt hatte, statt des alten Autos die Harley zu nehmen. Manfred verdiente es nicht anders.

Der erneute Hinweis des Navis auf die Autobahnabzweigung in Richtung Frankfurt holt die Fahrerin wieder in die Gegenwart zurück. Schon längst hätte sie sich nach rechts zwischen die Brummis einordnen müssen, um am Flughafen die Autobahn zu wechseln. Durch ein riskantes Manöver gelingt es ihr im letzten Moment, vor einem Lkw nach rechts auszuscheren. Ein Hupkonzert ist die Folge. Sie sollte sich wirklich besser konzentrieren, sonst endet ihre Fahrt schließlich mit einem Unfall. Dank des Navis landet sie eine halbe Stunde später vor Kerstins neuer Behausung. Bevor sie bei ihr klingelt, informiert die versprochene SMS ihren Sohn über ihre Ankunft. Die Harley ist schwer bepackt, und Laura ist nicht imstande, alles auf einmal in die Wohnung zu schleppen.

Kerstin muss ihre Freundin bereits vom Fenster aus entdeckt haben, denn keine zwei Minuten später fallen sich die beiden auf der Straße in die Arme.

Anschließend ist Laura schwer beeindruckt von Kerstins Maisonettewohnung. In der unteren Ebene ist bis auf das Gäste-WC alles offen. Die moderne Küche mit der Theke integriert sich perfekt in den Wohnbereich, an den sich eine Dachterrasse anschließt, die dem Betrachter eine tolle Aussicht auf den Rhein und die Stadt erlaubt.

„Gefällt dir meine Wohnung?" Kerstin drückt der verschwitzten Laura ein Glas Wasser in die Hand, das sie in einem Zug austrinkt.

„Sie ist ein Traum! Allerdings vermisse ich eine Kleinigkeit."

„Was denn?"

„Es fehlen Vorhänge!"

„Die habe ich extra für dich aufgespart. Würdest du mir welche nähen?", zwinkert Kerstin belustigt mit einem Auge.

„Gerne, ich konnte meine Nähmaschine aber nicht auf der Harley mitschleppen."

„Kein Problem, wir leihen uns eine!"

„Und was befindet sich in der zweiten Etage?", fragt Laura neugierig.

„Komm mit, ich zeige dir alles! Wir nehmen dein Gepäck gleich mit, denn die Schlafzimmer sind oben."

Das Gästezimmer besitzt neben einem großzügigen Kleiderschrank und einem goldenen Metallbett sogar einen kleinen eingeschnittenen Balkon, auf dem ein schmiedeeiserner Tisch und ein Stuhl zum Verweilen einladen. Eine wild rankende Glyzinie windet sich vom untersten Stockwerk hoch um das Geländer und verhindert Einblicke.

Nachdem Laura ihre Motorradkluft gegen eine Jeans und ein T-Shirt getauscht und sich ein wenig frisch gemacht hat, erwartet Kerstin sie auf der Dachterrasse. Der Essplatz, den die Eventmanagerin romantisch mit Kerzen eingedeckt hat, wird von einigen mediterranen Kübelpflanzen wie Oleander und Zitronenbäumchen umsäumt.

„Wer gießt die denn, wenn du auf Achse bist?", wundert sich Laura, die weiß, dass diese Pflanzen täglich viel Wasser benötigen.

Kerstin tut geheimnisvoll: „Setz dich erst mal. Ich hoffe, die

Heizstrahler reichen, denn so warm ist es abends leider nicht mehr."

„Spann mich nicht auf die Folter. Hast du dir einen Butler zugelegt?" Der Freundin wäre dieser Luxus durchaus zuzutrauen.

„Besser!" Kerstin grinst über beide Wangen, und eine leichte Röte überzieht ihr Gesicht, was Laura sonst gar nicht an ihr kennt.

Bevor ihre Neugier befriedigt wird, füllt Kerstin die Gläser mit einem portugiesischen Rosé und die Teller mit Spaghetti und Hackfleischsoße. Dazu gibt es einen knackigen Blattsalat.

„Jetzt stoßen wir erst einmal auf dein neues Leben und die Freiheit an!"

Laura ist seltsam zumute. Ein Gefühl der Erleichterung, dass sie den Absprung von Bad Hollerbach geschafft hat, will sich nicht einstellen. Vielmehr ergreift plötzlich Wehmut von ihr Besitz. Über zwanzig Jahre Ehe lassen sich nicht einfach fortwischen wie ein falsches Ergebnis auf der Schultafel.

„So leicht ist es nicht für mich", gibt Laura zu.

„Ich weiß, meine Liebe. Aller Anfang ist bekanntlich schwer. Aber nun iss, denn kalte Spaghetti schmecken nicht!"

„Erst, wenn du mir deine Neuigkeit erzählt hast."

Kerstin setzt eine spitzbübische Miene auf: „Du darfst aber nicht lachen."

„Würde mir nicht im Traum einfallen!"

„Ich bin über beide Ohren verknallt."

Laura nimmt erneut ihr Glas in die Hand und prostet Kerstin zu. „Aber das ist doch fantastisch, dass dir so was endlich passiert. Wer ist denn der Glückliche?"

„Mein Nachbar!"

„Du meinst hier, gleich nebenan?"

Kerstin nickt: „Er heißt Martin, ist seit einem Jahr geschieden und Banker, wie in Frankfurt nicht anders zu erwarten."

„Wie kommt er denn mit deinem Job klar? Ihr könnt euch ja nicht so oft sehen."

„Das ist die nächste Überraschung. Ab kommendem Monat

arbeite ich bodenständig in unserer Eventabteilung und lasse andere durch die Welt gurken."

Jetzt hat es Kerstin geschafft, Laura endgültig in Erstaunen zu versetzen: „Dann startest du also tatsächlich einen Neuanfang. Das freut mich so für dich." Sie springt spontan auf und umarmt die Freundin.

Erst um Mitternacht liegt Laura im Gästezimmer im Bett, was vorläufig ihre neue Heimat sein soll. Sie gönnt Kerstin natürlich ihre Liebe zu Martin und den Bürojob. Auf der anderen Seite stellt dies eine ganz andere Situation dar, als erwartet. Sie hatte angenommen, Kerstin wäre meistens unterwegs. Auf keinen Fall möchte sie die frische Beziehung stören. Sicher wird Martin entweder hier in der Wohnung schlafen oder Kerstin drüben. Sie fühlt sich auf einmal als unerwünschter Eindringling. Als fünftes Rad am Wagen zu fungieren, kann daher nur eine vorübergehende Lösung bedeuten. Maximal zwei Wochen, dann muss eine andere Alternative her. Ob Frankfurt das richtige Pflaster für Arbeit und Wohnung darstellt? Die Mieten sind hoch, und als Schneiderin wird sie nicht viel verdienen, falls überhaupt eine solche Stelle irgendwo zu bekommen ist. Trachtenvereine, die ihr in Bad Hollerbach viele Aufträge einbrachten, gibt es hier in der Gegend wohl kaum. Was wäre mit Berlin? Sie könnte sich zusammen mit Max eine Wohnung nehmen. Zwar hat er sich gleich nach der Studienplatzvergabe für mehrere Studentenwohnheime beworben, aber bisher keine Zusage bekommen. Manfred muss ihr schließlich Unterhalt zahlen und Max das Studium. Wenn sie zusammenlegen, ist das Leben dort vielleicht finanzierbarer. Diesen Gedanken verwirft Laura jedoch schnellstens wieder. Eine Mutter als Klotz am Bein darf sie ihrem Sohn nicht zumuten. Schließlich soll er lernen, auf eigenen Füßen zu stehen. Das ist das Recht eines jeden jungen Menschen. Er ist lange genug von ihr verwöhnt worden und soll kein Muttersöhnchen wie Manfred werden.

In diesem Moment klingelt ihr Handy. So spät ein Anrufer?

Ihr Herz beginnt schneller zu schlagen, denn Hoffnung keimt auf. Könnte es Sven sein? Hat Harry ihm vielleicht Bescheid gegeben, dass sie ihn unbedingt erreichen will? Schnell hechtet sie zu ihrer Handtasche, und ihr stockt der Atem, als sie auf das Display schaut. Manfred! Der hat ihr gerade noch gefehlt. Soll sie ihn einfach wegdrücken? Mechanisch landet ihr Finger jedoch auf dem grünen Hörer.

Mehr als ein leises „Hallo" kommt nicht über ihre Lippen.

„Bist du dran, Laura?", dringt es unwirsch an ihr Ohr.

„Ja, wer denn sonst?"

„Es könnte dein Stripper sein!", brüllt Manfred in den Hörer.

Laura beißt die Zähne zusammen, um Manfreds Unverschämtheit erst einmal wegzustecken, bevor sie antwortet: „Was willst du?"

„Meine Harley, aber pronto! Du bringst sie morgen zurück!", und als am anderen Ende der Leitung nur ein kurzer Seufzer zu hören ist, „hast du mich verstanden?"

„Ich bin nicht taub, aber die Harley bleibt bei mir! Ich werde einen Teufel tun und sie dir zurückgeben. Wieso fällt dir das überhaupt erst um Mitternacht ein? Wieder Überstunden geschoben und eine Mandantin zu Hause verköstigt?" Laura kann sich die bissige Bemerkung nicht verkneifen.

Manfred übergeht die Frage geflissentlich und plustert sich auf: „Dann klage ich sie heraus!"

„Damit dürftest du baden gehen, Herr Rechtsanwalt!" Laura hält die Luft an, denn sie kann sich vorstellen, dass Manfred kurz vorm Explodieren ist.

„Wie meinst du das?", kommt es tatsächlich irritiert zurück.

„Schon vergessen? Ich stehe als Eigentümerin der Harley im Fahrzeugbrief. Du hast das damals aus irgendwelchen steuerlichen Gründen so gemacht, weil du sie selbst nicht absetzen konntest. Ich hingegen schon, um angeblich damit zu meinen Kunden zu fahren." Laura hat es zuvor nie interessiert, was für Schachzüge Manfred mit dem Steuerberater anstellt. Sie war froh, sich mit buchhalterischen Dingen nicht auseinandersetzen zu müssen. Zum Glück wusste Max Bescheid, wo sein Vater alle Fahrzeugunterlagen aufbewahrt, sodass Laura geistesgegenwärtig den Brief, den Fahrzeugschein und die Versicherungskarte mitnahm.

Am anderen Ende der Leitung herrscht eisiges Schweigen. Laura nutzt den Moment, um ihr Handy abzustellen. Das muss Manfred erst einmal verdauen, dass er sich mit der Steuerspitzfindigkeit ein Eigentor geschossen hat. Dieser Trumpf hat gestochen.

Innerlich total aufgewühlt entnimmt Laura ihrer Handtasche den Flakon aus der Provence. Mit dem Duft von Sven in der Nase fühlt sie sich schlagartig besser. Sie wird ihr neues Leben irgendwie meistern.

Bereits am nächsten Tag lernt Laura Kerstins Lover beim Abendessen kennen. Er kommt zwar sympathisch rüber, aber mit Sven kann Martin nicht konkurrieren. Außerdem geht ihr das Gelaber über die neusten Börsenkurse schnell auf die Nerven. Laura ist erstaunt, wie Kerstin an Martins Lippen hängt, denn früher interessierte sie dieses Thema in keinster Weise. Wozu die Liebe doch alles imstande sein kann! Da können sich Außenstehende manchmal wirklich wundern.

Unter dem Vorwand, müde und erschöpft zu sein, zieht sich Laura ins Gästezimmer zurück, um die beiden allein zu lassen. Glücklicherweise konnte sie ihren Laptop in der Harley verstauen. Mal sehen, ob Max ihr geschrieben hat. Ihre Hoffnung erfüllt sich.

Liebe Ma,
wie geht es Dir? Hast Du es bei Kerstin gut getroffen? Ich vermisse Dich bereits nach einem Tag sehr. Stell Dir vor, kaum bist Du aus dem Haus, taucht eine rumänische Haushälterin auf, die Oma gleich für halbtags engagiert hat. Sie soll putzen, waschen, einkaufen und für das Mittagessen sorgen. Was sagst

Du dazu? Erst wollte ich Dir das gar nicht schreiben, weil ich weiß, wie sehr Du Dir Unterstützung im Haushalt gewünscht hättest, sie Dir aber nicht zugestanden wurde. Heute erhielt ich die Zuteilung für ein Appartement im Studentenwohnheim. Ich bin froh, hier wegzukommen, auch wenn meine Beziehung zu Eva davon betroffen ist. Na ja, die zwei Wochen werde ich noch überstehen. Vielen Dank übrigens, dass Du mir einen Hausrat zusammengestellt hast. Die Sachen habe ich erst in meinem Zimmer entdeckt, als Du gefahren warst. Ich werde alles in meinem neuen Auto verstauen, das ich morgen in Empfang nehmen darf. Oma schleife ich zur Jungfernfahrt mit, schließlich hat sie die Kiste bezahlt. Ich kutschiere sie zum Baldriansee und lade sie dort zum Essen ein.

Papa hat natürlich einen Tobsuchtsanfall gekriegt, als er das Fehlen der Harley entdeckte. Er griff sofort wütend zum Telefon und wollte Dich anrufen. Ob Du es glaubst oder nicht, Oma hat ihn zunächst davon abgehalten. Er solle Dich in Ruhe lassen und könne froh sein, dass Du so friedlich das Haus verlassen hast. Er würde ja durch seine Scheidungsmandate wissen, dass es da schlimmere Dinge gibt, als ein Motorrad herzugeben. Oma wird mir langsam unheimlich. Ich habe nicht verraten, dass Du die ganzen Unterlagen bei Dir hast und weißt, dass die Harley rechtlich Dein Eigentum ist. Hat er Dich inzwischen angerufen?

So, jetzt habe ich Dir alle Neuigkeiten aus der Weltstadt berichtet. Bitte antworte mir bald,

Dein Max

Es geschehen noch Wunder! Die *Zwergin* tritt für ihre verhasste Schwiegertochter ein? Die Haushälterin ist allerdings der Oberhammer, aber das war nicht anders zu erwarten. Helene vergreift sich freiwillig nicht an Haushaltstätigkeiten. Merkwürdigerweise lässt es Laura kalt, denn sie hat innerlich mit Bad Hollerbach und dem Baumgartnerschen Anwesen abgeschlossen. So eine Wohnung wie Kerstin sie hat, wäre natürlich ein Traum. Darauf wird sie hinarbeiten.

Nachdem sie Max ausführlich geantwortet hat, steht das Surfen im Internet auf dem Plan. In Frankfurts Umgebung liegen einige nette, kleinere Städte. Dort sind die Mietpreise erschwinglicher, dafür sieht es mit Arbeitsplätzen schlechter aus. Deprimiert sinkt sie ins Bett und wälzt sich die ganze Nacht unruhig hin und her.

Kerstin treibt tatsächlich eine Nähmaschine auf, und Laura macht sich an die Arbeit, nachdem die beiden Stoff für die Vorhänge in der Innenstadt erstanden haben. Es war ein netter Shoppingtag, bei dem Kerstin ihr den Römer zeigte und sie in die Geheimnisse eines guten Apfelweins einwies. Zum Essen bestellte die Freundin *Handkäse mit Musik* und Laura als Käsemuffel die berühmte Frankfurter *grüne Soße* zum Fleisch. Unweigerlich schmunzelte sie bei dem Gedanken an ihre Begegnung mit dem *halven Hahn* in Köln. So hat jede Stadt ihre kulinarischen Besonderheiten.

Nach drei Tagen sind die Vorhänge fertig genäht, und Martin hängt sie auf. Auf das tolle Ergebnis stoßen die drei mit Prosecco an. Danach wollen Kerstin und Martin ins Kino.

„Magst du mitkommen?", bietet Kerstin der Freundin an. „Der neuste James Bond ist fällig."

Laura verneint, denn sofort werden Erinnerungen an das legendäre Candle-Light-Dinner mit Sven auf der Jacht wach. Er im Smoking, Wodka-Martini geschüttelt und nicht gerührt, sein leidenschaftlicher Kuss, der ihr noch heute eine Gänsehaut beschert. Sie könnte James Bond jetzt nicht ertragen.

Als die beiden aufgebrochen sind, googelt Laura die Sixpackboys. Es muss einfach eine Möglichkeit geben, herauszufinden, was mit Sven passiert ist. Hunderte Links führen in die Irre. Aufgrund der Tourneepause gibt es null Neuigkeiten. Plötzlich weiß Laura, was sie zu tun hat. Sie muss nach Hamburg!

Das ist sie ihm und sich selbst schuldig. Von Frankfurt kann man die Strecke in die Hafenstadt in wenigen Stunden bewältigen. Die vergangenen Wochen haben ihr zwar psychisch und physisch stark zugesetzt, und sie fühlt sich müde und ausgelaugt, aber es gibt kein Halten mehr. Kerstin wird es verstehen. Noch in der Nacht packt sie ihre Sachen zusammen.

„Hast du dir das wirklich gut überlegt?" Kerstin gießt Laura und sich selbst beim Frühstück Kaffee nach. Offensichtlich hat sie in ihrer Wohnung geschlafen und Manfred in seiner.

„Ich muss einfach Gewissheit haben, um mit mir ins Reine zu kommen. Wenn Sven nichts mehr für mich empfindet, werde ich das akzeptieren."

„Aber wieso bist du sicher, dass er in Hamburg bei seinen Eltern ist?"

„So ein Gefühl! Er hat erzählt, dass sie ihn immer aufgefangen haben, wenn es Probleme gab. Wo sollte er auch sonst sein?"

„Er kann überall einen neuen Job angenommen haben!"

„Da hast du natürlich leider recht. Ich kann dir nicht genau erklären, warum es mich nach Hamburg zieht."

Kerstin beißt mit Genuss in ein Croissant, bevor sie zu bedenken gibt: „Warte ein paar Tage, bis du dich ein wenig von den Aufregungen der letzten Wochen erholt hast. Du wirkst auf mich ziemlich angeschlagen."

„Ich packe das schon. Die Erkältung wird mich nicht vom Motorrad hauen." Wie aufs Stichwort muss Laura niesen.

„Siehst du, das wird bestimmt eine Grippe. Die soll bereits grassieren."

Laura wundert sich, warum Kerstin sie unbedingt von der Fahrt in die Hafenstadt abhalten will. Die Freundin müsste doch froh sein, endlich mit Martin wieder allein zu sein.

„Ich störe sowieso eure Zweisamkeit."

Keine zwei Sekunden später räuspert sich Kerstin: „Tust du nicht!"

„Klar tue ich das. Frischverliebte wollen immer allein sein."

Als wäre es nichts Außergewöhnliches, bringt Kerstin lässig über die Lippen: „Ich habe mich gestern nach dem Kino wieder von Martin getrennt."

Laura fällt vor Erstaunen ihre Brötchenhälfte auf den Teller. „Jetzt machst du einen Scherz, oder?"

„Nein, ich tauge einfach nicht für eine Bindung. Martin ist ein netter Kerl, aber sein Börsengeschwafel interessiert mich nicht die Bohne. Als ich glaubte, in ihn verliebt zu sein, habe ich auf Durchzug geschaltet. Jetzt geht das nicht mehr."

Laura kann sich das Kichern nicht verkneifen: „Ehrlich gesagt, das ging mir auch mächtig auf den Keks. Und was meint er dazu?"

„Er war zunächst verblüfft und wollte es nicht wahrhaben. Wir sind dann in eine Bar gegangen und bei einem Cognac verdaute er meinen Entschluss. Allerdings hofft er, dass wir nach meinem Kapstadtaufenthalt einen Neubeginn starten."

„Kapstadt? Habe ich was verpasst?"

„Oh, entschuldige! Das weißt du ja noch gar nicht. Als wir gestern zum Kino fuhren, rief mich mein Chef auf dem Handy an, dass ich morgen nach Südafrika fliege, um eine Location für ein Rockfestival zu suchen. Aufgrund der Fußballweltmeisterschaft sind die überflüssigen Stadien inzwischen für wenig Geld zu buchen."

„Und jetzt willst du nicht, dass ich abhaue, weil sonst deine Blumen verdursten."

„Quatsch, um die kümmert sich Martin trotzdem. Wir sind erwachsen und können mit der Situation umgehen. Vielleicht vermisse ich ihn ja auch, wenn ich zwei Wochen unterwegs bin."

„Wer's glaubt!", hat Laura berechtigte Zweifel. Ihre Freundin wird sich nie ändern.

„Auf jeden Fall kannst du hier wohnen, solange du willst. Du bist die Einzige, mit der ich es unter einem Dach aushalte."

„Du bist süß! Ich danke dir jedenfalls für deine

Gastfreundschaft, ohne die ich mich wahrscheinlich nicht getraut hätte, Bad Hollerbach zu verlassen."

„Wenn Hamburg ein Flop wird, dann kommst du zurück! Versprochen?"

„Versprochen!" Laura steht auf, um Kerstin in die Arme zu schließen und ihr für alles Bisherige zu danken. „Kann ich einen Teil meiner Klamotten erst einmal hierlassen?"

„Klar, es kann alles im Gästezimmer bleiben, was du nicht brauchst."

Beim Abschied nimmt Kerstin Laura die Zusicherung ab, sofort Meldung zu machen, sobald sie Hamburg erreicht hat.

Kapitel 20

Es herrscht ein starker Wind auf der Autobahn, und Laura hat alle Mühe, die Maschine gerade auf der Straße zu halten. Kerstin hatte recht, sie ist einfach reif für die Insel. Ihre Glieder fühlen sich bleischwer an, die Nase ist zu und ihre Augen tränen. Das sind untrügliche Anzeichen für einen grippalen Infekt. Sollte sie Sven nicht begegnen oder er nichts mehr von ihr wissen wollen, wird sie sich eine günstige Unterkunft suchen und erst mal einige Tage ausspannen. Der Gedanke an letztere Möglichkeit versetzt ihr einen Schlag in den Magen. Vielleicht ist er gar nicht mehr in Deutschland, sondern nimmt eine Auszeit irgendwo in der Südsee oder er hat sich bei den *Ärzten ohne Grenzen* beworben. Die Adresse der Sanders war schnell herausgefunden, da Svens Vater genauso heißt und ebenfalls einen Doktortitel hat. Das Navi führt nach anstrengender Fahrt in den vornehmen Stadtteil Blankenese, und so verwundert es nicht, dass die Harley vor einer prächtigen Villa zum Stehen kommt. Die Mauer, die das ganze Anwesen umgibt, ist mit Efeu und Kletterhortensie berankt und vermittelt ein verwunschenes Ambiente.

Lauras Herz schlägt bis zum Hals, als sie vor dem Eingang steht, den Zeigefinger auf dem Klingelknopf.

„Nun mach schon!", redet sie sich selbst Mut zu, „du bist die weite Strecke nicht gefahren, um jetzt zu kneifen."

„Ja bitte!", tönt eine weibliche Stimme kurz darauf aus der Sprechanlage.

„Ich ... heiße Laura Baumgartner und möchte bitte Sven Sander Junior sprechen."

„Das tut mir leid, der ist nicht im Haus." Es folgt ein Rauschen in der Sprechanlage, und als Laura sich gerade enttäuscht und der Verzweiflung nahe zum Gehen wendet, ruft eine männliche Stimme hinter ihr her. „Mensch, Laura, bist du es, die *Königin der Nacht*? Komm rein!"

Die Zurückgerufene erkennt sofort Frieders unverkennbaren,

sonoren Tonfall, und das Summen des elektrischen Türöffners lädt sie zum Eintreten in das Sandersche Refugium ein.

Die Freude über das Wiedersehen scheint bei Frieder wirklich echt zu sein, als er Laura herzlich umarmt und auf die Wangen busselt. „Hey, du siehst ja echt heiß aus in der neuen Kluft!", entfährt es ihm anerkennend. Frieder führt sie sogleich in den großzügigen Salon und bittet das Hausmädchen, das zuerst mit Laura durch die Sprechanlage gesprochen hatte, einen Tee zu servieren. Dass diese gediegene, offenbar wohlhabende Hamburger Familie mit der Berufswahl ihrer Söhne nicht konform geht, leuchtet Laura schlagartig ein. Sie ist gespannt auf Svens und Frieders Eltern, obwohl ihr die bevorstehende Begegnung leichte Übelkeit verursacht. Ob Sven ihren Namen ihnen gegenüber überhaupt je erwähnt hat? Warum sollte er?

Zu Lauras Erleichterung verrät Frieder gleich, als sie in den bequemen Sesseln vor dem Kamin Platz genommen haben: „Meine Eltern sind nicht da. Sie machen Urlaub."

„Ach, schade", täuscht Laura Bedauern vor, denn sie will nur eines wissen: „Wo ist Sven?" Dabei hält sie die Luft vor Spannung an, denn Frieders Antwort kann hop oder top bedeuten, wie Max sich ausdrücken würde.

„Du hast meinem Bruder das Herz gebrochen! Dafür müsste ich jetzt ganz böse mit dir sein!", spielt Frieder den Richter, grinst aber schelmisch dabei.

„Was meinst du genau?", keimt ein Funke Hoffnung in Laura auf, dass für ihre Liebe nicht alles zu spät ist.

Jetzt erzählt Frieder die ganze Geschichte der letzten Monate, denn Sven weihte ihn in seinen Kummer ein. Nachdem Laura die Suite fluchtartig ohne Nachricht verlassen hatte, war Sven ein anderer Mann geworden. Er distanzierte sich immer mehr von der Truppe und zog seine Nummer wie ein Roboter jeden Abend durch. Er weigerte sich fortan, die Maharadscha–Nummer und das Date mit einer neuen *Königin der Nacht* zu übernehmen. Das führte schließlich immer mehr zum Streit mit Harry und auch den anderen Jungs. Nach der letzten Vorstellung ihrer Tournee in Stuttgart gab Sven seinen Austritt aus der Truppe bekannt. Er würde den Vertrag nicht verlängern und erklärte ganz offen und ehrlich den Grund. Er hätte sich über beide Ohren verliebt, und auch wenn diese Liebe unerfüllt bliebe, könnte er nicht mehr weiter so leben wie bisher. Alle Sixpackboys einschließlich Harry bedauerten Svens Entscheidung und zeigten gleichzeitig Verständnis. Sie wünschten seinem Bruder viel Glück und die Chance, seine *Königin* wiederzufinden.

Laura kann die Tränen kaum zurückhalten. Was war sie doch für eine blöde Kuh. Sven liebt sie wirklich mit Haut und Haaren, und sie hat ihm misstraut.

Frieder hält ihr ein Taschentuch hin, das sie dankbar ergreift und hineinschnieft, als wolle sie allen Kummer für immer wegprusten.

„Er ist auf Sylt in seinem Ferienhaus! Sven vertritt dort einen befreundeten Arzt", fährt Frieder ungefragt fort. „Von hier aus kannst du es in drei Stunden schaffen. Natürlich steht dir unser Gästezimmer zur Verfügung, wenn du erst morgen fahren möchtest. Ich würde mich freuen, deine Gesellschaft ein wenig länger genießen zu dürfen."

Es wäre zwar vernünftig, sich eine Pause zu gönnen und ein wenig zu erholen, aber Laura ist fest entschlossen, ihre letzten Kräfte zu mobilisieren.

„Danke für das Angebot, sei bitte nicht böse, Frieder, aber ich möchte sofort aufbrechen. Ich habe schon zu viel Zeit verplempert, und bitte verrate Sven nicht, dass ich auf dem Weg zu ihm bin!"

„Okay, aber kannst du mir einen Gefallen tun?"

„Gern!"

Frieder verlässt kurz das Zimmer, um mit einem großen Umschlag zurückzukommen. „Hier ist die Post für Sven drin. Ich wollte sie ihm morgen schicken, aber über dich als Postbotin wird er sich bestimmt besonders freuen."

Der Abschied von Frieder fällt herzlich aus. „Na, dann sehen wir uns hoffentlich demnächst wieder."

„Wann geht denn eure Tournee weiter?", möchte Laura wissen.

„Mitte November! Mit dem potenziellen Nachfolger von Sven müssen wir erst einmal eine Weile proben. Du bekommst natürlich eine Freikarte für die Stadt deiner Wahl."

„Das ist super. Ich werde mir eure neue Show nicht entgehen lassen."

Durchs weite Deichvorland fährt der Zug die Touristen und Einheimischen auf dem Hindenburgdamm nach Westerland auf Sylt. Laura saugt die Einmaligkeit dieser Landschaft in sich auf, die so ganz anders ist als das Alpenvorland. Nach einer langen Reise ist sie fast am Ziel ihrer Träume. Wie hat sich ihr Verstand gegen die Liebe zu Sven gewehrt, während sich ihre Seele und ihr Körper so sehr nach ihm gesehnt haben. Was für Qualen hat sie die vergangenen Monate ertragen, alles umsonst, oder hat sie erst die Hölle erleben müssen, um das Paradies zu erkennen?

Der Zug erreicht Westerland, und nachdem die Harley wieder festen Boden unter den Rädern hat, macht das Navi sich auf die Suche nach Frieders angegebener Adresse.

Inzwischen ist die Dunkelheit hereingebrochen, und Laura kann gerade noch erkennen, dass der Weg aus der Stadt entlang des Deiches in Richtung Norden führt. Allmählich meldet sich ihr Magen, der Hunger und Durst signalisiert. An Essen war den ganzen Tag über nicht zu denken.

„Sie sind am Ziel!", behauptet die Navi-Stimme nach einigen Minuten.

„Ja, ich bin hoffentlich angekommen!", spricht Laura leise zu sich selbst.

Eine hohe Hecke umgibt das Reetdachhaus. Laura findet im Dunkeln keine Klingel, da nichts beleuchtet ist. Glücklicherweise lässt sich das Tor öffnen, und wie eine Katze schleicht sie sich durch den Vorgarten, dem einzigen hellen Punkt im Haus folgend. Und endlich entdeckt sie Sven durch die Fensterscheibe in einem Sessel am Kamin, in dem ein Feuer brennt und den Raum in ein warmes Licht taucht.

Lauras Schmetterlinge werden abrupt aus dem Schlaf gerissen und formieren sich zum Freudentanz. Ihr Herz schlägt so stark, dass es Sven drinnen hören müsste. Gerade als sie an die Scheibe klopfen will, betritt eine Frau das Zimmer mit zwei gefüllten Gläsern in der Hand. Sie dürfte etwa in Svens Alter sein, ist hochgewachsen und ihr brünetter Kurzhaarschnitt verleiht ihr ein burschikoses Äußeres. Jetzt reicht sie Sven ein Glas und schenkt ihm ein charmantes Lächeln, um dann in einem Sessel neben ihm Platz zu nehmen. Sie prosten sich zu und wirken vertraut miteinander.

Laura spürt den Boden unter sich öffnen und den freien Fall ins Nirgendwo. Sven hat längst eine neue Liebe. Wieso hat Frieder nichts davon gesagt? Die Brüder haben doch angeblich keine Geheimnisse voreinander. Oder hat Frieder sie bewusst ins Messer laufen lassen als Rache dafür, dass Sven wegen ihr die Sixpackboys verlassen hat? Tausend Gedanken vermögen Laura in diesem Moment keine Antwort zu geben. Sie zittert plötzlich am ganzen Körper und ihr Magen rebelliert. Auf keinen Fall will sie sich vor Svens Haustür übergeben müssen und damit womöglich auf diese unangemessene Weise seine Aufmerksamkeit erregen. Mit einem Würgen im Hals schafft sie es im letzten Moment, den Umschlag mit der Post vor die Haustür zu legen und sich zu einem entfernten Busch zu schleppen, um ihren Magen zu entleeren.

Völlig erschöpft lässt sich die Gebeutelte eine Weile auf dem Boden nieder, unfähig, einen vernünftigen Plan zu entwickeln, was sie jetzt tun soll. Heute wird ganz sicher kein Zug mehr zurück aufs Festland gehen. Im alten Golf hätte sie wenigstens übernachten können, wenn auch die herbstlichen Temperaturen nicht dazu einladen, aber in ihm befindet sich immer eine Decke für eventuelle Notfälle. Es hilft ihr nicht weiter, das Auto herbeizusehnen, sie muss sich nach einer Bleibe umschauen. Es herrscht Nebensaison, und die Insel wird nicht wie im Sommer ausgebucht sein. Das Navi gibt Auskunft, dass die *Pension Sanddüne* zwei Straßen weiter rechts liegt. Erneut startet sie die Harley und folgt den Anweisungen der Stimme.

Mittlerweile ist es bereits nach zehn Uhr, und zu Lauras Entsetzen findet sie die Tür der Pension verschlossen vor, aber hinter den vorgezogenen Vorhängen schimmert Licht durch. Soll sie es wagen zu klingeln, obwohl vielleicht schon Winterpause herrscht und zurzeit keine Zimmer vermietet werden? Laura wirft ihre Skrupel über Bord, denn sie ist zu erschöpft, um eine Zimmer-Such-Rallye durch Westerland zu veranstalten.

Es dauert eine Weile, bis sich auf ihr Klingeln im Inneren des Hauses etwas regt. Endlich öffnet sich die Tür, und eine ältere Dame mit einem warmen Tuch um die Schultern lächelt sie erwartungsvoll an.

„Kann ich etwas für Sie tun?"

„Ich ..., ich brauche ein Zimmer für diese Nacht! Entschuldigen Sie bitte die späte Störung, aber ich kenne mich hier im Ort nicht aus und habe vorher nichts buchen können."

Die Frau mustert den späten Gast von oben bis unten, und ihr bleibt der desolate Zustand der Motorradfahrerin nicht verborgen, denn mit Menschen und deren Bedürfnissen kennt sich die Pensionsbesitzerin aus. Deshalb bringt sie es nicht übers Herz, Laura die Tür vor der Nase zuzuschlagen.

„Für uns ist die Saison beendet, aber kommen Sie doch erst einmal herein. Ich glaube, Sie können etwas Warmes zu trinken gebrauchen."

Laura lässt sich nicht zweimal bitten, legt ihren Helm im Flur ab und folgt ihrer möglichen Retterin in die Küche, wo ein Feuer im Ofen wohlige Wärme spendet. Wie eine fürsorgliche Mutter drückt Frau Stromeyer ihre späte Besucherin auf den Stuhl, der dem Kamin am nächsten steht, und reicht ihr gleich darauf einen

Becher Tee. „Trinken Sie in Ruhe und dann erzählen Sie mir, wieso Sie keine Unterkunft haben und woher Sie kommen."

Laura wärmt ihre zitternden Hände an dem heißen Becher und nimmt kleine Schlucke. Sie hat berechtigte Sorge, dass ihr Magen sonst erneut rebellieren wird.

„Vielen Dank, dass Sie mich eingelassen haben. Ich wollte einen Bekannten überraschen und habe mich nicht bei ihm angekündigt, was ein Fehler war. Er ist nicht zu Hause, und zurück aufs Festland kann ich heute nicht mehr. Ich bin in der Früh von Frankfurt losgefahren." Laura versucht, ihrer Stimme einen neutralen Tonfall zu verleihen. Das Lügen fällt ihr nicht leicht, aber sie möchte sich nicht einer wildfremden Frau offenbaren, was wohl die richtige Entscheidung ist, denn Frau Stromeyer bohrt nach: „Von so weit kommen Sie extra, um jemanden zu überraschen. Wie heißt denn Ihr Bekannter? Hier kennt jeder jeden. Vielleicht können wir ihn aufspüren. Zu dieser Jahreszeit trauen sich die Einheimischen wieder selbst in die Kneipen."

Das hat Laura gerade noch gefehlt, dass die gute Frau womöglich Sven kennt und bei ihm anruft. „Er ist selbst zu Besuch auf der Insel!", antwortet sie knapp, sodass Frau Stromeyer nicht wagt, nochmals nachzuhaken, aber sie spürt, dass etwas an der Geschichte der jungen Frau nicht stimmt. Das kalkweiße Gesicht und die zitternden Hände sprechen dafür.

„Wissen Sie was, ich gebe Ihnen ein Zimmer. Es macht wenig Sinn, um diese Uhrzeit bei der Konkurrenz anzurufen. Viele haben wie wir geschlossen, und wer offen hat, weiß ich auch nicht so genau."

Laura möchte die Pensionschefin am liebsten vor Dankbarkeit in die Arme nehmen, aber sie beherrscht sich. „Das ist wirklich ganz lieb von Ihnen. Ich gebe zu, dass ich sehr müde bin und mich nach einem bequemen Bett sehne."

„Dann holen Sie mal Ihr Gepäck herein. Sie sind mit dem Motorrad unterwegs?"

Laura nickt: „Viel habe ich nicht dabei. Bin in zwei Minuten zurück."

Anschließend folgt sie Frau Stromeyer die steile Stiege hinauf in ein gemütlich eingerichtetes Zimmer. Das hölzerne Bett mit Schnitzereien am Kopf- und Fußende steht in der Ecke unter der Dachschräge und lässt in Laura sofort den Wunsch aufkeimen, sich einfach unausgezogen hineinfallen zu lassen.

Nachdem Frau Stromeyer ihr frische Handtücher gebracht und ihr eine gute Nacht gewünscht hat, reißt sich Laura die enge Motorradkluft vom Körper. Ihr Zittern hat aufgehört, stattdessen überkommt sie eine Hitzewelle und Schweißperlen bilden sich auf ihrer Stirn. Sie schiebt ihren Zustand auf all die Aufregungen, die sie in den letzten Tagen erleiden musste. Einzig das Ziel, endlich Sven in den Armen zu liegen, hat sie bis hierher gebracht. Jetzt haben sich all ihre Träume ins All verabschiedet, und nichts bleibt als Verzweiflung und die Ungewissheit, wie alles weitergehen soll.

Nur mit Unterwäsche bekleidet schlüpft Laura unter die weiche Bettdecke. Nicht einmal zum Zähneputzen ist sie imstande, zu sehr hämmert ihr Kopf. Trotzdem sendet sie eine SMS an Kerstin:

Bin auf Sylt, melde mich wieder! Guten Flug und viel Erfolg in Kapstadt!
Liebe Grüße von Laura

Um ungestört schlafen zu können, schaltet sie das Handy aus. Die SMS wird das Letzte sein, woran sich Laura erinnert, bevor sie ins Fieberdelirium fällt.

Kapitel 21

Sven tritt vor die Haustür, um wie jeden Morgen seit einigen Wochen seinen Freund in dessen Praxis zu vertreten, die einen Kilometer entfernt im Zentrum Westerlands liegt. Sofort entdeckt er den Umschlag auf dem Boden, der durch den herbstlichen Nebel leicht Nässe aufgesogen hat. Komisch, denn die Post kommt normalerweise erst gegen Mittag und befindet sich dann in dem dafür vorgesehenen Briefkasten neben dem Gartentor. Neugierig kehrt Sven ins Haus zurück und entziffert auf der Rückseite die Schrift seines Bruders:

Ich nehme an, Du freust Dich über den Überbringer
Viele Grüße, Frieder

Sven kann sich beim besten Willen nicht erklären, warum Frieder nicht geläutet hat. Er war doch mit Penelope den ganzen Abend im Haus. Er geht zurück vor die Tür und probiert die Klingel aus, die einwandfrei funktioniert. Auch hätte Frieder ja anrufen können. Das macht Sven jetzt stattdessen umgekehrt.

„Hey, bist du verrückt, mich so früh aus den Federn zu schmeißen", ertönt die verärgerte Stimme seines Bruders.

„Wo steckst du denn? Wieso hast du mir die Post vor die Tür gelegt, statt dich bemerkbar zu machen?", fragt Sven unbeirrt.

„Wo soll ich schon sein? Blöde Frage! Im Bett zu Hause!", stellt Frieder klar und gähnt ungeniert in den Hörer.

„Hast du eine Brieftaube mit dem Umschlag zu mir geschickt?"

Jetzt muss Frieder wider Willen lachen: „Na, wie eine Brieftaube sieht deine Angebetete wohl nicht aus, aber vielleicht hat sie ja letzte Nacht wie eine in deinen Armen gegurrt."

„Hast du gestern zu tief ins Glas geschaut oder was faselst du da?" Allmählich wird Sven ungeduldig, denn in zehn Minuten müsste er in der Praxis sein. Das schafft er zu Fuß heute nicht mehr wie sonst.

„Klär mich endlich auf, wie der verdammte Umschlag vor meiner Haustür gelandet ist und du darfst weiterpennen!"

Frieder realisiert, dass Laura seinem Bruder offensichtlich nicht begegnet ist. „Merkwürdig, deine *Königin der Nacht* stand gestern überraschend vor der Tür. Sie wollte zu dir, und da habe ich sie samt Post nach Sylt geschickt."

„Laura? Du meinst *meine* Laura?", hakt Sven fassungslos nach.

„Wie viele Lauras kennst du denn? Es ist selbige, wegen der du uns verlassen hast", lässt Frieder verlauten.

„Warum hat sie dann nicht bei mir geklingelt?", schreit Sven vor Aufregung in den Hörer.

„Woher soll ich das denn wissen? Hast vielleicht gerade einen Hausbesuch irgendwo gemacht." Frieder hat genug von der sinnlosen Diskussion und möchte das Gespräch beenden, vergeblich.

„Ich war den ganzen Abend zu Hause, habe nur noch kurz mit Penelope ein Glas Wein getrunken, um zu überlegen, wie es die nächsten Wochen weitergehen soll." Svens Stimme klingt verzweifelt und ratlos, sodass sich Frieders Mitleid regt.

„Na bitte! Du hattest bestimmt die Rollläden nicht unten, und Laura wird euch von außen zusammen gesehen haben. Was für Schlussfolgerungen soll sie wohl daraus gezogen haben, als sie dich mit Penelope gesehen hat?", trifft Frieder ins Schwarze.

Sven stöhnt auf und kann sein Pech kaum glauben. „Du bist leider schlauer als die Polizei erlaubt. So könnte es gewesen sein."

„Worauf du dich verlassen kannst. Es ist ja noch früh. Vielleicht erwischst du sie am Bahnhof, bevor der erste Zug abfährt."

„Was hat sie denn für ein Auto?"

„Gar keins, sie ist wieder mit dem Feuerstuhl unterwegs. Echt heiß die Braut, sag ich dir!"

Sven läuft die Zeit davon, verspricht Frieder aber, ihn anzurufen, wenn er Laura gefunden hat. Schnell meldet er sich per Telefon in der Praxis und bittet die Sprechstundenhilfe, die Patienten bei Laune zu halten. Er würde sich etwas verspäten. In Windeseile rast Sven im Auto seiner Eltern, das sie ihm geliehen haben, zum Bahnhof und sieht in einiger Entfernung das Ende des Zuges. Zu spät! Vor Wut tritt er gegen das Vorderrad des Autos. Hört denn diese Pechsträhne niemals auf? Hektisch ruft er Laura auf dem Handy an, es antwortet aber nur die Mailbox.

Mit hängenden Schultern betritt er die Praxis, um seinen Pflichten nachzukommen. Er versucht sich zusammenzureißen, obwohl seine Gedanken einzig um Laura kreisen. Seine geliebte *Königin der Nacht*, die er jetzt zum zweiten Mal wegen eines Missverständnisses verloren zu haben scheint. Die fünf Patienten, die er zunächst behandelt, sind Gott sei Dank nur zur Nachuntersuchung gekommen. Svens Konzentration lässt nämlich sehr zu wünschen übrig. Plötzlich streckt die Sprechstundenhilfe den Kopf zur Tür herein.

„Tut mir leid, Dr. Sander! Ich habe gerade einen Notruf erhalten. Sie müssen sofort los. Hier ist die Adresse!"

Sven bittet den Patienten, den er gerade abhorcht, um Verständnis, greift seinen Arztkoffer und nimmt den Zettel mit der Adresse von seiner Helferin entgegen.

Frau Stromeyer blickt auf die Küchenuhr und wundert sich. 10 Uhr und von ihrem einzigen Gast ist nichts zu sehen oder zu hören. Das gekochte Ei ist inzwischen selbst im Wärmer kalt geworden, und die Pensionschefin stellt die Käse- und Wurstplatte zurück in den Kühlschrank, damit sie nicht angammelt. Sie entschließt sich, wenigstens an Lauras Tür zu horchen, ob Geräusche zu vernehmen sind. Es scheint sich nichts im Zimmer zu rühren. Wahrscheinlich ist die junge Frau so erschöpft, dass sie Schlaf nachholen muss. Schon tritt Frau Stromeyer den Rückweg an, als sie glaubt, ein leises Stöhnen durch die Tür zu hören.

Zaghaft klopft sie an: „Hallo? Geht es Ihnen gut?"

Keine Antwort, aber ein erneutes Stöhnen. Wie automatisch drückt sie die Türklinke nach unten. Zu ihrer Erleichterung ist die Tür unverschlossen. Laura war viel zu müde und kraftlos, um abzuschließen.

Mit zwei Schritten ist die Pensionswirtin an Lauras Bett, und ein besorgniserregender Anblick bietet sich ihr. Ein knallrotes Antlitz und Schweißperlen lassen auf hohes Fieber schließen. Dabei zittert die Kranke gleichzeitig vor Schüttelfrost und ist nicht ansprechbar.

Frau Stromeyer eilt zum Telefon und ruft sofort einen Arzt.

Laura blinzelt durch einen Dunstschleier und nimmt die Konturen eines ihr völlig fremden Zimmers wahr. Eine Nadel in ihrer rechten Armvene signalisiert, dass sie an einer Infusion hängt. Nur nebulös kann sie sich an ihre wirren Träume oder besser Halluzinationen erinnern. Sven saß in einem weißem Kittel auf ihrer Bettkante, hat ihr die schweißnasse Stirn abgewischt, ihr die Hand gestreichelt und immer wieder beteuert, dass alles gut werden wird.

Dann war da diese Frau, die sie in Svens Haus an seiner Seite gesehen hatte und die Laura immer wieder an neue Infusionen anschloss. Sie wollte schreien *Gehen Sie weg, lassen Sie mich und Sven in Ruhe*, aber sie brachte keinen Ton heraus. Wollte diese Frau sie umbringen, um Sven für sich zu haben? Ein Albtraum jagte den nächsten.

Alles hatte Laura offensichtlich im Fieberwahn geträumt, und jetzt weiß sie nicht, was wirklich passiert ist.

Der Raum ist hell und freundlich und lässt sogar durchs Fenster die Aussicht aufs Meer zu. Die Wellen türmen sich hoch auf und bilden Schaumkronen. Nur wenige Drachen tanzen wild am Himmel um die Wette, deren Lenker selbst Mühe haben, ihre Beine sicher auf dem Boden zu halten. Wie sehr hatte sich Laura immer einen Urlaub auf Sylt gewünscht. Manfred dagegen zog es angeblich nicht in den Norden, schon gar nicht auf diese Insel mit ihrem Schickimicki-Image. Stattdessen ging die Reise entweder nach Südtirol oder an die Adria. In Wahrheit war wohl Helene der Grund, die die lange Autofahrt scheute, und die Fliegerei war ihr von jeher verhasst. Warum ist Manfred nie auf die Idee gekommen, einmal allein mit seiner Frau an die Nord- oder Ostsee zu fahren? Als ob Helene nicht einmal einige Tage allein mit Max in Bad Hollerbach hätte verbringen können. Andere Großmütter schaffen das spielend, tun es sogar gerne, damit die Eltern mal eine Auszeit für sich haben. Helene dagegen bekam regelmäßig einen Kreischanfall, wenn die Schwiegertochter es in Erwägung zog, Manfred auf eine Geschäftsreise zu begleiten. Klar, dann hätte sie zumindest kochen müssen, obwohl genug Geld auf ihrem Konto liegt, um notfalls essen zu gehen.

Plötzlich kehrt Lauras Erinnerung an das Pensionszimmer in der *Sanddüne* zurück. Es ging ihr sehr schlecht, und sie hatte sich gleich ins Bett gelegt. Was danach geschah, davon hat sie keinen blassen Schimmer.

Langsam schweift Lauras zurückgewonnener, klarer Blick durchs Zimmer und bleibt verwundert an dem Blumenstrauß hängen, der auf einem Tisch neben dem Kleiderschrank steht. Jemand muss sie besucht haben, während sie im Dämmerzustand lag. Frau Stromeyer? Würde eine Pensionschefin einem Gast Blumen ins Krankenhaus bringen, noch dazu rote Rosen? Wohl kaum, es sei denn, sie trägt an dem Klinikaufenthalt Schuld, was ja nicht der Fall ist.

Bevor Laura zu weiteren Überlegungen kommen kann, betritt eine Krankenschwester das Zimmer und lächelt sie begeistert an.

„Wie schön, es geht Ihnen besser. Ich bin Schwester Barbara. Der Doktor wird sich riesig freuen. Leider ist er schon nach Hause gegangen, weil er nicht damit gerechnet hat, dass Sie heute noch zu sich kommen. Ich soll gut auf Sie aufpassen!"

Vorsichtig entfernt die Schwester die Infusionsnadel und klebt ein Pflaster auf die Einstichstelle.

„So, jetzt bringe ich Ihnen erst einmal ein kräftiges Essen."

Laura versteht nur Bahnhof: „Wo bin ich denn überhaupt? Was ist mit mir passiert?", bringt sie mit trockenen Lippen mühsam hervor.

„Sie sind in der Klinik *Meeresbrise*. Dr. Bodde hat hier neben seiner Praxis Belegbetten. Frau Stromeyer aus der Pension *Sanddüne* hat dort angerufen, weil Sie nicht mehr ansprechbar waren."

„Wie lange ist das her?"

„Das war vor drei Tagen."

„Was habe ich denn?" Laura kann nicht glauben, dass sie schon so lange in der Klinik liegt.

„Da kamen wohl einige Dinge unglücklich zusammen. Grippaler Infekt gepaart mit starkem Erschöpfungszustand. Da kann es passieren, dass der Körper nicht mehr mitspielt. Genaues wird Ihnen der Doktor morgen bei der Visite erklären. Ich hole Ihnen jetzt das Abendessen." Schon verschwindet Schwester Barbara aus dem Zimmer.

Der Zurückgebliebenen wird es plötzlich siedendheiß. Drei Tage hat sie weder bei Kerstin noch bei Max etwas von sich hören lassen. Wo ist ihre Tasche? Ihr Handy? Sie muss unbedingt bei ihnen anrufen. Kerstin wird ja bereits in Kapstadt sein. Laura setzt sich vorsichtig auf den Bettrand und gleitet mit ihren nackten Füßen auf den Boden. Sofort wird ihr schwindelig, und sie sinkt kraftlos zurück ins Bett. Der Kreislauf scheint alles andere als stabil zu sein.

Schwester Barbara erscheint mit einem Tablett in der Hand und stellt es auf dem dafür vorgesehen Serviertisch ab, den sie zu der Patientin übers Bett schwenkt.

„Jetzt greifen Sie zu und trinken Sie tüchtig, damit Sie bald wieder gesund sind. Ich komme in einer halben Stunde zurück und schaue noch mal nach Ihnen."

„Danke!", kommt es aus dem Bett zurück.

Als sich die Krankenschwester zum Gehen wenden will, ruft

Laura schnell: „Bitte warten Sie! Wo ist denn meine Handtasche? In der Pension geblieben?"

„Ich habe leider keine Ahnung. Ich hatte keinen Dienst, als Sie eingeliefert wurden. Aber das wissen wir gleich."

Mit drei Schritten ist die junge Frau am Nachttisch und öffnet den unteren Bereich. Tatsächlich befindet sich die Tasche dort und landet auf der Bettdecke.

„Gott sei Dank! Ich werde bestimmt schon vermisst."

Bevor Laura die schmackhaft riechende Suppe anrührt, schaltet sie hektisch ihr Handy an; acht Anrufe in Abwesenheit und vier SMS von Max und Kerstin. Bei beiden meldet sich nur die Mailbox, auf die Laura so gelassen wie möglich spricht und sich ohne eine genaue Erklärung für ihr Schweigen entschuldigt. Es gehe ihr gut und sie melde sich wieder. Mehr verrät sie nicht, um Freundin und Sohn nicht in Unruhe zu versetzen, was natürlich längst der Fall ist.

Max hatte aus Verzweiflung, weil er seine Mutter nicht erreichen konnte, vor zwei Tagen Kerstin angerufen, die sich ebenfalls sorgte. Zwar gab Lauras letzte SMS keine genaue Auskunft, wann die Freundin sich wieder rühren würde, aber es war nicht ihre Art, mehrere Tage komplettes Stillschweigen zu bewahren. Außerdem konnte sich Laura bestimmt vorstellen, dass Kerstin auf glühenden Kohlen saß, um endlich zu erfahren, was sie nach Sylt verschlagen hatte. Was war mit Sven? Hatte sie ihn in Hamburg nicht angetroffen?

Max wusste bis zu dieser Sekunde nicht einmal, wo seine Mutter sich aufhielt. Nach Kerstins kurzem Bericht wollte er spontan nach Sylt aufbrechen, wovon ihn sein Vater vehement abhielt. „Deine Mutter wird schon wissen, was sie tut. Du wirst dich daran gewöhnen, nicht mehr rund um die Uhr an ihrem Leben teilzuhaben."

„Lässt es dich völlig kalt, dass ihr etwas zugestoßen sein könnte?", entrüstete sich Max. „Schließlich seid ihr noch verheiratet und habt euch mal geliebt!" Ein aufbrausendes Wort gab das andere, bis die Tür anschließend krachend hinter Max ins Schloss fiel, der bei Eva Rat und Trost suchte. Zu seinem Erstaunen reagierte diese anders als erwartet. „Sei mir nicht böse, aber dein Vater hat nicht ganz unrecht."

Max, der bis dahin eng umschlungen mit Eva auf deren Bett gesessen hatte, rückte sofort ein Stück von ihr ab. „Wie meinst du das?"

„Drei Tage sind kein Indiz, dass etwas passiert ist."

„Nur weil mein Vater meine Mutter offensichtlich zu den Akten gelegt hat, muss ich es doch nicht auch tun."

„Nein, sicher nicht", lenkte Eva vorsichtig ein und versuchte vergeblich, Max wieder an sich zu ziehen, „aber wenn du demnächst in Berlin studierst, möchtest du auch nicht stündlich Meldung machen müssen, oder?"

„Würdest du dich nicht um mich sorgen, wenn ich länger nichts von mir hören lasse?"

„Natürlich, ich finde nur, dass das zwei Paar Schuhe sind. Kerstin hatte die letzte SMS aus Sylt erhalten. Ich kann mir gut vorstellen, dass deine Mutter einfach mal einige Tage ausspannen und dabei von nichts und niemandem gestört werden will."

Das leuchtete Max ein. Es machte also wenig Sinn, auf die Insel zu düsen, wo Laura womöglich mit ihrem neuen Liebhaber schöne Stunden erlebte und er dabei vollkommen fehl am Platze wäre. Zwar hatte Kerstin nichts Genaueres über die plötzliche Reiselust von ihr verlauten lassen, aber Max konnte sich trotzdem einen Reim darauf machen. Schließlich hatte seine Mutter ihm die Liebe zu Sven gestanden. Vielleicht lebte dieser auf der Insel.

„Komm, sieh nicht zu schwarz. Du erhältst bestimmt bald Nachricht von ihr", lockte Eva und streckte beide Arme nach Max aus.

Sie beendeten ihren ersten Streit mit einem leidenschaftlichen Versöhnungskuss.

Kapitel 22

Nach zehnstündigem Schlaf und einer ungestörten Nacht wacht Laura auf, als eine Frau im schicken Designerkostüm am Morgen an die Zimmertür klopft und kurz darauf eintritt. Freundlich stellt sie sich als zuständig für die Verwaltung der Belegbetten vor.

„Penelope Bodde. Ich hoffe, es geht Ihnen wieder besser", leitet sie die Konversation ein.

Laura reißt die Augen auf, und es schnürt ihr die Kehle zu. Niemand anderes, als die Frau aus Svens Wohnzimmer spricht zu ihr. Wie elegant sie heute im Gegensatz zu jenem verhängnisvollen Abend aussieht! Aber in den eigenen vier Wänden läuft jeder in Freizeitkleidung herum. Bei diesem Gedanken wird Laura erneut flau im Magen, und sie hat Mühe, ein Würgen im Hals zu unterdrücken.

Offensichtlich bemerkt Penelope Lauras schlechte Gemütsverfassung nicht, denn sie fährt in unverfänglichem Plauderton fort: „Mein Mann kann Sie leider nicht persönlich begrüßen, aber sein Vertreter hält gleich die Visite ab. Ich hoffe, es fehlt Ihnen an nichts. Wenn doch, scheuen Sie sich nicht, Ihre Wünsche den Schwestern mitzuteilen."

Penelopes letzte Worte dringen bereits nicht mehr an Lauras Ohr, deren Finger sich in der Bettdecke verkrampfen. Was hatte diese Frau gesagt? Ihr Mann sei verhindert? Ist Sven womöglich der vertretende Arzt und vergnügt sich mit der Frau seines Freundes, solange dieser abwesend ist? Frieder hatte gesagt, dass sein Bruder für einen Arzt einspringt. Nein, Laura will und kann das nicht glauben. Aber im Grunde weiß sie nicht mehr über Sven, als er ihr in Köln von sich und seinem Leben preisgegeben hat.

Mühsam und mit einem erzwungenen Lächeln reagiert Laura endlich, als Penelope den Raum wieder verlassen will. „Vielen Dank. Ich brauche im Moment nichts." Am liebsten würde sie auf der Stelle ihre Tasche greifen und im Nachthemd das Weite suchen. Sie will Sven nie mehr wiedersehen. Bevor sie zu weiteren Fluchtspekulationen kommt, erscheint eine andere Krankenschwester namens Paula mit dem Frühstück, das sie auf den Tisch neben dem Blumenstrauß abstellt. „Schaffen Sie es schon, sich hier rüber an den Tisch zu setzen?"

Laura zuckt mit den Schultern. „Keine Ahnung! Ich kann es ja mal versuchen."

„Wissen Sie was? Ich habe noch eine bessere Idee. Was halten Sie davon, wenn ich einen Rollstuhl auftreibe und Sie in unserem tollen Wintergarten frühstücken?"

„Ich habe doch gar nichts zum Drüberziehen", protestiert Laura leise.

„Keine Sorge!" Die Schwester öffnet den Zimmerschrank und zieht einen nagelneuen, weißen Bademantel hervor, Größe 38.

Laura findet es rührend von Frau Stromeyer, dass sie Sachen für sie besorgt hat. Hoffentlich kann sie das in irgendeiner Weise wiedergutmachen.

Etwas schwach und wackelig auf den Beinen setzt sich Laura mithilfe der Schwester in den Rollstuhl, was ihr vor Augen führt, dass eine Flucht aus der Klinik im Moment unmöglich erscheint. Zunächst schiebt Paula sie durch einen Gang, an dessen Wänden viele Bilder mit Sylter Motiven hängen, bevor die Schiebetür zum Wintergarten auftaucht. Laura wundert sich, dass sie die einzige Patientin dort ist. Es ist ihr recht so, denn mit jemandem reden, wäre zu anstrengend. Sie muss ihr Inneres erst einmal sortieren. So einen fantastischen Wintergarten nennen garantiert nur wenige Kliniken ihr Eigen. Exotische, große Kübelpflanzen, wohin das Auge blickt. Überall laden Tische aus Korbgeflecht, bequeme Stühle und sogar Rattanliegestühle zum Verweilen ein. In der Mitte des Raumes sorgt ein gemauerter Brunnen für beruhigendes Wasserplätschern. Wäre Laura nicht so verzweifelt und zerrissen, könnte sie den Aufenthalt in diesem Haus glatt genießen und als Wellnessoase betrachten.

Kurze Zeit später bringt die freundliche Schwester das Tablett nach, auf dem sich eine Fülle von Leckereien befindet wie in einem Fünf-Sterne-Schuppen. Lauras Lebensgeister kehren allmählich zurück, als sie ihren Mund nach dem Essen mit einer Serviette abtupft und sich ganz dem Ausblick auf das Meer hingibt. Wie herrlich das Wellenspiel und die tanzenden, schreienden Möwen darüber. Längst sind die Strandkörbe im Winterquartier, und wenige Touristen trotzen in diesen frühen Morgenstunden dem Herbstwind. Wie gerne würde Laura es ihnen gleichtun, aber sie weiß, dass es eine Weile dauern wird, bis sie wieder ganz bei Kräften ist.

Plötzlich ist das Geräusch der Schiebetür zu vernehmen, und ein wohlbekannter Duft durchströmt den Raum, den Laura unter tausend anderen sofort erkennen würde.

Obwohl ihr Herzschlag rasant Fahrt aufnimmt und ins Stolpern gerät, kann sie sich nicht freuen, denn sofort erscheint Penelope vor ihrem inneren Auge. Sie wagt es nicht, in Svens Richtung zu schauen.

Er nähert sich mit riesigen Schritten, dreht den Rollstuhl zu sich herum und beugt sich zu ihr hinunter, sodass Laura ihm direkt in seine stahlblauen Augen blicken muss.

„Laura, endlich, geht es dir wieder besser?", klingt seine Stimme ehrlich besorgt. „Du machst ja Sachen!"

Laura schaut verlegen nach unten und möchte auf der Stelle im Erdboden versinken.

Sven ahnt, was in ihr vorgeht und greift nach ihren Händen. Die Berührung löst sogleich eine Elektrisierung in ihr aus, und ein Kribbeln überzieht ihren ganzen Körper. Wie sehr hatte sie sich diesen Moment des Wiedersehens herbeigesehnt, und jetzt wünscht sie sich nichts mehr, als ihm nicht in die Augen blicken zu müssen.

Als Lauras Mund immer noch verschlossen bleibt, bricht Sven das Schweigen: „Du hast mich neulich abends mit Penelope gesehen, stimmt's? Deshalb hast du nicht geklingelt."

Sven erhält ein unmerkliches Nicken zur Antwort.

„Penelope ist die Frau von meinem Freund Ralf Bodde, der sich vor einigen Wochen beim Gleitschirmfliegen im Allgäu beide Beine gebrochen hat und für den ich hier einspringe, bis er aus der Reha wiederkommt und seinen Dienst aufnehmen kann."

Laura erwacht aus ihrer Erstarrung und wagt kaum zu atmen: „Bist du nicht mit ihr zusammen?"

Sven schmunzelt und benötigt einige Sekunden, um zu reagieren. „Wie kommst du denn darauf? Nein, natürlich nicht. Sie war bei mir, weil wir für jede Woche den Dienstplan neu aufstellen. Sie ist für die Verwaltung der Belegbetten zuständig, die an die Praxis angeschlossen sind. Penelope hat sich übrigens liebevoll um dich gekümmert und nach meiner Anweisung einige Sachen in Größe 38 gekauft."

Laura zupft an ihrem Morgenmantel. „Das war also gar nicht Frau Stromeyer?"

„Nein, aber deine Wirtin war es, die richtig entschieden hat, dass du in ärztliche Behandlung musst."

„Was hatte ich denn?"

„Akuter Erschöpfungszustand mit hohem Fieber und Dehydration. Du warst nicht mehr ansprechbar. Wahrscheinlich hattest du in letzter Zeit sehr wenig Flüssigkeit zu dir genommen."

„Ja, das stimmt. Außerdem war ich durch eine Erkältung geschwächt."

Sven rückt einen Stuhl an Laura heran. „Frieder hat dir ja bereits erzählt, dass ich die Sixpackboys verlassen habe."

„Warum hast du das getan?" Laura weiß es zwar, möchte es aber zu gern von Sven selbst hören.

„Die Begegnung mit dir hat mein Leben auf den Kopf gestellt.

Es schmerzte zu sehr, jeden Abend, wenn ich auf der Bühne stand, an dich zu denken, in dem Bewusstsein, dich nie wiederzusehen."

Laura saugt seine Worte in sich auf: „Ich habe es auch kaum

ertragen, mein Leben wieder so zu führen wie vorher. Verzeih, dass ich dir nie geantwortet habe, aber ich hielt es für erträglicher. Ich bin so erzogen worden, dass man eine Ehe nicht leichtfertig aufgibt, nur weil man dem Charme eines anderen erliegt. Ich habe erst nach und nach begriffen, dass meine Gefühle für dich tiefer sind und keine Momentaufnahme. Dass auch du mich ehrlich liebst, ahnte ich erst, als ich von Harry erfuhr, dass du die Sixpackboys verlassen hast."

„Die letzten Monate waren schlimm. Ich konnte mir einfach nicht erklären, warum du nicht in meiner Suite auf mich gewartet hast."

Laura berichtet von dem Album mit den *Königinnen der Nacht* und dem Zettel vom Fotografen des *Promitreffs*, was sie zur Flucht nach Hause getrieben hatte, aber auch von ihrer Zerrissenheit. „Mir wurde erst nach und nach klar, dass ich mit Manfred nicht mehr wie bisher zusammenleben kann. Als ich mit ihm darüber sprechen wollte, erfuhr ich zufällig durch seinen Kanzleipartner von seiner Affäre mit einer Staatsanwältin. Da zerbrach alles in mir, an das ich bis dahin geglaubt hatte, an meine Ehe, mein Vertrauen zu Manfred und seine Loyalität mir gegenüber. Ich fühlte mich als Schwiegermutter-Sklavin und Hausmagd missbraucht und beschloss, keine Minute länger in Bad Hollerbach mein Leben zu fristen."

„Ich kann immer noch nicht glauben, dass du wirklich bei mir bist. Du wirst jetzt erst wieder ganz gesund, dann haben wir viel Zeit, über alles zu reden. Wenn deine Werte morgen alle in Ordnung sind, nehme ich dich nach der Sprechstunde mit nach Hause. Ich habe dieses Wochenende keinen Bereitschaftsdienst."

Endlich kehrt in Lauras blasses Gesicht etwas Farbe zurück. „Das wäre zu schön, um wahr zu sein."

Sven erhebt sich vom Stuhl und küsst Laura auf die Stirn. „Ich habe jetzt leider Visite. Zu dir komme ich später extra, wenn ich die Sprechstunde in der Praxis abgehalten habe. Lauf ja nicht weg!"

„Bestimmt nicht! Ich versprech's!"

Laura wird wie eine Maharani von den Schwestern verwöhnt und dauernd nach ihren Wünschen befragt. Offensichtlich hat Sven Anweisung gegeben, es seiner speziellen Patientin an nichts fehlen zu lassen.
Sogar Penelope schaut vorbei, um ihr die Zeit zu vertreiben. Sie erzählt von dem schrecklichen Unfall ihres Mannes, der ihn seit Wochen arbeitsunfähig macht und wie dankbar sie Sven ist, dass dieser einspringt.
„Wie lange bleibt Ihr Mann denn noch in der Reha?", fragt Laura.
„So genau kann das niemand sagen, vielleicht zwei Wochen, aber es können auch vier werden. Wenigstens macht er große Fortschritte mit dem Laufen."
„Können Sie ihn zwischendurch mal besuchen? Das Allgäu liegt ja sehr weit von hier entfernt."
„Jetzt lassen wir das *Sie* einfach mal weg", meint Penelope freundlich und fährt fort: „Ich fliege jeden Freitag nach Memmingen und komme sonntagabends zurück."
„Da hast du ja seit Wochen jede Menge Stress."
„Bald ist es hoffentlich überstanden, aber Sven brauchen wir trotzdem noch eine Weile. Ralf schafft die Praxis am Anfang sicher nur stundenweise. Ich hoffe, du entführst uns Sven nicht gleich."
„Ich wüsste nicht wohin", gibt Laura wahrheitsgemäß zu. „Ich muss mich selbst dauernd in den Arm kneifen, um zu glauben, dass ich ihn tatsächlich wiedergefunden habe."
„Es tut mir leid, dass es meinetwegen bei dir zu Missverständnissen gekommen ist. Ich hoffe sehr, dass mein Anblick vor einigen Tagen in Svens Haus nicht die Ursache dafür ist, dass du zusammengebrochen bist."
„Du kannst nichts dafür. Meine Gesundheit war schon lange angeschlagen. Ich hätte nicht die ganze Strecke in einem

durchfahren dürfen. Aber es beherrschte mich ein einziger Gedanke, Sven endlich aufzuspüren." Laura fühlt sich zu Penelope sehr hingezogen, die auf der einen Seite Stärke demonstriert, auf der anderen beim Reden eine mütterliche Wärme ausstrahlt. Es fällt ihr leicht, dieser Frau ihr Innerstes zu offenbaren und von ihrem Leben mit Manfred, Max und der *Zwergin* zu berichten.

Penelope hört zu, schüttelt über die Anekdoten von Helene den Kopf, muss aber ab und zu darüber lachen. „Du solltest ein Buch über die Erlebnisse mit deiner Schwiegermutter schreiben."

„Für Außenstehende wäre das sicher amüsant. Für mich war es streckenweise die Hölle."

Mit Lichtgeschwindigkeit vergeht der Nachmittag. Endlich erreicht Laura Kerstin in Kapstadt.

„Hey, du treulose Tomate", legt die Freundin gleich los, „du hast ja Nerven. Lässt mich tagelang schmoren. Deine Nachricht auf der Mailbox hat mich ein wenig beruhigt. Jetzt schieß schon los: Was zum Teufel machst du auf Sylt?"

„Wenn du mal zwischendurch Luft holst, erzähle ich es dir", versucht sich Laura Gehör zu verschaffen. Sie berichtet ausführlich, was alles in den letzten Tagen passiert ist.

„Meine Güte, dich kann man wirklich nicht allein losschicken. Ich hatte dich ja gewarnt. Zum Glück ist alles gut ausgegangen."

Nach einer Stunde Telefonierens mit Kerstin ist Max an der Reihe. Auch er kann sich den Vorwurf nicht verkneifen, dass seine Mutter sich so lange nicht gerührt hat. Er ist jedoch genau wie Kerstin froh, dass es ihr gut geht und sie scheinbar das gefunden hat, was sie all die vielen Monate vermisst hat: Sven.

Kaum sind die Telefonate beendet, klopft es an die Tür, und kurz darauf streckt eine bekannte Person vorsichtig den Kopf herein. „Darf ich?"

„Frau Stromeyer! Klar dürfen Sie! Ich freue mich über Ihren Besuch. Da kann ich mich gleich für Ihre Rettung bedanken."

Fünf Minuten später sitzen die beiden Frauen in den Korbstühlen im Wintergarten. Laura hat es diesmal ohne Rollstuhl geschafft, denn ihr Kreislauf hat sich rasant stabilisiert.

Frau Stromeyer plappert gleich los: „Warum haben Sie nicht gesagt, dass Sie Dr. Sander suchen?", und befördert dabei aus ihrem mitgebrachten Beutel eine Dose zutage. „Der fesche Doktor ist in der kurzen Zeit, in der er die Vertretung von Dr. Bodde übernommen hat, bereits in aller Munde. Besonders die Damen rennen ihm die Praxis ein." Scherzhaft legt sie einen Finger auf ihren Mund und schwärmt: „Psssst ..., verraten Sie es ihm nicht, aber alle wünschen sich, dass der Doc für immer auf der Insel bleibt."

Das wundert Laura natürlich nicht. Zum Glück scheint die Pensionswirtin ihre Ausgangsfrage schon vergessen zu haben, denn sie öffnet eifrig den Dosendeckel und hält ihrem ehemaligen Gast den Inhalt stolz unter die Nase. „Extra für Sie gebacken! Echte Friesenkekse!"

Obwohl Laura wegen ihres lädierten Magens heute lieber noch zurückhaltend sein sollte, greift sie aus Höflichkeit ein Plätzchen und probiert. „Hm, wirklich köstlich!" Als leidenschaftliche Hobby-Bäckerin möchte sie sofort die Zutaten wissen.

Da lässt sich Frau Stromeyer nicht zweimal bitten: „Die Kekse wurden bereits vor hundert Jahren von einem Westerländer Konditor kreiert. Eine Mischung aus Weizenmehl, Backpulver, Zucker, Rum, Vanillinzucker und Butter ergeben diese knusprige Spezialität."

„Lieb von Ihnen, sie extra für mich zu backen! Wenn ich meine Sachen bei Ihnen abhole und das Zimmer bezahle, würde ich mich über das Rezept mit den genauen Mengenangaben freuen."

Frau Stromeyer macht mit der Hand eine wegwerfende Handbewegung. „Das Rezept bekommen Sie, ansonsten ist bereits alles erledigt."

„Wieso?", möchte eine erstaunte Laura wissen.

„Sie sind scheinbar eine sehr gute Freundin von Dr. Sander", vermutet Frau Stromeyer und lächelt verschmitzt, „er hat Ihre Utensilien zusammengepackt, das Zimmer bezahlt und Ihr Motorrad mitgenommen. Der Schlüssel lag auf dem Nachttisch."

Wie versprochen erhält die Patientin nach Svens Sprechstunde eine Spezialvisite. Er leistet ihr beim Abendessen Gesellschaft, das erneut auf ihren Wunsch im Wintergarten serviert wird. Diesmal tun es ihr einige andere Klinikinsassen gleich, sodass die beiden nichts Intimes reden können. Die Konversation beschränkt sich auf Svens Tätigkeit und seine Beziehung zu Penelope und Ralf Bodde. Seit der Studienzeit waren sie mit Lisa und ihm eng befreundet. Die beiden waren auch der Grund, warum Sven ein Ferienhaus auf Sylt kaufte, da Ralf in Westerland die heutige Praxis von einem älteren Kollegen übernahm. Auf diese Weise sahen sich die Ehepaare oft an den Wochenenden oder in den Ferien, segelten viel mit Ralfs Boot und hatten Spaß. Die leidige Trennungsgeschichte trieb damals alle auseinander. Mit Lisa wollten die Boddes wegen ihres Fehltritts nichts mehr zu tun haben, und Svens Entschluss, mit den Sixpackboys auf Tournee zu gehen, stieß bei ihnen auf Unverständnis. Vor einigen Wochen hatte Penelope plötzlich bei den Sanders in Hamburg angerufen. Sie hatte von Svens Austritt aus der Truppe im *Promitreff* gelesen und bat ihn, Ralf und ihr aus der Patsche zu helfen. Für Sven war das ein Glücksfall, denn er hatte seit dem Abschied von den Sixpackboys keine Vorstellung, wie es weitergehen sollte. Außerdem liebt er seinen Arztberuf und hatte ihn nur deshalb zugunsten der Truppe aufgegeben, um Lisa eins auszuwischen.

Die beiden sind so in ihr Gespräch versunken, dass sie die Krankenschwester nicht bemerken, die Sven auf die Schulter tippt. „Entschuldigung, Dr. Sander! Es gibt ein Problem mit dem Patienten auf Zimmer 3. Können Sie bitte mal schauen?"

„Natürlich!", versichert Sven. „Ich komme gleich nach!"

„Tut mir leid, aber die Pflicht ruft! Ab morgen Abend haben

wir alle Zeit der Welt." Diesmal küsst er Laura flüchtig auf den Mund und verabschiedet sich mit den Worten: „Schlaf schön, meine *Königin* und träume von mir!"

Kapitel 23

Die Stunden bis zum ersehnten Eintreffen von Sven in der Klinik dauern heute eine gefühlte Ewigkeit. Lauras Blutwerte sind wieder ganz normal, und sie kann es kaum aushalten, sich bis abends die Zeit zu vertreiben. Penelope verabschiedet sich bereits am Mittag fürs Wochenende nach Memmingen, und die Krankenschwestern können nur kurz Small Talk halten.

Aber was wäre Laura ohne Kerstin? Die Freundin ruft aus Südafrika an und erzählt begeistert vom Kap. Dort muss Laura unbedingt mal mit ihrem Sven Urlaub machen. Kerstin hat einen heimischen Eventmanager kennengelernt, der ihr die besonders schönen Plätze zeigt. Dazu gehören eine Straußenfarm, ein Weingut und Plettenbergbay, ein Luxushotel auf einer vorgelagerten Insel.

Typisch Kerstin, denkt sich Laura, bestimmt wird sie doch nicht ihren Schreibtischjob in Frankfurt annehmen. Kaum ist dieser Gedanke zu Ende gesponnen, gesteht ihr die Freundin: „Sicher hältst du mich jetzt für total bekloppt. Ich fliege von hier aus direkt nach San Francisco. Ein reiner Bürojob würde mich wahnsinnig machen. Ich werde also weiter durch die Gegend jetten."

„Du bist eben du! Insgeheim habe ich damit gerechnet, dass du dein Globetrotterleben nicht aufgibst."

„Diesmal hattest du wohl mehr den Durchblick als ich!"

„Dann wird es nichts mehr mit Martin? Das hatte er doch nach deiner Rückkehr gehofft."

Kerstin kichert und meint ganz lässig: „Hauptsache, er gießt meine Blumen weiter", und um von diesem Thema abzulenken, „und was ist mit dir und Sven? Könnt ihr da anknüpfen, wo ihr aufgehört habt?"

Laura entgleitet unabsichtlich ein Seufzer: „Er kümmert sich rührend um mich und scheint sich wirklich über mein Kommen zu freuen!"

„Aber?", hakt Kerstin nach, weil sie glaubt, bei der Freundin einen zögerlichen Unterton herauszuhören.

„Wir waren bisher nicht wirklich allein. Einige flüchtige Berührungen, ein Austausch über das, was wir die vergangenen Monate erlebt haben. Mehr nicht! Sven macht hier in der Klinik schließlich seinen Job, hält den Praxisbetrieb seines Freundes aufrecht und wird zu Hausbesuchen gerufen."

„Du Arme! Das ist ja die reinste Folter! Wann wirst du denn entlassen?"

„Sven holt mich nach der Sprechstunde ab. Genaue Uhrzeit weiß ich nicht. Das hängt von der Anzahl der Patienten ab. Du vertreibst mir die lange Warterei."

„Die Vorfreude ist die schönste Freude. Ich wünsche dir jedenfalls alles Glück dieser Welt, und dass sich eure Zweisamkeit so gestaltet, wie du sie dir schon so lange erträumst. Sei mutig und hadere nicht wieder mit deinen und seinen Gefühlen!"

Mit diesem freundschaftlichen *Befehl* verabschiedet sich Kerstin, denn sie hat ein Date mit dem südafrikanischen Eventmanager.

Endlich taucht Sven am Abend auf und hat seinen weißen Kittel bereits gegen einen Smoking getauscht. In der Hand hält er eine einzelne rote Rose, sodass Laura glaubt, ein Déjà-vu-Erlebnis zu haben.

„Darf ich dich zu mir nach Hause entführen?" Sein charmantes Lächeln lässt Lauras Herz höher schlagen.

„Du darfst, aber mein kleines Schwarzes kann ich dir heute nicht bieten!"

„Warte bitte kurz!" Schon ist Sven einen Moment im Arztzimmer verschwunden, um mit einer Tasche von einer Sylter Edelboutique zurückzukehren. „Größe 38! Hoffe, es gefällt dir, auch wenn es nicht schwarz ist! Ich habe es schon vor drei Tagen gekauft und hier in meinem Spind versteckt."

Laura ist sprachlos vor Überraschung, als sie das mint schimmernde, eng auf Taille geschnittene Seidenkleid in Händen hält. „Du bist verrückt!"

„Ja, verrückt nach dir! Wenn du magst, zieh es schnell an."

Und ob Laura gerne ihre Jeans und ihr T-Shirt gegen dieses Kleid wechselt.

Keine drei Minuten später ist Sven an der Reihe, seine Schmetterlinge unter Kontrolle zu halten. Laura sieht umwerfend aus. Am Nachmittag hatte sie die Wartezeit damit überbrückt, ihre Haare zu einer Banane hochzustecken, wie damals in der Show der Sixpackboys. Das Kleid sitzt wie angegossen. Das Glänzen der Pailletten am Halsausschnitt wird von Lauras strahlenden Augen allerdings übertroffen.

Wie im Märchen trägt Sven seine *Königin der Nacht* über die Schwelle seines Hauses, wo die nächste Überraschung wartet. Sein Duft vermischt sich mit dem von frisch verarbeiteten Kräutern und Fisch.

„Du hast jemanden zum Kochen engagiert?", kommt Laura aus dem Staunen nicht mehr heraus.

„Hey, du traust mir ja gar nichts zu. Natürlich habe ich selbst den Kochlöffel geschwungen."

Neugierig zieht es Laura in Richtung Küche, aber Sven hält sie im letzten Moment zurück. „Du bist heute mein VIP-Gast. Sieh dich ruhig im Wohnzimmer um. Ich bin sofort bei dir."

Von außen wirkt das Haus gar nicht so groß, wie es sich jetzt von innen präsentiert. Die riesigen Panoramafenster lassen bei Tageslicht ganz bestimmt einen ungetrübten Blick auf das Meer zu. Direkt davor befindet sich ein festlich gedeckter Tisch mit einem Strauß dunkelroter Rosen, dem Sven offensichtlich die einzelne entnommen hatte. Silberne Platzteller und zu einem Fächer gefaltete Stoffservietten passend zur Tischdecke sind selbstverständlich wie in einem Sternerestaurant. Ein mehrarmiger Kerzenhalter rundet das romantische Ambiente ab.

„Na, kann ich damit bei dir punkten?", fragt Sven mit seinem unwiderstehlichen Lächeln und reicht ihr ein Glas Wodka-Martini.

„Mehr als das! Aber darf ich überhaupt Alkohol trinken, Herr Doktor?"

„Du musst ihn nicht austrinken. Zum Essen habe ich etwas Magenschonendes und Herz-Kreislauf-Stärkendes zubereitet. Bitte setz dich." Er rückt ihr galant den Stuhl zurecht, verschwindet erneut in der Küche, um mit einem Krabbencocktail als Vorspeise zurückzukehren. Als Hauptgang folgt fangfrische Seezunge mit Kräuterkartoffeln und Brokkoligemüse. Neben dem bekannten Sylter Wasser füllt Sven einen Weißwein in die dafür vorgesehenen Gläser. „Stell dir vor, der wird hier von zwei Hobby-Winzern am Süd-West-Hang von Keitum angebaut", klärt Sven auf.

Laura kostet vorsichtig: „Schmeckt super zum Fisch! Jetzt verrate mir mal, wann du das alles eingekauft und gekocht hast? Das muss ja Stunden gedauert haben."

„Aber du darfst nicht böse sein, denn ich habe dich angeflunkert. Freitags schließt die Praxis schon am Mittag. Danach habe ich alles schnell frisch vom Markt besorgt und alles soweit vorbereitet, dass wir das Essen nun gemeinsam genießen können. Penelope hatte ich um Verschwiegenheit gebeten, weil ich dich unbedingt überraschen wollte."

„Das ist dir wirklich gelungen. Du bist wie eine Wundertüte, die ich als Kind immer beim Bäcker bekam. Wenn man hineingriff, tauchte nach und nach eine neue Leckerei auf."

Den krönenden Abschluss bildet Rote Grütze mit einer Kugel Bourbonvanilleeis und Minzeblättern garniert. Wann war Laura jemals von einem Mann bekocht worden? Zuletzt war das wohl ihr eigener Vater, der ein Spezialist im Pizzabacken war. Natürlich kann man Svens Kochkünste nicht damit vergleichen. Sein Feingespür beim Einsetzen von Gewürzen und Kräutern ist bestimmt den Genen des Großvaters zu verdanken, der in der Provence lebt und dessen Flakon mit dem unwiderstehlichen Duft ein ständiger Begleiter in Lauras Tasche geworden ist. Sie spart nicht mit Lob und Anerkennung für das köstliche Dinner.

„Endlich mal eine Frau, die meine Talente zu schätzen weiß", freut sich Sven augenzwinkernd.

„Welche anderen Talente hast du denn noch zu bieten?", neckt Laura draufgängerisch.

Wie aufs Stichwort zaubert er ein Remote aus seiner Hosentasche und drückt eine Taste. Nichts anderes als die Klänge von *One moment in time* treffen Laura mitten ins Herz. Sven hat nichts dem Zufall überlassen. Dann steht er auf und reicht seiner *Königin* die Hand: „Darf ich bitten?"

Langsam und eng aneinandergeschmiegt bewegen sich ihre Körper zur Melodie von Whitney Houstons Stimme. Laura wagt kaum zu atmen. Wie oft hat sie den Abend damals auf der Jacht in ihrem Kopf Revue passieren lassen und davon geträumt, ihn noch mal zu erleben. Jetzt ist dieser Wunsch tatsächlich Wirklichkeit geworden. Sie legt die formelle Tanzhaltung ab und schlingt beide Arme um Svens Hals, während sein Gesicht sich dem ihren immer mehr nähert, bis sich ihre Lippen berühren.

Sanft und verlangend zugleich versinken sie in einem nicht mehr enden wollenden Kuss. Diesmal zerstört keine schwarze Perlenkette um Lauras Hals die Magie des Augenblicks.

Sven trägt Laura auf der mit Rosenblüten übersäten Treppe hinauf ins Schlafzimmer aufs Bett, über dem ein großes Dachfenster den direkten Blick in den Sternenhimmel freigibt. Wie von Zauberhand haben sich Sturm und Wolken der letzten Tage verzogen. Die Mondsichel scheint zu ihnen hinunterzulächeln. Zärtlich erkunden sie gegenseitig mit allen Sinnen ihre Körper und lieben sich die ganze Nacht, als wäre es die letzte vor dem bevorstehenden Weltuntergang.

Als Laura am nächsten Tag erwacht, weiß sie zunächst nicht, ob alles nur eine Illusion war. Liegt sie tatsächlich neben ihrem Traummann? Erst als Sven sich bewegt, realisiert sie, dass alles Wirklichkeit ist. Er wendet sich zu ihr und küsst sie.

Neckend schiebt seine Geliebte ihn ein wenig von sich weg und fordert ausgelassen: „Lass sehen, ob dein Sixpack noch da ist!"

„Du hast es doch diese Nacht ausgiebig ertastet!"

„Wie heißt es doch so schön? Auch das Auge isst mit."

„Und wenn ich kein Sixpack mehr hätte?", flachst Sven zurück.

„Dann würdest du trotzdem für immer mein Sixpackboy bleiben!"

E N D E

Die im Inhalt genannten Personen und Handlungen sind frei erfunden. Sollten Ähnlichkeiten mit tatsächlich existenten Personen oder stattgefundenen Handlungen entstanden sein, oder sollte ein solcher Eindruck entstehen, so ist dies von der Autorin und dem Verlag auf keinen Fall gewollt oder beabsichtigt.

DANKSAGUNG

Wie jeder Roman basiert auch dieser auf einer Grundidee. Meine Familie lud mich zum Geburtstag in die „Komödie im Bayerischen Hof" zu dem Stück „Ladies Night" ein, und wir hatten einen riesen Spaß nicht nur hinsichtlich der strippenden Männer, sondern auch bei der Beobachtung des weiblichen Publikums. Nie zuvor war ich in einem Theaterstück, bei dem so viel gelacht, gekreischt und applaudiert wurde. Ich danke meinem Mann und meinen Töchtern für dieses inspirierende Geschenk. Meine anschließende, sehr vergnügliche Recherchearbeit in der Show der Chippendales toppte diese Erfahrung noch. Die Romanidee war geboren. Andrea Wölk vom Oldigor Verlag kreierte gleich das heiße Cover, in das ich mich auf der Stelle verliebte, und erstellte den passenden tollen Buchtrailer. Isabella Busch, die Lektorin, gab dem Manuskript durch zahlreiche Anregungen den Feinschliff. Beiden gilt mein Dank, dass auch dieses Buch wieder früher erscheinen konnte als geplant.

Rike Stienen

Mai 2012

Rike Stienen
Liebe auf Bestellung
ISBN 978-3-9814764-0-8 (eBook)
ISBN 978-3-9814764-1-5 (TB)

> Ein wirklich schön romantischer
> und abenteuerlustiger
> Roman zum Schmunzeln und Träumen!
> (Rezension Amazon)

www.oldigor.de

Sabine B. Procher
Die Herzenscrasher
ISBN 978-3-943697-00-1 (TB)
ISBN 978-3-943697-01-8 (eBook)

Klasse Roman, unbedingt lesenswert
und für jede Singlefrau ein Muss!!
(Rezension Amazon)

www.oldigor.de